去倫敦上插畫課

munge & sunni◎著　曾晏詩◎譯

munge's prologue.

倫敦，手下留情啊！

「各位乘客您好，
飛往倫敦的班機KE907，
請於十七號登機口開始登機。」

沒有想太多就漫無目的地搭上了飛往倫敦的飛機，希望能夠在開學前悠哉地抵達，先晃晃社區，確定學校的位置，和參觀倫敦市區內的風景，想說先預留一天熟悉環境，於是便搭上了飛機。

我現在在這裡做什麼呢？

九月中旬，倫敦淅瀝嘩啦地下著雨，很冷。放假期間，空蕩蕩的宿舍房間連暖氣都不能開。當初只想著韓國的夏天到了尾聲，只準備了短袖的薄衣服，現在這裡唯一可以用的，只有一張床套而已，沒有被子也沒有墊子，只好緊緊裹著一條布，把帶來的衣服全都疊在上面，就這樣度過了倫敦的第一個夜晚。空蕩蕩的宿舍房間，沒有電話，沒有電腦，也沒有一件溫暖的被子，這裡沒有任何可以保護我的東西，我到底是為了得到什麼才來這裡的呢？我就這樣在寒冷中顫抖著身體，迎接翌日的早晨。

不出所料，第一天我就感冒了，總覺得有種諸事不順，不祥的預感。

倫敦，手下留情啊！

時間很多的都市，倫敦

說辭職就辭職了。

終於收到前往愛麗絲國度的門票了。我散盡了所有的家產，送給自己一份禮物──像孩子般玩樂的時間。我決定在這段時間，不管遇到任何事我都要勇敢地睜一隻眼閉一隻眼。就算不能賺錢，就算沒有開發有用的才能，就算只是不懂事地大玩特玩。搞不好我根本撐不到一個月就累了，那時候可能會再「Come back home」也說不定。「都這把年紀了……」這種囉嗦的話，或許以前我會毫不猶豫地打斷，但是搞不好這段時間我會懷念也說不定。現在進入帶領我飛向「時間很多的國家」的航線就要出發了。

這份禮物裡，究竟找不找得到寶物？
哪怕是發現了一顆小小的糖果也是一種僥倖嗎？
這會是我在長時間工作後，甜蜜的安息年嗎？

或許可能有人聽過，英國的生活步調很慢，為了能夠盡情地、隨意地擁有自己的時間，我所到的這個地方，時間好像停止了一樣。早上睜開眼睛，展開每天我所謂的想要的時間，眼前所看到的盡是滿滿的新事物。
但是過了某個瞬間，又會馬上明白特別的色彩淡了。陌生的東西隨著時間流逝，不知不覺變得熟悉，像觀光客一樣瘋狂地亂跑，去看一直想看的音樂劇，發現自己很喜歡的藝術家的展覽時所產生的喜悅也會愈來愈熟悉。那麼從現在起要做什麼呢？停下為了尋找陌生事物而徘徊不定的舉動，去尋找我所喜歡的東西。不礙於時間，只做我喜歡做的事。因此，尋找讓我變幸福的事，才是這次旅行的目的。

現在我在這裡尋找，這個「時間很多的都市，倫敦」。

Contents

Stage 3.
munge和sunni成為插畫家
munge & sunni become illustrators

Stage 1.

munge & sunni go to London

munge和sunni
去倫敦

munge's class ①

爲了改變
而去倫敦

插畫工作營和十八計畫

二○○二年二月Damien邀請我去參加在鶴洞附近舉辦的插畫工作營（Workshop），現場看起來足足有四百名想成為插畫家的人，看著他們排排站的樣子還真陌生。這些人是想聽英國教授的演講才聚集在這裡的嗎？居然有這麼多人想成為插畫家？我的心裡除了驚訝還是驚訝。

在金斯頓大學教插畫的老教授除了在研討會上展示自己的插畫，也把學生們做的作業作品用投影機展示給大家看。在金斯頓大學教動畫的Damien則是把自己做的動態影像（Moving Image）播給大家看。在英國，動畫也叫做動態影像，讓圖運動就是從動畫這個字的意思來的。他之所以會在插畫工作營上播動態影像給大家看，是因為在金斯頓大學，插畫和動畫是合併在同一系上課的。他告訴我們插畫是如何活用在其他的媒體上，又是如何和動畫接軌。

接著是一連串的發問。雖然研討會結束後，理所當然會有一連串的問題，但是我總覺得問題的內容，有種奇怪的感覺。「要怎麼樣才能把顏色用得很好呢？」「要怎麼樣才會有自己的風格呢？」但是附加在這些問題前的形容詞更讓我感到訝異。像是「雖然我在韓國已經當了四、五年的插畫家了……」這類的，或是「按照前輩們所說，只要一味地模仿有名的作家們所創作的畫，這樣就能找到屬於我自己的風格。」這類的話。

這些問題對我來說有點難以理解。難道使用顏色的方法去某個地方問就會得到答案了嗎？個性這種東西光用嘴巴說明就能夠獲得嗎？那麼他們這段期間都是怎麼創作的呢？總覺得沒有自己的東西，是指這段期間一直都在抄襲別人的風格嗎？這些問題讓我感到有些衝擊。雖然這是之後才產生的想法，但就在我煩惱這些問題的時候，好像又到了開始煩惱的時機。就好像有好一陣子發展得不錯，卻遇到了自己的瓶頸，到了渴望學習的時機。

然而，那時候的我卻無法認同他們所提出的問題，因為當時我最大的煩惱，反而和他們的問題正好相反。

「從畫裡面可以看得出來妳這個人。」

朋友每次看我畫的漫畫都會講這句話，也就是說我的個性太強烈了，強烈到跟「灰褐色」這個單字的存在一樣。到這裡都還好，但問題是因為我的色彩太強烈了，所以反而無法擁有更多元的風格。我也跟他們一樣，被困在「自己」這個瓶頸裡面。

工作營結束的隔天，我和Damien一行人一起去看了仁寺洞某個美術館的展覽。為了吃午餐在路上來來回回地找餐廳。雖然仁寺洞滿街都是餐廳，但是要不常出門的我帶著一群外國人去一間還不錯的餐廳吃飯，實在是有些為難。加上「相較之下」較年輕的Damien雖然不怎麼挑，但是老教授卻是個問題。最後我們就糊裡糊塗地走進了一間排骨店點了冷麵來吃。拒絕吃陌生食物的老教授在我們吃飽了之後，帶著在麵包店裡買的麵包，然後到一間茶館喝茶，簡單地取代了他的午餐。

英國有一句諺語，「除非是媽媽做的，不然千萬不要嘗鮮。」（Never try NEW, besides mum serves.）意思就是除了媽媽做的食物之外，忌諱嘗試新東西的英國人絕對不會輕易碰自己陌生的食物。那時候我只覺得老教授是個奇怪的老人，但是聽了這句諺語之後，總覺得好像可以理解老教授的心理了。

和他們見完面，我自己覺得很興奮，因為受到了刺激。尤

其是某一主題的照片一直在我腦海裡揮之不去。雖然我不記得那個主題確切的名字，但是大概的內容如下：一整天花十八個小時在學校裡集合，叮叮咚咚製作一本童話書。雖然不是長時間準備所做出來的東西，但即使如此，粗糙中卻洋溢著生動感，自由又帶有新鮮感。於是我也想試試看，這個念頭咻——地在腦袋裡一轉，便馬上把朋友們都給找了過來。這個Project的名字就叫做18 Project！我把朋友們監禁在工作室裡十八個小時，讓每個人都做一本書出來。

包含我在內總共有四個人參加。而且為了不知道怎麼裝訂書的朋友，在製作的途中我還做了個裝訂教學。同時我也用網路攝影機實況轉播，雖然應該沒幾個人要看，但是差不多也有幾個無法參加的朋友偶爾會進來看看，留個加油的訊息什麼的。最後實在是太累了，所以就和幾乎差一點就要倒下來的朋友們用泡麵安撫清晨的飢餓感，結束這個Project。

那天，我幫一個以溝通為主題的故事附上了圖。這是一個關於溝通的錯誤的故事，故事的開始是「孩子很不幸地帶著好的眼睛出生了……」，因為他擁有比別人好的眼睛、好的耳朵和好的腦袋，所以他可以感受到別人看不到的、聽不到的和想不到的，然而沒有人能和他一起分享這些，讓他覺得很寂寞。生活在一群對自己所不了解的世界漠不關心的人之中，讓孩子無法跟任何人說話，最後他終於遮住了自己的眼睛，搗住了自己的耳朵，也停止了思考。所謂的「好」，雖然是有點過分美化的表現，但是這個故事的內容還滿符合我當時迫切的心情。

一年，剛好適合改變的時間

　　曾經我夢想可以漫無目的地去留學，但是當我憧憬的留學計畫都泡湯了之後，我就再也摸不清自己到底想做什麼，而且什麼事情也做不了。

　　所以我便默默成了職業無業遊民。

　　就這樣我開始覺得無力，我到底想做什麼？我到底能做什麼？光是為了尋找我到底能做好什麼事，就徬徨了好幾年的時間了。偶爾就算不知道自己想走的路在哪裡，還是繼續走著現在正在走的路，漸漸地我也熟悉了起來。甚至自己也跟自己妥協，這條路就是我要走的那條路。也會覺得找自己想走的路根本一點也不重要，為了尋尋覓覓這條根本就不存在的路，每當在路上碰到了小石子，還會和別人起衝突。感覺這段時間裡，好像也有所獲得的時候，正當感到沾沾自喜的時候，又覺得好像失去了什麼。

　　總而言之，就是曾經感覺差點就要好轉的時候，又失敗了。尤其是當我殷殷期盼的第一本書《munge's cartoon book，憂鬱》失敗的同時，所有的現實都浮上了檯面。我比以前還要一無所有，算是跌到了人生的谷底，也沒有什麼好失去的了。

　　當時我和正在準備留學的同學見面，他告訴了我一個全新的消息，就是英國的碩士課程MA是一年制的。因為一直以來我都只考慮美國的學校，從來都沒考慮過英國的學校。只覺得一樣都是西方國家，英國的學制應該也跟美國一樣。加上美國一開始

就是英國人飄洋過海所建立的國家不是嗎？MA課程怎麼會是一年的呢？因為是一年，留學所需的經費也不到去美國的一半，我的腦袋裡閃過的念頭只有一個，就是「一年，要改變要玩都剛剛好～」

　　我心裡覺得很疑惑，於是便馬上上網搜尋了。如果透過留學代辦中心，雖然會比較方便且確實，但是費用也不是開玩笑的，所以我便決定自己打聽。最大的難關是選學校，因為我沒有認識的學校，我聽過的也就只有金斯頓了，而且還是跟著Damien參加工作營才知道的。雖然我也聽說，全世界學費最貴的皇家藝術學院，又稱RCA，這所學校也在英國，但是我僅知道它的學費很貴而已。美國的話，曾經跟住在紐約的朋友到處觀光，知道的不少，像是NYU（New York University）或是S.V.A（School of Visual Arts，視覺藝術學院）、帕森設計學院（Parsons School of Design）、普瑞特藝術學院（Pratt Institute）、柯柏聯盟學院（Cooper Union）、FID等等。

　　一看沒有認識的學校，我也沒有特定想要去什麼學校。我的最終目標雖然是電影系，但是因為大學畢業以後，從來就沒有做過相關的工作，所以有點害怕。作品集也是個問題，最後還是繞了一圈回來選動畫。因為對我來說，動畫一直都屬於電影的領域。尤其和美國不同的是，美國是以漫畫為基礎；英國則是以插畫為基礎製作了許多出色的作品，加上我一直以來都有藉著動畫電影展關注英國的動畫，所以我覺得很適合我。

　　最後我申請了以提姆・波頓（Tim Burton）為畢業校友而出名的加州藝術學院CalArts，和只要能力許可，值得一去的英國RCA，還有金斯頓這三所學校。我之所以會申請和其他英國學校不一樣，學制和美國一樣是兩年，而且又要繳申請費用的RCA，是因為Damien的推薦。反正像這樣有名的學校，先上了再煩惱也

不遲。當然在申請截止前的一個星期獲得推薦之後，我花了三天的時間做作品集，最後才急急忙忙地用DHL寄出去。雖然加州藝術學院是我最想去的地方，但是我只能提出學校要求的三分之二的保證金。金斯頓雖然只是備胎而已，但沒有認識的教授，所以就拜託Damien和老師寫推薦函。但是因為我覺得一個個分開來收再寄出去太麻煩了，所以我便請他們把推薦信的內容和簽名用圖檔mail給我，再用電腦列印，這樣算犯罪嗎？

　　雖然已經收到了申請書，但還差一個英文成績。一般來說，去英國留學考的都是雅思IELTS，但是因為跟雅思很不熟，所以只好選擇用托福來代替。十幾年前我有考過托福，但是沒有達到學校要求的標準。雖然為了省錢不去上補習班，自己念也是個問題，如果只單純地寫題庫，認真地念成績還是會進步的不是嗎？聽別人說，要掌握托福的題型才會拿高分，加上那時候考試的方式已經從紙筆測驗改成電腦測驗，於是我便下定決心報名了補習班，上一天三個小時的中級速成班，剛好報名的那個月課已經上到一半了，所以我下定決心只花一個月上後面的課程，前面的課程我就自己照著同樣的方式練習就好了。

　　補習班真的教得很好，讓我們把握考試的題型。我之前根本就不知道還有所謂題型這種東西，知道了以後，連模擬考試的成績都提高了。按照補習班教的方式，前面的課程我就在家自己念，還把以前買的題庫都寫了，也寫了我盡一切力量能取得的電腦模擬試題。我每天念書念到凌晨三點，只花了一個月的時間就去考試了。念的時間愈長我留學的經費就會愈短缺，所以不管怎麼樣，我的戰略就是速戰速決。

Robin面試munge

　　沒想到金斯頓居然有了消息，於是我便把面試的日子訂在考完托福的隔天。那時候還只是三月初，到六月為止是接受申請的時間，還不到正式面試的季節。但是剛好插畫和動畫系的教授Robin來韓國參加插畫工作營，所以就趁著這個機會順便面試。Robin不就是那時候一起去仁寺洞的那位英國老教授嗎！我知道他是金斯頓的教授，但是我並不知道他也是MA的專任教授。雖然大概只相處過二～三個小時，也算是認識，所以就放心地邀請他來工作室了。

　　我心裡盤算著和他在附近的餐廳吃個飯，然後就回工作室去，於是就和他約在地鐵站見面。因為他比別人還挑，所以我想最後能帶他去的地方，也只有西式的家庭式餐廳了。於是我們便去了離車站只有十幾分鐘路程的Cocos，但是慘了！這家餐廳居然倒了，從那時起我便開始恐慌了起來。到底要去哪裡呢？他可能什麼都不吃……慌了好一陣子，最後我們終於走進了一間輕洋食餐廳。說什麼最近流行輕洋食，結果店裡的客人也只有我們而已。

　　Robin就算飲料點了果汁，還是說要喝茶，於是他便慢條斯理地從包包裡掏出茶包來。怎麼？怕韓國沒有紅茶嗎？他向老闆要了杯熱茶，然後就在裝著熱茶的塑膠杯裡放了兩個茶包。

　　結束用餐之後，我們便搭著計程車前往工作室，都已經在路

Big Ben

上徘徊這麼久了，如果再走下去的話，也太爲難老人家了。不知道他是不是覺得這也算是一種招待的方式，他把裝著滿滿草莓的黑色塑膠袋遞給我。接著我們就坐在工作室的沙發上，開始正式地進入話題，這樣算是面試嗎？

我先開口問他，「你看過我寄的作品集了嗎？」Robin說他沒辦法看。咦？那你幹嘛還來？但是Robin說他從Damien那裡聽說過了，大概知道我是在做什麼樣的創作。他叫我給他看我的作品，於是我就把《憂鬱》這本書和我的作品集拿給他看。他看書看了一陣子，說我畫的圖有個共通點，而那個共通點很有可能會變成我的問題。他指出我看畫的視線，也就是我和角色的距離感擺脫不了某種特定的範圍。聽到這番話讓我嚇了一跳。因爲他把這段時間困住我的瓶頸，一下子就指出來了。就算今天的收穫只有這個，對我來說，已經很足夠了。

其實我不記得準確的內容，我對英國的發音沒轍，加上我已經很久沒有使用英文了。不知道是不是因爲Robin是老爺爺，所以他的發音比Damien還重。雖然對話有五成我都聽不懂，但是反正是面試，我就假裝都聽得懂，不斷地點頭。

不過還是順利地進行下去。也聊了一些，像是去年有一位先去留學的前輩也是念同一個科系，雖然他六月畢業，但是爲了畢業作品必須要待到十一月。我們結束聊天之後，Robin站了起來說，「那麼我們六月見囉？」嗯？雖然有點驚慌，但我還是故作輕鬆地回答「嗯，好啊」，可是心裡卻想著，現在我算是通過了嗎？但我沒有要去這間學校的意思啊……

不知道是不是因爲僞造的推薦函，還是不足的財力狀況，或就是因爲沒有什麼爆點的自我介紹，如果也不是因爲這個，那麼會是我只用黑白輸出的作品集的關係嗎？其他兩個學校都音訊杳然。反而，金斯頓先來了消息，就在Robin回英國的隔天，我收到了一張合格通知書。

我現在能去的地方就只有金斯頓了嗎？

Kingston Upon Thames

sunni's class ❶

**倫敦的
二次出發**

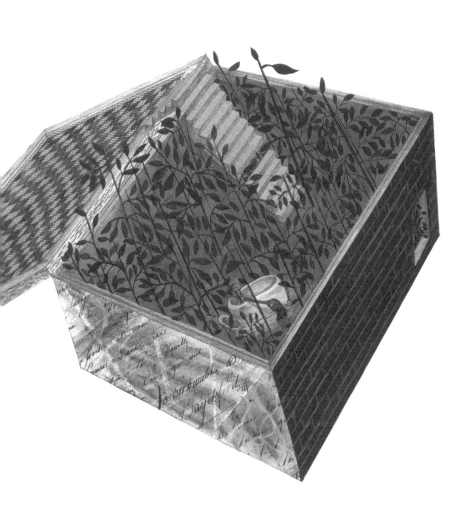

說辭職就辭職

　　面試順利地結束了，過了好一陣子才從倫敦寄來了一個厚厚的信封。這封寄來的資料袋，也告訴了我一件事，就是現在的我就快要展開一場屬於我自己的旅行了。我已經把現在上班的公司的辭呈寫好了。我要暫時告別這段，一直以來以藝術總監和插畫家的身分的日子，我只是為了更深入地窺視「我自己」，而擺脫這些束縛。我沒有什麼遠大的計畫，也沒有什麼欲望，我只是想畫畫，想把所有的專注力都投注在畫畫上，想把所有的時間都集中在一個地方。我很好奇我到底能夠走到哪裡，能夠走多遠，究竟做不做得到。

　　從小到大，我從未想像過沒有畫畫的日子，後來我卻當上了設計師。但即使當上了設計師，也從來沒有停過畫畫的日子。在進行個人工作的同時，我和繪本作家一起開過團體展，就這樣過了幾年之後，滿會畫畫的這項「有用之處」也獲得了肯定，於是就在那時候工作的公司自然而然地又做起了插畫的工作。

　　雖然有很多人說，學設計的人當然很會畫畫不是嗎？但是設計師是很會設計的人，並不是很會畫畫的人。況且大學的設計系和繪畫系不同，並沒有可以讓畫畫實力進步的多元課程，想畫插畫的人必須要自己主動去找門路，或者是發揮自己與生俱來的才能。記得上大學的時候，我對於有助於培養畫畫實力的課程不夠這一點感到很不滿，總是渴望能夠上更多跟畫畫有關的課。當然

最近的環境改變了，只要肯學的話，還有很多種類的畫畫課可以上；就算不一定要在學校學，也可以找到很多自學的資訊，專業的補習班也變多了。但是有獨立插畫學系的大學，還是跟以前一樣寥寥可數。

總之我喜歡書這種形式，喜歡做書。當然圖是我自己親手畫的，身為設計師一邊工作的同時，一邊尋找能夠畫出與文章相符的圖的插畫家或是畫家，總之我無法放棄設計書的工作。和我在同一家公司工作的設計師們常常這麼說。

「你就算不幹了，不管什麼時候，只要你願意，光是靠畫畫也能養活自己不是嗎？幹嘛要把人生搞成這樣？累都累死了。」

即使我點頭表示認同，腦袋也在做著辭職的夢，如果公司有一個可以去歐洲出差的機會，而且費用還是由公司另外支付，或是沒有加班的壓力，可以享受「準時下班」或是帶薪休假的優待，這時候我又會改變心意了。

「像公司這麼好的地方哪裡找啊？況且那個自由接案還是SOHO什麼的工作又不穩定，你們居然叫我自己往這麼惡劣的環境跳？」

十五樓的辦公室裡擺滿了用隔間隔開的辦公桌，只要看著這裡排成一列，滿滿都是盯著電腦看的黑色腦袋瓜，我一邊自我安慰自己絕對無法擺脫這裡，要適當地妥協，一邊又心生一種不安感，想自己會不會就此停擺。但即使如此，附屬於組織之中的便利，讓我感到安心也是另一個事實。

但是畫插畫的朋友們的眼光又有點不一樣。

「就算只畫畫也比上班族有樂趣，為什麼你還不辭職？」

「當自由工作者比枯燥乏味的上班生活好多了。」

「也是，也有人想進公司上班還進不去呢，只要能保障這兩件事都能handle得很好，那麼我也想去公司上班。」

甚至我還聽到另外一個人說。

「她真的可以只畫畫嗎？她只是覺得畫畫看起來很屬害

吧？」

　　不管怎麼樣，對畫畫的朋友來說，我是個腳踏兩條船的人，大家好像都把我當成半吊子。像插畫、設計、藝術總監，這一連串的工作，都是因爲我很喜歡才一直做到現在的，對我來說它們都是同一個職業，都是爲了視覺上的溝通而存在，只是貼上不同的名字而已。這也只是一個很自然的過程，用不同的職業來扮演橋梁，把我像聚寶盆一樣源源不絕的靈感連接在一起。

　　總之我很慶幸可以同時享受兩種優惠。反正不管什麼時候辭職都不會覺得可惜，所以就像玩遊戲一樣，去享受工作的本身，只要不失去平衡，空中的那些球就不會散落一地，像變戲法的雜耍人一樣。我算是享受這個節奏，把球拋著玩吧。

前往**霧都**的機票

　　在出發前往英國前，我在最後工作的出版社做的工作是將一篇童話出版成書。我以藝術總監的身分，談好了新的插畫家，並把繪圖的工作交給一個畫風符合這本童話、又有個性的插畫家。韓國有名的繪本作家所寫的文章，和買下版權的美國作家所寫的短篇小說，就算是讓大人來閱讀也需要很多想像的空間和解釋。於是我果敢地策定了繪圖作家的繪圖製作費，也以邀請繪本界堪稱第一把交椅的作家和評論家來開研討會等各種的活動掀起一股小話題。當然鼓舞那些從計畫階段就開始負責整個Project的所有設計師和總編輯、插畫家的士氣也是理所當然的。

　　我們這組的設計方向沒有任何的限制。舉例來說，如果即使一個場景全用紅色來表現也能形成充分的共鳴，那麼就像大家所能夠接受的程度一樣，在作家的解釋中開開一道門。這個Project也是因為和各個領域中具有潛力的新人作家一起合作，在大家的奮不顧身、積極的工作下才能獲得這樣更有價值的結果。以我的情況來說，我也會狂跑美術館或展覽會尋找新人，也會和自己以前就認識的作家一起創作。我認識的人因為可以做和自己相符、又可以做自己想做的感覺的工作，以前他們都會催我「快辭職吧」，但是現在他們也不知不覺地忘了，反而叫我絕對不要辭職，也強調了好幾次，要我繼續提供他們適合的Project。

　　我可以一邊當藝術總監，同時還可以選擇自己喜歡的文章進

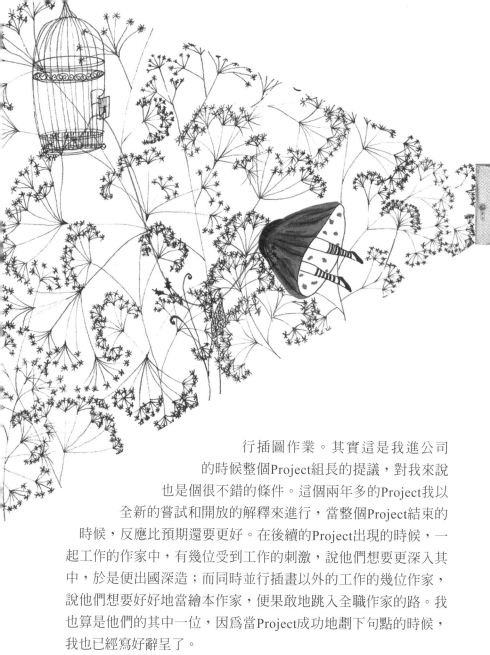

行插圖作業。其實這是我進公司的時候整個Project組長的提議，對我來說也是個很不錯的條件。這個兩年多的Project我以全新的嘗試和開放的解釋來進行，當整個Project結束的時候，反應比預期還要更好。在後續的Project出現的時候，一起工作的作家中，有幾位受到工作的刺激，說他們想要更深入其中，於是便出國深造；而同時並行插畫以外的工作的幾位作家，說他們想要好好地當繪本作家，便果敢地跳入全職作家的路。我也算是他們的其中一位，因為當Project成功地劃下句點的時候，我也已經寫好辭呈了。

很多當時一起工作的新作家，現在都在最頂尖的崗位上工作。有一位作家在波隆納獲得了年度藝術家獎，如果想要和他合

作的話，還要先提前一年跟他預約。

　　有的作家出版叢書，領版稅像領薪水一樣；也有一些作家現在正活躍於法國和米蘭。

　　寫辭呈的時候，很多人都問我「妳這是幹嘛？」上司也挽留我，勸我不要辭職，有個朋友跟我說，公司不錯為什麼一定要挑現在這個正值工作最成功的時機辭職當插畫家。這是既現實又理所當然的想法，也是帶著對我的感情所提出的忠告。我都已經年過三十了，如果要符合現實這把尺，不該做的事情比應該做的事情還要更多，但是我「就是現在」的這個想法很強烈。最後，我還是像個孩子一樣，乾脆地買下了前往霧都的機票。

　　我會選擇英國這個國家當作新的出發點，是因為英國多元且有深度的教育系統，擁有歐洲特有自由奔放的藝術課程，雖然我常這麼說，但是真正吸引我的地方，其實是大部分的人都很討厭的英國天氣。有一次公司派我到法蘭克福書展（Frankfurt Book Fair）出差，順道去了倫敦。雖然不受歡迎的雨一連下了好幾天，但是不知道是不是因為結束疲勞的出差之後，讓人感到悠閒自在了起來，我坐在咖啡廳裡，望著霧氣瀰漫又陌生的倫敦一景，而這一景就像靜物照一樣原封不動地珍藏在我心裡。即使過了幾年，我仍然忘不了那個景象，和當時一樣栩栩如生。

　　就是因為那種感覺，在我要離開倫敦的那段時間，覺得心裡五味雜陳。我陷入了這股莫名的魅力之中，比原定計畫又多待了兩年半，足足花了四年多的時間，像談戀愛似的在倫敦生活，而在談戀愛的同時也伴隨著心動和倦怠的感覺。

　　一開始腦袋裡的想法是，我把自己丟在這個陌生的地方，然後把我在這個地方所感受到的東西完完整整地用我的畫來填滿。就像吃飯一樣，就像呼吸一樣，我的目的只有一個，就是埋頭於畫畫之中。所以一開始我打算找約一年的短期課程，但是英國和

充滿無數資訊的美國不同，別說是短期課程了，就連找學校的資訊都很難。除非是學位課程，要不然我能找到的就只有一～三個月左右的短期課程而已。

就在我做好要去英國的心理準備的同時，我的腦袋掠過一個搞不好會發生什麼難堪的事情的想法，但就在這時候，我偶然得知Westin朝鮮酒店有一場英國留學博覽會的消息，在那裡可以看到插畫課程的學生的畢業作品。雖然這些作品只是學生級的，但是也有堪稱專業級，毫不遜色的傑出作品混雜在其中，那種多元化的氣氛最後還是征服了我的心。參觀了幾個學校學生作品的區塊，讓我產生了一股好奇心。到底是為什麼才能夠做出這樣多元化，而且充滿創意的作品呢？是因為英國這個國家的教育體制嗎？還是只不過是各個作品與生俱來的個性，和因為文化而產生的異國風情呢？我用我有點破的英文勇敢地問了一個從學校攤位走出來的人關於學校課程的事，雖然他的回答有點冗長但是人很親切，只是礙於語言的限制，不幸地我只聽得懂一半左右。

稍微讓我心動的是，大學課程裡Level 1的課程很重視繪畫課。反正花一年的時間，邊畫畫邊過日子，不但可以更靠近英國的體系，而且還能在現場受到刺激，做我自己想做的作品，感覺也挺不錯的。而且，我遇到了讓我心裡冒出「就是這裡了」的學校。

決定**學校**

　　現在英國美術大學的宣傳算很多的了，再加上從那裡畢業的學生也愈來愈多，只要有心，應該不難獲得有用的資訊。但是幾年前的情況和現在完全不一樣。那時候在網路論壇po上相關的問題，連個回應也沒有，就算有人回覆，答案也都大同小異。在這種情況下雖然得知博覽會的消息，但是我並沒有抱太大的期望，是以拿個DM也好的心態去逛逛，沒想到那天進行的活動竟如此多采多姿。

　　我想現場也許可以面試，所以就鼓起勇氣跟一個人搭訕，這個人說自己是布萊頓大學（University of Brighton）的校長。雖然他看起來又瘦又高，年紀好像超過六十歲，但是一身牛仔褲搭短袖格紋襯衫的打扮，有種親切的感覺。我簡單地自我介紹後，便拿了一本我的繪本給他看，那時候只想搞不好派得上用場便帶去了。不是有人說，千言萬語也比不上一張圖所說的話嗎？看起來像個難搞的老爺爺校長笑咪咪地對我說，我的畫有歐洲風格的感覺，同時也帶有東方的色感。接著他簡單地向我說明了學校的授課課程，還說可以在我方便的時間幫我安排面試，他也沒忘了向我展示布萊頓的榮耀。我熟悉的韓國體制，理所當然地認為「校長＝權威」，但是對我來說他給我的感覺除了親切還是親切，讓我覺得很新鮮。他是我遇到的第一個英國人，總之那時候布萊頓只是一個藝術之都，關於政府支持藝術節的事，我覺得只是學校為

了宣傳，多少摻雜了一些稍微誇大的事實。之後的三年間，我在布萊頓待了九個月的時間，關於這件事就留待後面再說吧！

因為從倫敦到費爾茅斯藝術學院（Falmouth College of Arts）足足要四個小時，所以在韓國並不怎麼有名，但是英國也沒幾個地方有插畫課程，所以我便和以此聞名的費爾茅斯藝術學院的教授見了面聊一聊。老教授一頭鬈髮看起來既嚴肅又正經，他一邊把學生的作品用幻燈片一張張地秀給我看，一邊擺著撲克臉詳細地為我說明。我記得他跟我說，費爾茅斯畢業的學生一定會有自己的特色。雖然看得出來他比別人都還喜歡學生，但是不管怎麼樣，地域問題讓它成為我猶豫的學校之一。我也知道，有很多在地的畢業生現在正在從事作家的工作，而且充實的學校課程，也讓許多在學學生都已經舉辦過展覽，以華麗的出道成為新人作家。如果不怎麼挑地方的話，或許多留意這所學校應該也不錯。

就在我東看西看的途中，無意間看到金斯頓大學的攤位擺著學校的新聞當作學校的宣傳資料。好幾條關於學校消息的報導中，有一張特別吸引我的照片刺激著我的職業意識。照片裡有一、兩位留著短頭髮的學生害羞地笑著，用手把繪本舉起來。讓人覺得有趣的是，報導的內容說，布魯姆斯伯里（Bloomsbury）出版社出版了這些學生在課堂上做的一個Project。因為這篇報導很簡略，並沒有什麼具體的說明，所以我並不知道詳細的狀況，只是覺得很了不起。到底這所學校是採取什麼樣的課程，竟然能讓一個這麼挑剔又講究的英國大型出版社，願意幫這些還只是學生的作家出版，實在讓人好奇。

偶然間看到學校的新聞讓我一直把金斯頓放在心上，而且面試的事情也如一氣呵成般的順利。金斯頓的工作人員，說他們世故也好，或是說他們看起來很商業化，但是在忙碌之中，不失親切的態度，讓人覺得他們做事非常有條理。對於面試我沒有特別準備什麼，只是把目前為止我所做的個人作品和幾本出版作品帶

來給他們看，並且用我的破英文在一旁說明。有一位我連名字也不太記得的年輕教授看起來對我的出版物很有興趣，問了我關於工作的事。並問了一個和其他面試一樣會問的問題，「為什麼妳想來我們學校？」還客套地稱讚和批評我的職業。當我問到關於插畫課程外界的評價或知名度的時候，他馬上就積極地強調學校得過插畫協會的獎，而且也名列以傑出校友作為評分標準的學校官方排行榜，所以絕對不會落後於其他學校，從這個情形可以推斷出他們對學校的課程非常有信心。

　　在面試的同時，我心裡也已經決定就是「這裡」了。最後他在和我告別的時候和我握了手，並且要求我把托福成績和入學許可必備的各種資料寄給他。他的表情看起來非常地肯定，讓我的心情略感輕鬆。

Stage 2.

munge
& sunni
illustrate
London

munge和sunni
手繪倫敦

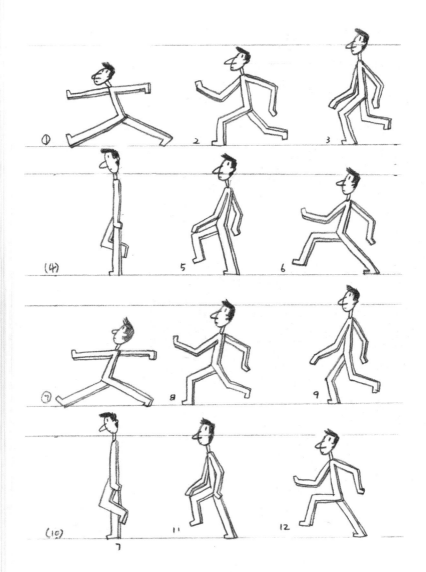

munge's class ②

第一學期，
重新領悟
畫畫的魅力

Robin的**作業**

　　去英國前，錄取通知單裡面有一張標題寫著「Summer Project」的紙和學校註冊資料夾在一起，是Robin寄來的訊息。與其說這是訊息還不如說這是任務比較接近，不！與其說是任務，不如說是叫我寫一首詩才對！真搞不懂這上面到底在說什麼。雖然隨著時間流逝我漸漸地可以理解了，但是這個絕對不單只是英文的問題而已。Robin太深奧又太高明了，同時又具有文學素養和幽默的一面，他所寫的所有單字，就像藏在薄紗後的暗號一樣，用充滿智慧的隱喻法來傳達他的意思。總而言之，就是沒有人可以了解他所寄的信。Damien叫他「詩人」（Poet），而我叫他「賢人」（Wise man）。

Summer Project

用文化的時間連接成你個人的旅行

想想看四個對你來說具有個人意義的人為結果：

文章的一個片段──電影的一個片段──一張圖──聲音的一個片段

把這四個東西捆在一起做成一個沒有縫隙的整體

借著這個來展現屬於你自己的獨特旅程，並且做成一個故事。

這個東西會以立體的作品、地圖、雨中的舞、分鏡腳本（story board）、短暫的移動等等的形態出現。

問問你自己，如果這個片段是夾克的話，你會怎麼表現。

──摘自Robin的「Summer Project」

用一張紙就讓我突然多了一份作業。Summer Project，不就是暑假作業嗎？明明還不到入學註冊的時候，哪來的暑假作業啊！況且本來就已經夠緊張的了，還加上這個我連意思都搞不太清楚的作業，到底在講什麼啊？為什麼我要成為夾克，為什麼我要在雨中跳舞啊？拖了又拖，一直到發表的前一天，我才急急忙忙地熬夜完成這份作業。雖然我覺得我是來充實新東西的，但是最後還是要展現出最自己的東西才行。我把這段期間引導我的刺激和方向，還有讓我來到這個地方的自己，畫成了一本卡通日記。九月的最後一週、帶著我的Summer Project Review和指導教授Robin、助教Joye，與同學們第一次見面。雖然這個作業並不包含在正式的作業裡，而且也是非強制性的作業，但是我那天卻被Robin拋過來的一句話給震懾住了。

「妳還要繼續畫妳的卡通嗎？」

說不定Robin只是單純地拋出了這句話而已。就算是很正經地問我，也只不過是單純地問我以後的作業也要用這種卡通的方式嗎？但是總覺得自己被刺到了。我不就是為了改變才來的嗎？感覺下定決心的時機來了。

為了「Summer Project」所畫的卡通日記

沒有選課

　　結束入學註冊後付完第一學期的學費，也拿了學生證。到銀行等了一個小時半，雖然見到了諮詢員，但是才不到一分鐘就被HSBC拒絕了。之後我就到NatWest去開戶。

　　「請問NatWest在哪裡？Natial West銀行？」

　　「Natial？啊，NatWest！」

　　因為發音的問題我花了二、三個小時才找到銀行的事我就不多說了。因為已經畢業太久這個理由就被HSBC趕出來的事我也不多說了。為了把巨額的旅支換成現金，在大型超市Waitrose的食品區徘徊，還被當成非法居留者的事我也不多說了。我去申請每個月只要花五英鎊就可以免費通話兩百分鐘的劃時代3 phone，但是卻因為沒有英國的信用卡被拒絕三次的事我也不多說了。為什麼？因為很狼狽。最重要的是，銀行的帳戶也開了，手機也買到了，所有的準備都結束了。現在只差選課就可以開始全新的人生了。

　　可是奇怪的是，學校並沒有叫我選課。來英國前我想了很多，雖然我主修動畫，但是既然這個系的名字叫做插畫和動畫系，那麼也會和插畫課並行吧！國外的專業科目課程應該都設計得不錯，所以攝影課也要上一下才行～！雖然我是這麼想的，但是現實卻和我的期待相反。英國的學校根本就沒有選課這種東西，也就是說沒有可以選擇的課程，沒有可以比較的講師，更沒

有細分成專業相關課程的概念。而且不能選和主修科目沒有任何關係的課，不能選自己有興趣的課。什麼！怎麼有種不太對的感覺。

雖然有優點也有缺點，但是英國不像美國或是韓國一樣，不是在多元細分的課程中選擇符合自己的喜好或是自己有興趣的課，而是存在著一種涵蓋大範圍的教育課程稱作課程單元module，把已經決定好的主題或是形式作為基準，不管自己想做什麼就做什麼都沒關係，把自己想做的Project當作主體，自己選擇自己進行的方式。還有透過統稱為導師Tutor的指導教授和個別指導Tutorial的個人面談，和教授商量之後，開始著手全部的Project。既然我上的是MA課程就更是如此了。

只要適應這套系統，除了可以自由進行創作活動，也可以和多元的領域接軌，進行範圍更廣的跨界作品。而且最重要的是，這套體系擺脫了一定要別人給你一個什麼東西，即，一定要交作業才會完成作品的被動式學習方式；這套體制是，不但Project的結構要自己決定和進行，而且資料的調查和日程的管理也都要自己打理，所以更能夠訓練自己自動自發。如果想把攝影和插畫結合的話，可以和攝影工作室裡的技術人員商量；如果在製作動畫的過程中有任何技術上的不足，可以向動態影像工作室的技術人員請求幫助；如果想做立體動畫的話，可以找人介紹有這方面經驗的導師，向他尋求建議。但是如果不親自去找人尋求建議的話，那麼就什麼也都得不到，這就是英國的體系。

突然獲得了無限的自由，卻也讓我感到無限的慌張。

2D已死?!

　　工作室前面的公布欄貼著一張通知，是關於美國的夢工廠
（Dream Wax）舉辦研討會的事。如果是藝術總監或動畫導演來
當講師的話應該會滿有趣的，不過講師卻是行銷部門的經理。但
這絕對是個一窺美國情形的大好機會。還滿多人聚在這裡看的，
大家應該很好奇，最近這個世界是如何運轉的。

　　「2D動畫已死！」

　　簡單地說，這就是研討會的內容。我聽說包括迪士尼在內，
夢工廠最近這幾年也開除了所有的2D動畫師，也就是說美國不再
以2D方式製作動畫。不要說美國了，就連全世界現在也都不需要
用手繪圖的2D動畫師了，雖然這已經是多少可以料想到的事。就
連立體模型動畫也一樣，即使《聖誕夜驚魂》的上映非常成功，
但是聽說這部片的製作團隊還是有一半以上的人被迪士尼開除
了。而且現在3D電腦繪圖的技術也已經超越重新改變人的膚色，
還有讓不只是頭髮，還有手毛飛揚的水準了。現在這個世界還更
極端地分成細微的3D，或是以風格一決勝負的3D彼此競爭。現在
已經來到了把2D的味道用3D來呈現的時代了，用手畫出來的動畫
已經是過去式了。雖然這件事我已經知道了，但是問題是我來到
英國這件事。

　　我之所以會選擇英國，是因為英國所追求的動畫風格是以
能夠生動地展現手感的插畫為基礎的動畫風格。而我來到英國想

獲得的東西就是這項「基礎」，非像美國那樣追求因爲規模而產生的細分化、專業化，還有最好的技術化。我現在正在世界的潮流中逆向行駛，好像我原本是爲了進步而來，但卻有種退步的感覺。

從夢工廠來的講師介紹了當年奧斯卡金像獎最佳動畫短片《搶救雷恩大師》（Ryan），和爲了配合他們自己的價值觀而介紹的法國GOBELINS動畫學院的畢業作品。以全3D動畫製作的《搶救雷恩大師》內容是，關於一位影響導演克里斯蘭德瑞的加拿大動畫師——雷恩拉金的記錄片，記錄他的一生和訪問。電影隨著口白「我的英雄雷恩」結束的那一瞬間，雷恩也成了我的英雄。

GOBELINS是法國最有名的3D動畫學校，以共同作業的方式完成Project。這間學校採取的方式不是各自作業的系統，而是共同製作的體制。各自分擔自己的部份，從一開始的計畫階段就開始負責自己的角色。他們會從每年的畢業作品中投票選出那一年的作品，但是有趣的點是學校和社會之間所存在的鴻溝到哪裡都是一樣的。這話是什麼意思呢？也就是說，以作品品質出色而獲選優秀作品的情形來說，會獲得很多人的支持，過了幾年之後，在好幾個頒獎典禮上享受得獎作品的榮耀，但是聽說那些學生反而不容易找到工作；相對地，反而是實用性出色的第二、三名的獲獎學生畢業了之後都可以馬上找到工作。

夢工廠飛來英國說這些話，也意味著英國現在也應該改變了，學校應該要先改變才行，英國現在正處於過渡期。研討會結束後，Damien和我展開了一場激烈的爭論。雖然講師說的話並沒有錯，但是對於一直以來都是做2D動畫的Damien來說，「2D已死」這種話帶給他的衝擊好像很大，讓他根本無法認同。

Damien也是用電腦繪圖，一個基礎畫畫的人。英國看起來好像還難以接受這所有的現實，尤其是插畫歷史悠久的金斯頓。金

斯頓把插畫系確立為插畫與動畫系的時間並不長,所以金斯頓的
動畫課歷史並不長。他們也並不是完全追求畫在安全框上,用底
片攝影機拍攝,再用色盲片編輯這種傳統的方式。然而插畫的傾
向就像那樣重視故事性和擴大基本的畫功。

　　所以說英國完全不會做3D,或是技術落後,現在下這種定
論還太早,不管到哪裡都只是因學校的特性而有所不同。金斯頓
也有做3D的學生,以RCA的情況來說,有很多以3D繪圖技術為
基礎完成的作品,這些作品的完成度很高。廣告界裡被認定為最
好的汽車廣告,有專業水準品質的3D繪圖動畫也成了主流。只
是,以傳統的插畫為基礎來創作的作家所謂的電腦作業就是使用
Photoshop,和Adobe Final Cut Pro這類基本的軟體,只是現在才
正準備要開始和Flash接軌而已。如果使用Flash的話,就會和我們
現在已經厭煩到不行的環境有很大的不同。另外韓國偏好的編輯
軟體是Premiere,但相對之下英國已經不再用Premiere了,像Final
Cut Pro或是After Effect這類的軟體已經在這裡盛行很久了。

和Martina結下的孽緣

　　插畫系學生和動畫系學生是一起上課的，不知道是不是因為是MA課程的關係，沒有什麼上課不上課的，只有按照課程單元有所謂的期中發表和期末評分，第二次全體集合的時候，不分插畫系學生和動畫系學生全都要一起在工作室集合，除此之外所有人還要進行個別指導。Robin負責星期二，Joye負責星期四，從十點到五點，每天八～九個人，每個人進行四十分鐘的個別指導，平均每兩個禮拜進行一次個別指導。當然Robin是隨機選學生的，插畫家就用綠色的幸運草標示，動畫師就用紅色的鑽石標示，還有在職生就用朱黃色的愛心標示，一個個編號。而且他還說他會把學生的名字貼在靶上，用射飛鏢的方式來決定順序，不過不管怎麼樣都只是他本人說好玩的。

　　除此之外，定好了課表之後，每個禮拜三會輪流上兩個小時的理論課──插畫的歷史和研究課程。總而言之，也就是說一個禮拜只要去學校一、兩次就好了。如果這就是全部的課程，那麼MA課程比想像中得還寬鬆。但是從這裡插畫系學生和動畫系學生的命運可就大不同了，全體動畫系學生每個星期四還要另外和動畫專任導師Martina在動態影像工作室見面。

　　她給動畫系學生的第一個Project是「一分鐘Project」。課程單元的正式名稱雖然叫做「尋找與發現」（Research and

Discovery），但是對動畫系學生來說，不過就只是做個一分鐘的動畫而已。Robin和Joye上課算是用比較自由而且輕鬆的方式進行，但是Martina的方式講究理論而且很有壓力。第一堂課她不分青紅皂白地叫我們用中午一個小時的時間做出一個角色帶到課堂上來。我是那種只要四周有人就完全無法工作的類型，別說是在學校的工作室了，就連在圖書館或是咖啡廳我都無法工作。但是她卻叫我們一人做一個角色帶去上課？雖然這種當天結束的作業是頭一遭也是最後一次，最後我就只是把以前已經畫好的角色帶去給她看而已。但是Martina只說了一句話，「真是沒禮貌！」我第一天就被她給盯上了。在那之後，我就常常聽到她對我說這句話，到底我是做錯了什麼啊！

Group	MA
Project Title	Walking Cycle
Tutor	Martina
Brief	讓角色在同一個地方反覆地移動，這就是循環走路的目的。角色被製作成人或是擬人化的事物，借著走路的樣子賦予它性格，並且以反覆的移動把時間和勞動力減到最少。這就是動畫的基本！

「一分鐘Project」開始之前就毫無預警地說要一個角色，其實是為了後面四週循環走路Project所做的暖身。為了要讓一個角色走路，就要賦予那個角色它的性格。如果不是一個人，而是一個形象化的角色出現的時候更是如此。這就是動畫的基礎，循環走路的重點所在。Martina還出了一個作業，要我們製作用來賦予角色性格的情緒板（Mood Board）和心智圖（Mind Map）。可是情緒板是什麼？心智圖又是什麼啊？

這兩個字是我打娘胎出來第一次聽到的單字，即使我把整個網路都翻遍了，也只有幾個範例而已，還是不知道到底要怎麼做。更何況我連Research都沒做過，根本無法了解為什麼設計角色也需要找資料。所以到目前為止我都只是照著我想的亂塗鴉，在

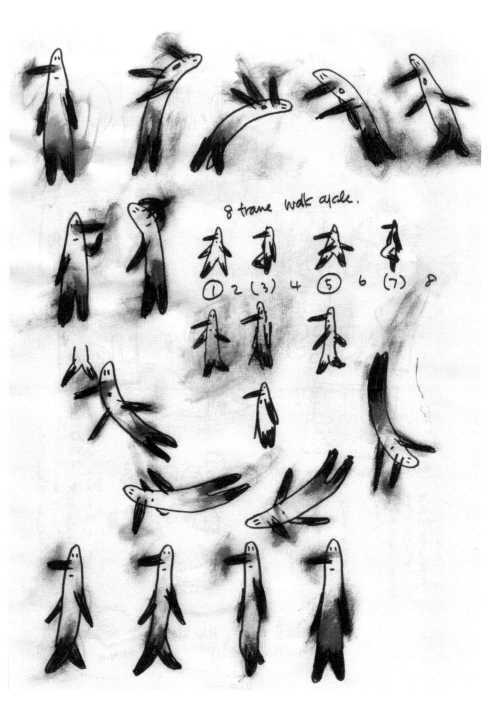

8 frame walk cycle.

① 2 (3) 4 ⑤ 6 (7) 8

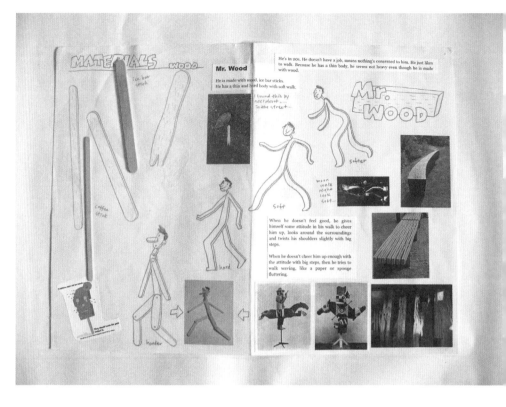

素描簿上隨便塗鴉就帶過去，結果Martina又盯上我了。

　　所謂的情緒板就是為了讓別人能夠一眼就清楚你做設計的主題，所以把說明的文字或是圖像、物件的樣本羅列成一張像海報一樣的東西，是設計師很常使用的一種方法。仔細想想我好像有在時尚設計師的工作室，或是雜誌上看過這個東西。那麼心智圖呢？就是以關鍵字為中心，把話或是想法用聯想的方式擴大，然後整理成圖表或視覺化，或是寫成組成的方法，是一種讀書或是解決問題的好方法。例如，猴子的屁股很紅，很紅就想到蘋果，想到蘋果就覺得好吃，覺得好吃就想到香蕉，香蕉很長，很長就想到火車，火車很快，很快就想到飛機，飛機飛很高，很高就想到白頭山，白頭山！就類似這樣。那麼結論是猴子的屁股就是白頭山!?

不過2D還活著

　　我聽說在金斯頓有一個名為邁布里奇節（Muybridge Festival）的活動，是為了紀念在泰晤士河畔的金斯頓誕生的偉大攝影師——埃德沃德・邁布里奇（Eadweard Muybridge）去世一百週年所舉行的活動。活動的內容是在他曾經工作過的建築物牆壁上，播放追思這位人物的動畫。邁布里奇是第一個透過連續拍攝，將動物或人的運動用相片表現出來的作家。他用連續播放將動作照原樣運動，形成一個動態影像。他在照片和動畫這兩個領域的歷史上都是很重要的人物。

　　當年畢業於金斯頓的插畫動畫系和BA課程的湯瑪斯・希克斯等兩位動畫師，為邁布里奇製作了一部追思的動畫片，因此獲得推薦而領到獎學金。

　　金斯頓市長和金斯頓大學校長等有名人士佩戴著漂亮的臂章，穿著傳統服飾演講，派對也隨之開始。等到街上一籠罩在黑暗之中，建築物的牆壁上就開始播放邁布里奇的照片和希克斯做的動畫所組成的影片。漸漸街上的人潮聚集了過來，雖然動畫反覆地播放了好一陣子，但人們還是無法離開他們的位子。

　　我個人很喜歡能夠充分展現出時代性的作品，加上我喜歡的動畫類型是線條畫的風格。而希克斯的作品充分地將時代性和插畫和諧地融合在一起，完全是我喜歡的作品類型。但是最重要的是，光是那每一個畫面本身，就是一部令人感到激動的動畫，還

有吸引觀眾的出色的音樂，每一個移動和音樂都非常絕妙地融合在一起，加上在高高低低的建築上播放，讓人感覺更有魅力。我就是在那一瞬間成了他的粉絲。不管技術再怎麼發達，世界再怎麼改變，果然精采的東西還是精采。他用手畫出來的插畫，和他活用天生的節奏感所創造出來的動畫，比任何一部好萊塢的動畫都還要來得有魅力。

當我還在感歎的時候，和我一起去的前輩對我說了關於希克斯的事，說他還在學校的時候就已經以天才少年聞名的樣子。隔天我馬上就去學校找了他的作品來看。BA和MA課程的動畫系學生念的都是同樣的課程，差別只在於一個是念三年，而一個是念一年。當然這個教學計畫（Curriculum）和RCA一樣。希克斯的「一分鐘Project」《看那只猴子》（Look at the Monkey），和作為畢業作品的Final Project《旋轉木馬》（Kaiten Mokuba），就算拿到現在來看，還是能讓人感到心裡一陣悸動。他真的是一位天才。令人感到激動的動畫，令人嫉妒的設計，出色的音樂解釋，完美的節奏感。這些感覺都是絕對的，也就是說這一切都很「Perfect」。看了他的作品，還能隨便就說2D已死這種話嗎？我，又再度燃起希望了。

尋找**主題** (Motif)

　　畫在二〇〇四年荷蘭動畫影展（Holland Animation and Film Festival）的傳單背面的電影放映機，二〇〇二年安錫國際動畫影展（Annecy International Animation Film Festival）官方宣傳片《侏羅紀》（Jurannessic）（法國，二〇〇三），還有希克斯的邁布里奇，讓我完全愛上了草創期不斷用各種主題所創作的動畫。原本應該為「一分鐘Project」創作一個動畫故事，但是卻很難想到其他的東西。剛好我去看了海沃美術館（Hayward Gallery）正在舉

辦的展覽「視線、謊言,還有幻影」（Eyes, Lies and Illusion）,
展示了關於錯視的圖片,其中也展示了一八○○年初期的動畫道
具和影子遊戲。

　　這裡所展的東西大致上如下,有一張紙的正面畫著一隻鳥,
背面畫著鳥籠的柵欄,紙的兩端綁著線,緊緊地拉扯著,當紙在
旋轉的時候,若是依照錯視現象的理論來說,應該可以在旋轉的
畫紙上看到鳥被困在柵欄裡的影像;還有一個東西是圓盤上畫了
十二個連續的圖,只要轉動這個圓盤,這個東西就會變成一個讓
影像動起來的電影放映機;還有一個圓筒,如果旋轉圓筒的話,
圓筒就會讓裡面的圖片動起來,這就是幻影箱的原理;還有手翻

書（Flip Book），就是把連續的圖片釘成一本書，然後快速地翻頁，讓畫面形成連貫動作。雖然從以前我就對這些東西很感興趣，但是也只是大略知道有這些工具，然而現在它們又激起我的興趣了。如果把這些道具直接做成動畫展現給大家看一定會很有趣，道具就用實物來拍攝，對此有反應的角色就用圖來合成感覺也很有趣。

　　然而這正是我和Martina正式展開戰爭的起始。

Group	MA
Project Title	One Minute Film
Tutor	Martina
Brief	一分鐘的電影就是以簡單的靈感為基礎來創造一個成果的Project，目的是在於透過各種方法的Research，來探求足以獲得靈感的資料。搜集參考圖書、圖片、相片等，把電影的concept做成一張情緒板和分鏡腳本（story board）。

　　我在一本厚厚的書裡看到了道具的實物，是用非常小且畫質非常差的照片連接起來，我真的覺得這些草創期動畫的道具非常地有趣。但是，「所以妳想怎麼做？那很神奇嗎？」這就是Martina的反應。從那時候起就是我們戰爭的開始。我必須要說服她，但她卻咄咄逼人。最後我還是「算了！這個以後我自己再做！」下定決心修改所有的故事。我想出能夠和一般生活接軌的其他方法來取代直接把道具展現出來的方法。譬如說，電影放映機我就用夾在腳踏車輪的旋轉圖片來取代，旋轉紙板我就用貼在風向儀前後的圖片來取代，幻影箱我就活用遊樂園的旋轉遊樂設施來取代，但是她還是不滿意。

Martina一，她不聽學生所說的話。
Martina二，要她聽就必須話要說得比她好，英文是個問題。
最後Martina三，她只喜歡男人！

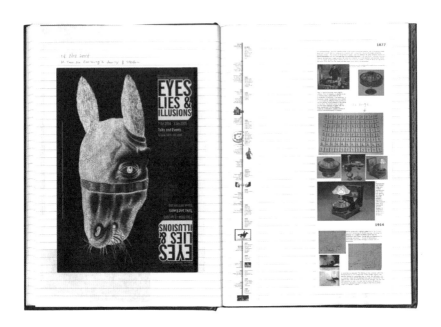

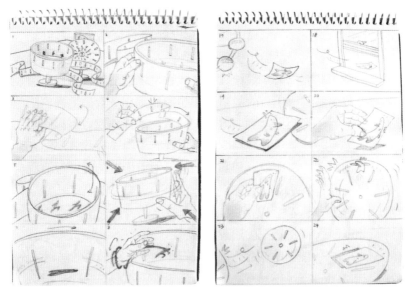

為「1分鐘Project」做的研究（上）和分景劇本作品（下）

無法屬於任何地方的我就要理所當然地被唾棄嗎？她是德國人，是個來英國留學不到十年就站穩地位的實力派。畢業於RCA，EU（歐洲大學）出身，不管怎麼樣找工作對她來說絕對不成問題。武斷的個性也很有魅力，而且幹勁十足。她的身高比男人高，聲音也比男人大聲。即使冬天這麼冷也沒能讓她屈服，她仍然穿著無袖的運動衫，和赤腳穿著一雙海灘夾腳拖鞋。而她和我的戰爭一開始就不成氣候。我的聲音也很大，到哪裡也不會輸給別人，而且要賴的時候更是如此。但是她那龐大的身軀一靠近，由上往下俯視著我，讓我連一句狡辯的話也說不出口，最後還是畏縮了。要比吵架的話我可是不會輸的，因為我的牛脾氣也算是一流的。但是她的口頭禪是「閉嘴！」總是在讓人想說明什麼，或是想表達意見的時候她就先說出這句話了。當然她會這麼獨裁也是有原因的，因為動畫不是光用嘴巴說明就能讓人明白，即使沒有附加說明，光是用圖片就能充分傳達所想表達的作品，才算是真正地完成一篇動畫。

　　MA的情況是這樣的，雖然一共有二十～三十位學生，但是到了開始進行研究課程的時候，已經有六～七名學生消失了。而在那之中有的人是轉去其他學校，而有的人則是轉系，不過完全沒消沒息的學生占大部分。啊，還有因為簽證問題，即使註冊了也不會在學校出現的學生，剩下來的學生中有三～四個人有工作或是有其他工作的在職生，排除就這樣消失的學生，大概還剩下十五個人左右。動畫系更是如此，一開始選動畫系的學生有十五、六人，選擇動畫系的人比選插畫系的人多。但是光是在循環走路Project結束前，也不過只剩下十人了；「一分鐘Project」一結束就只剩下六個人了。這是因為動畫系集約性的無限勞動，而Martina的壓迫也是原因的一部分。

　　Martina從來就沒有正確地叫過我的名字。「Martina總是叫

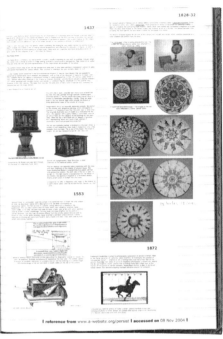

為了「1分鐘Project」做的Research

我『sangji』」，每當我跟朋友表達我心中的不滿，朋友總是會因為她很確定地叫我sangji而哈哈大笑。其實是因為我寫韓文名字的時候通常都不分開來寫，或者是在中間加上連字符號，都是把sang和hee連在一起，寫成sanghee。可是g和h若是連在一起是發「ji——」的音，所以「sangji」這個名字就是這樣子來的。當然一般來說如果請她改成「sanghee」，她應該也聽得懂，不過，沒關係，反正在朋友面前也叫她「Maktina[1]」。

　　她只是對學生沒有很大的興趣而已，更何況MA的動畫課程是Martina自己一個人上課。偶爾Steve也會加入，但是也只不過一個學期一、兩次。相較於學生人數比較多的BA課程就是由Martina

---

1　Maktina，諧音韓文的「狂露出馬腳」的意思。

和Damien兩個人輪流上課。如果在美國的話,就會分成兩個班級,讓學生自己選老師,但是這裡是英國,Damien上星期二,Martina上星期四,用星期來分班,雖然優點是可以聽聽兩個風格不同的導師的意見,但是因為兩個人常常說的話差異很大,所以偶爾會讓人摸不著頭緒。也就是說如果有一個人說OK了,那麼另一個人就一定會要求修正,就是用這種方式。Martina和Damien是好朋友,Damien似乎默默地也很喜歡這樣的關係。通常Martina的影響力都比較大,但是這也算是一種「好警察,壞警察」(Good Cop, Bad Cop)的遊戲,被Martina罵的時候,就由Damien來安慰。

　　言歸正傳,Martina和我的戰爭最後的結果就是這樣,我徹底地輸了!但是,這已經是預料之中的事了。

在Martina面前**哭了兩次**

　　我帶著最後一個場景去和Martina爭執，是遊樂園的旋轉遊樂設施的場景。我堅持一定要加進這個場景才能完成電影放映機、幻影箱、手翻書這三種組合，但是她一句無聊就把我的作品給退了回來。我又再一次向她表示我的堅持，她馬上又說沒有聽的必要，把我完完全全地給擊退了。我忍不住心中的委屈，最後還是哭了。其實除了我自己一個人在看連續劇的時候，幾乎很難得會哭。我也自認為自己算是個堅強的人，但這件事實在是委屈到讓人無法忍受。雖然我真的很不想哭，還是不自覺地一直掉眼淚。就算在韓國是拿別人的錢工作，我絕對不是那種會輕易妥協的人，我總是有辦法讓別人照著我想走的方向走，如果不行我就會堅持到底，要是真的不行的話，就乾脆不幹了，一向都是如此。但是我實在不能理解，為什麼學生在學校卻無法隨心所欲地做自己的Project。那天我的心情變得更暴躁了，完全陷入沉默之中，整個人像個笨蛋一樣。

　　我打電話給朋友，約他們出來喝東西、吃東西、聊天八卦，吵吵鬧鬧地玩了一整天，最後那天晚上還是回到了宿舍修改了我的結尾。

　　秋季學期最後一天的期中發表時間，這個場合除了Martina之外，連Robin也會出席，而她又再次把我逼到了懸崖邊，她仍然還

是不滿意我的結尾。我真的是忍無可忍了！但是已經累到沒有任何一點力氣和意志來反抗她了，於是我又哭了。其實我也很清楚那瞬間我看起來會有多蠢，雖然很想忍住，但是眼睛的肌肉已經失去控制的能力了。

那時候Robin靠近我，悄悄地跟我說，「看來沒辦法了，我也覺得如果改掉應該會比較好。」

最後我又換了一個結尾才完成，即使最後我的作品完成度比其他的同學的作品都還要出色，但是還是無法獲得高分，因為在期中發表的時候我的分數本來就很低了，所以在最終評分的時候，很勉強地才把我的分數拉高，但總覺得心裡還是有種不悅的感覺。

「1分鐘Project-Run!」
的靜態影像

站在**觀眾**面前

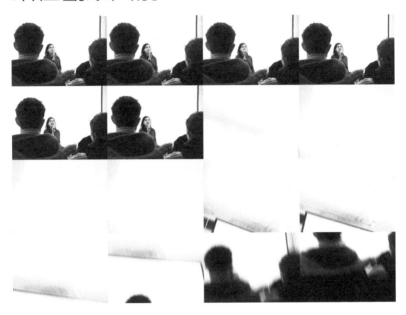

　　不知道前輩是從哪裡聽來的，居然找到一個可以播放自己作品的美術館，所以邀我一起跟他到倫敦的市中心。前輩已經結束了他的畢業作品，而我也才剛完成我的一分鐘Project《跑啊！Run!》所以我們都覺得如果可以播放我們的作品，對彼此來說可能會是一個很好的機會。

　　前輩、Jo，還有我常常一起到倫敦的市中心逛逛。我是一個超級大路癡，而且也不會做菜，所以不管到哪裡都能行動自如，在我們一群人之中擔任廚師的前輩就像救世主一樣。但是因為我帶著那時候並不多見的DVD燒錄機，所以就負責幫朋友們的各種資料備份，和收集重要的作品集。

　　位於舊斯畢圖菲特市場（The Old Spitalfields Market）的史畢

茲美術館（The Spitz Gallery）雖然空間不大，但是每隔幾個月就會安排一個播放藝術家電影的時間。第一場放完事先提出而且經過審查的作品之後，第二場會播放當天在現場接收的作品。我們把燒成DVD的動畫交出去之後，剩下的時間就在市場裡面逛逛。那裡聚集了各式各樣的人販賣舊衣服，是一個有趣的地方。而且美術館的旁邊有咖啡廳和酒吧，所以在等待的期間，藝術家們會在那裡喝點小酒或是喝個飲料。

第一場播放的作品完成度都頗高的，來看的人也很多。第二場一開始，就有點緊張了，畢竟在這麼多人的面前播放自己的作品，實在是一件令人感到有些激動，同時也讓人感到極度害羞的事。那天讓我感到印象最深的是，在我們的作品前播放的一部短篇電影。電影的開始是老虎的嘶吼聲，二十分鐘的電影一直有一個上半身裸露的男人，配合著老虎的嘶吼聲，不斷地大聲嚎叫。一開始有些人覺得還滿有趣的，便笑了一陣子，但是後來就覺得這樣是不是太過分了，於是開始奚落這部片，到最後所有人都大剌剌地破口大罵。不過這也是因為這部電影除了男人的嚎叫聲之外，根本沒有任何內容。最後美術館的人便停止播放這部電影。這個放映會有一個小小的規定，就是不管任何作品都可以播放，但是如果觀眾實在是太討厭了，就可以中斷播出，就是這麼簡單。也多虧了這條規則，才得以把我們從這場酷刑之中解放出來。

關於我們作品在播放時的反應如何，其實我不是記得很清楚。在緊張的情緒中，我一心只想著快點播完、快點播完，以至於無法觀察觀眾們的反應。所有的影片一播完，大家就到酒吧去喝酒聊天。也有人在那裡介紹自己是導演，和另一位攝影指導。而我們這群業餘的話題一結束就離開了酒吧，那時夜也已經深了。經過市場小巷子的時候，有一個樂團正在進行街頭公演。離開那條小巷子之後，街道整個安靜了下來。黑漆漆的倫敦僻巷，散發著一股寧靜都市的氣息，不知道為什麼總覺得心裡好充實，那股激動的心情久久無法沉澱下來。

sunni's class ②

第一年，
跳出窠臼的
時間

Yours Truly

　　當我打開蓋有藍色Logo校戳的信封，吸引我的既不是一本用來介紹學校厚厚的宣傳手冊，也不是合格通知書，而是一張紙，上面簡單地寫著Project的概要。是關於暑假作業的東西。

Group	BA
Project Title	Yours Truly
Tutor	Christine Newton、Mark Harries
Aims	把當你檢視自己時所感受到的自己的樣子用3D作品呈現出來
Brief	如果是以可站式模型來製作的話，大小不能超過實物大小的一半。大小可以以呈現自己如何感受自己的身體或感情為指標，模型可以是硬的，也可以是軟的，關於製作的方式可以使用任何的方法。模型必須要在某種程度上能夠動，可以以自己的身體為基礎，可以用動物、野獸的靈魂、神話般的人物、半人半獸來表現自己。作品不能只有上半身，必須要包含整體形態。而且必須寫一個短短的腳本作為反映角色其中一面的劇本，換句話說，就是要賦予這個角色聲音。發表的時候，為了要表現身體語言和聲調，必須要經過設計和安排。這個不是選擇事項，所以請務必完成所有的任務，並且準備兩分鐘長的發表。

　　「這是什麼啊？我都已經計畫好要在開學前好好地去玩一玩的說，到底是要我做什麼啊？」

　　居然叫我放假的時候做作業，總覺得有種回到小學的感覺。

概要上面明確地寫著指導教授的名字和作業的目的、格式，甚至還有評分的標準。題目是「Yours Truly」，把你對於「你真正的樣子，真實、真切的你，真正的你」的想法用3D的形式（不管是娃娃還是木偶）做出來。而且還限制不能只有頭像或是半身像，一定要做出一個完整的形態。就在我把紙上的內容一句句讀下去的同時，我已經忘了這份作業所帶來的壓力，嘴角浮現了一絲微笑。如果把我正準備出發的旅行貼上標題的話，不就是「Yours Truly」嗎？

學校的建築物就好像迷宮一樣，通道上每走過一間工作室，又會和另一間工作室相連在一起，就像艾雪（Maurits Cornelis Escher）的版畫一樣，彎過來又彎過去地，一直在我走到了狹窄的走道盡頭，我才找到了像雙胞胎一樣，前後相連在一起的系辦公室。在詢問了插畫系的助教之後，我才出發前往尋找教室。越過覆蓋著顏料的書桌，和被灰塵掩埋的玻璃窗，可以俯瞰宣傳用的傳單上，學校引以為傲的那條，像畫一般地小河——霍格斯米爾河（Hogsmill River）。教室裡已經坐滿了先抵達的學生。但是學校的工作室根本看不到那條像畫一般的河，更別說是我所期待的英國式古色古香了。這裡更可以說是非常地髒亂，總之讓我覺得不是普通地失望。

打扮時髦的白髮女教授和年輕的男教授出來點名之後，便要求我們自我介紹，雖然稍微感到有點緊張，但是我大概數了一下，班上有四十幾位學生，所以每個人大概只要做一分多鐘的自我介紹就可以了。原本還以為第一天只是要確認一下學生長什麼樣子，交貼在點名板上的照片就可以結束了，但是卻和我想的不一樣，我們每個人都要發表Summer Project也就是暑假作業。這堂課從早上九點就開始，扣除吃午餐的一個小時，整整上了九個小時。

有學生帶了一個和自己差不多大的娃娃來，上演了一場獨角戲；也有人用藏在火柴盒裡，像拇指公主般的小孩，來表現自己畏縮的個性；還有一個加州女孩直接像角色扮演那樣把自己扮成一隻黑貓娃娃來介紹。我的韓國朋友中，有一個人用女戰士的代表人物，蘿拉・卡芙特（Lara Croft）的模型來表現自己；另外一個朋友不知道爲什麼發表的這一天並沒有出現，所以必須在學期評分的時候交出來。依他所說，他似乎有發表恐懼症的樣子。

　　我做了兩個娃娃。是兩種形態不同的娃娃，一個是擁有人的臉和樹的身體的模型，另外一個則是身體像球一樣，一直往內彎的娃娃。一個我想表現的特質是不會輕易地改變，而且會一點一點地成長，就好像享受風雨那樣，沒有任何煩惱。爲了表現這個特質，我就用樹的樣子來表現。另外一個娃娃我想表達的特質是深入某種東西，然後不斷朝內部集中的樣子。因爲我覺得很難用一個東西去表現我體內的這兩種特質，所以最後我就做了兩個娃娃，然後用紅色的線把這兩個娃娃接在一起。還好沒有其他的學生做兩個以上的模型，所以我很平安地就結束了我的發表。

　　就在這場大家展現各式各樣的個人特色和性格的發表結束時，學生反而比導師們更累，不斷地發出哀號聲。眞不愧是第一堂課，讓人感到緊張，而且比我預期的還要來得更有趣。學生中沒有任何人交出相似的作品，而導師們似乎也是想藉著我們所帶來的作品透視每一位學生，在我們發表的時候，除了仔細地聆聽之外，也沒忘了問我們問題。上課的時間結束，我也不禁嘆了一口長長的氣。

　　就這樣安然地度過了第一天。

沒有正確答案

　　第一學期，我們每個星期五的早上，都不是在工作室裡上課，而是前往特定的場所上課。第一次上課我們去了擁有一百五十多年的歷史，和收集了四萬多種植物，被指為世界文化遺產，全世界規模最大的植物園——英國皇家植物園（Kew Garden）。聽說這裡是約翰‧伯寧罕（John Burningham）的繪本——《穿背心的野鴨寶兒》（Borka: The adventure of a goose with no feathers）的主角寶兒生活的地方，所以一定要來看看。不過幸運的是，還好因為這是校外教學，所以我們不需要付十三英鎊的門票就可以免費進場。導師還告訴我們植物園裡面賣的東西很貴，人也很多，所以想多畫一點東西，帶個便當來會比較好。而且因為第一堂野外課是在離學校很近的倫敦南部瑞奇蒙地區（Richmond），於是我們便在金斯頓市中心的公車站一起集合出發。

　　過了三十幾分鐘，我們到了皇家植物園，這裡就算用地球上最大的庭院來形容它也不為過，因為即使我們走了好一陣子也看不到盡頭。聽說這裡的景觀是追求自然風景的庭園樣式所打造出來的，起伏不大的山丘，和曲線自然的湖水邊界等，幾乎讓人看不出來有人造的感覺。偶爾還會在路上遇到一點也不怕人，毫不介意我們進入，大搖大擺地走著的雉雞家族、綠頭鴨和孔雀。如果有經過英國大大小小的公園應該會發現，庭園文化在英國人

之間已經風靡很久了。自己設計個人所擁有的庭園和園藝生活就像遊戲文化般地風行整個英國。也不知道是不是因為如此，在韓國二十、三十歲女性之間相當受歡迎的凱斯‧金德斯頓（Cath Kidston）這樣以花為主題所創作出來的多元化設計才會這麼地有人氣。因為四點的時候有一個素描的評鑑大會，沒有辦法悠哉地到處參觀，只好打消了想東逛西逛的念頭，趕緊占了一個位子開始素描。

一開始總是很貪心，明知道不可能把所有的東西都畫下來，還是準備了各種顏色、大小的素描紙，畫畫的材料也從水彩畫顏料到色鉛筆，打包了一大堆東西帶過來，最後被包袱的重量給拖垮，在還沒開始正式畫畫前，身體就已經先感到疲憊不堪了，就算明明知道根本用不到所帶來的東西的一半。

叫做Farmhouse的溫室裡林立著椰子樹、麵包樹等熱帶植物；還有看起來超過十公尺，好像就快穿破屋頂，生長茂盛的植物；還有從印度蒐集來的、全世界最大也最臭的花泰坦魔芋，但是我們根本沒那個閒工夫仔細看，便拿起小小的素描本，開始認真地畫了起來。雖說我是為了完全投入在畫畫之中而選擇了這條路，但是儘管我都這把年紀了，要我一整天都在畫畫，說我不會覺得負擔很大是騙人的。不過做不做得到這種懷疑也只是暫時而已，因為光陰似箭，不知不覺離評鑑的時間愈來愈近。Christine就像她的外號——可怕的老奶奶一樣，給的評價不是非常毒舌，就是非常讚賞，完全趨於兩個極端。以我的情況來說量重於質，對於我第一次不熟練的野外寫生作品，結果卻和我所擔心的不一樣，既不毒舌，也不能算是稱讚，只是一句簡單的評價，「色彩的調和好像是用自己的感覺來表現的樣子。」

定點素描課（Location Drawing）一個星期會有一次，從早上十點到下午五點，我們必去的場所，也每個星期都不一樣，可

以悠哉地坐下來畫畫的泰德現代美術館（Tate Modern Gallery）、皇家慶典音樂廳（Royal Festival Hall）、童年博物館（Childhood Museum），雖然我們也會去這類的地方，但是偶爾我們也會找上必須一邊吹著冷風一邊畫畫的皇家植物園、泰晤士河畔的班克賽（River Thames, Banksides）這類野外的空間。定點素描課就只是在指定的時間和地點集合，聽完簡單的說明，然後再各自解散到自己想去的地方畫畫就好了。不管是建築物，還是人，或是畫框裡的畫，畫什麼都可以，並沒有特別的限制。只是必須要在下午四點的時候集合，然後分享彼此對畫的意見，還有必須要從老師那裡得到評價的這點壓力罷了。

　　在大家都解散之後，第一次被一個人留下來的時候，那種慌張的感覺，我到現在都還忘不了。皇家植物園還算比較好，因為吹太多冷風的時候，就走進溫室，畫那些充滿整間溫室的植物；要是覺得厭煩了，就往戶外移動，畫外面的樹、中國風的塔和蓮花池上面的橋，還有一邊呱呱叫一邊到處亂走的巨大鴨群，總之可以畫的東西很多。但是富有現代感，甚至有些冷清的室內美術館又不一樣了。泰德美術館聚集了來來往往的人群和垂直上升的

直線結構，但是卻讓我不知道該畫些什麼而感到慌張。人不斷地移動，又在我眼前消失，很多時候畫一畫最後都只能成為未完成的半成品。而且就算畫掛在牆壁上的畫也讓我覺得不太適合，但是隨著時間的流逝，這些想法也開始漸漸被打破。

找不到適合畫的東西，腿又很痛，最後我只好在一個角落的位子一屁股坐下，開始畫來來往往的人群。大家不斷地移動，暫時停在一個地方站了一下，但是又不知不覺地離開，消失在原本的位子。雖然完全累翻的我已經抱持著要放棄的心情，但是至少我沒有把鉛筆放下，還是繼續塗鴉，並且自然而然地在我無法完成的人像上面，再加上另外一個人的樣子。既然可以這樣畫，我也不知不覺地開始揮灑這個人加上那個人的靈感，忘了剛剛自己還在發牢騷說，人一直離開，這樣怎麼好好畫啊？我把穿著小碎花洋裝，小腹凸出的中年婦女的身體，加上一頭白髮戴著帽子的老爺爺的臉，結果這樣就變成了一個人呢！

定點素描課讓我覺得收穫最大的就是，我獲得了一個打破窠臼的契機。人當然會一直不斷地移動，因為他們沒有義務要當我的模特兒，而我也不是為了要畫出一個完整的人才到那裡去畫畫的。沒有任何人要求我要畫出一個完整的形象，既沒有任何創新或是特別的方法，也沒有任何限制，那我為什麼要覺得既然開始畫了，就一定要完成呢？為什麼我要先找到某個答案再來畫呢？

成長不是在你所畫的圖之中，而是在你的心裡面。改變心裡所感受到的方向，你所畫的圖就會慢慢地不斷革新。畫畫要用心來判斷，自己是否覺得愉快，是否沉醉在其中，心都會先感受到，然後再從你投入的那一刻起開始改變。

再**瘋狂**一點！

　　當我們走進瘋狂繪畫課（Crazy Drawing）工作室的那瞬間，工作室響起了震耳欲聾的音樂聲。導師也不給我們喘息的時間，就叫我們在大學術科考試時用的畫架上面，擺一張全開大小的紙張開始畫畫。我們就好像怕會錯過快節奏且強烈的音樂節拍，連喘息的時間都沒有，就一手拿起道具開始在巨大的紙上奔馳了起來。就像屬於人體繪畫課的生活繪畫課（Life Drawing）一樣，不需要測量比例，也沒有義務和理由要畫得一模一樣。

　　生活繪畫課和韓國所舉辦的大學術科考試很像，講師會到處走來走去，不斷指出你所畫的圖畫錯的地方，再予以修正。但是這堂課讓大部分的學生最忍無可忍的並非只是導師直接修改學生的畫，或是過分地要求學生修改所畫的圖，而是因為模特兒必須長時間維持同一個動作，但是隨著時間的流逝，模特兒會因為疲倦而把手偷偷放下，或是稍微改變頭的方向，但奇怪的是，講師比較過已經改變了的動作之後，通常都會指責學生畫錯了。他會說，「你的手畫得太下面了，應該要再畫上來一點啊！你的頭不是愈畫愈低了嗎？」與其說他是在修正整體的比例和構圖，不如說他只是一直在要求做部分的修改而已。即使已經有好幾個學生已經不斷地在修正了，但最後他還是不接受，只是不斷地批評罷了，甚至還和一位天生資質就特別好的學生差點就吵了起來。最後生活繪畫課成了最無趣的課，到了學期中左右，教室裡也多出

必須確實地描
繪人體的「生
活繪畫」課

了不少空位。

　　瘋狂繪畫課卻產生了和生活繪畫課完全相反的反應，不管是
隨意亂灑水彩，還是用紙張撕成一張畫，只要把模特兒的動靜和
自己強烈的感覺表現出來就好了。導師Jake隨時都會在學生之間
走來走去，然後緊握兩顆拳頭，不斷地大喊「Go crazy！」不知道
是不是因為音樂中所傳出來的熱氣，瞬間，力量就像電流流竄一
般，在我們的體內橫流，大家所畫出來的畫也都顯得特別地閃閃
發光。從大家因為興奮所脹紅的臉上，可以看出大家伴隨著緊張
感閃閃發光的眼神。Jake不讓我們有任何時間聊天，只是不斷地
在背後追趕著我們，「不要停下來，再多畫一點！放下你自己，
再瘋狂一點吧！」

　　當創作出什麼東西的時候，我們總是會先被自我審查給牽
絆，在自由地揮灑之前，我們都會先意識到被限制的東西和我們
的極限，被「這個不行」「這個應該很難合格」或是「別人一定
不懂我在做什麼」這類不著邊際的否定觀念給束縛，反而常常錯

Go Crazy!發散出自由的活力的「瘋狂繪畫」

過了眞正重要的東西。因此如果再多點自由的話,雖然我們會很有自信地覺得應該可以再做得更好,但是當眞的把完整的自由給我們,讓所有的限制消失,反而才能讓我們眞眞切切地感受到自己的極限。所以不管自己平常最想做的作品是什麼,最想說的話是什麼,最想用的表現方法是什麼,捫心自問好像才能得到最自己的答案,而且也是能最愉快地創作的方法。如果無法從讓人快窒息的壓迫感和完全的自由之中逃脫,那麼瘋狂繪畫課就會成為引燃潛藏在我內心深處的箱子裡的火花,讓它大肆綻放的禮物。

Research很重要

　　第一天暑假作業發表平安地結束之後，第二次上插畫課的時候，收到寫得密密麻麻的Project概要，那瞬間，我的腦海裡浮現了一個對話框：「我能夠做得好嗎……」下定決心再次拾回我當初來這裡的心態，沒錯，來這裡只是為了可以幸福又開心地畫畫，並不需要拿高分，既然不需要高分，又何來的競爭呢！我只需要享受這愉快的過程就好了，嗯，這是無庸置疑的！

　　在一陣自嘲式的自言自語之後，我勉強地反覆思考我的決心，覺得心裡舒坦了許多，接著我又仔細地閱讀了這份概要。

Group	BA
Project Title	Universal Health Manual
Tutor	Christine, Mark
Brief	每個學生必須做出一份關於疾病治療／預防方法的資料，必須根據各自的選擇，蒐集和身體／精神健康相關的資料。資料必須要結合文字和圖，根據實際的內容或想像來塑造其特性，紋身、圖示、面具、箱子等的特性。最後把蒐集來的所有資料盡可能地彙整成一本關於大部分疾病治療方法和預防方法的書。最好不是3D的作品。

　　到底要我們做什麼呢？到目前為止都還未正式問候的韓國朋友似乎也感到很困惑，一溜煙地跑過來問我，而我那時候正愣愣地看著我手上這份第一次收到且讓人感覺很陌生的概要。

「這是要叫我們幹嘛啊？我不知道這上面到底在講什麼吔。」

看到就連在英國各念了一年的基礎課程和平面設計的兩個朋友都很困擾的樣子，看來好像不單只是我一個人的問題。

「Universal Health Manual」是為期三週的Project，課是一個星期上一次，最後一週上課的時候就要交作業了。也就是說，到下週為止必須要結束Research，接著再下一週就要發表了。反正也沒什麼時間可以煩惱，不管是規規矩矩地做還是隨隨便便地做，總之先開始行動才是王道，更何況整整一個星期其他課程的作業現在也堆得跟座山一樣。

Project Title	啟發學生結合文字和圖的技術，以及培養學生廣泛而且虛構的研究能力。

作業的目的簡潔地讓人一目了然。總而言之，導師們很重視研究的能力，還有我最先浮現的想法是，我要好好地做這份研究。事實上，雖然現在的我會理所當然地認為要做研究，但是當時的我真的只覺得很不上手。總之不管是什麼事，只要感覺不太清楚或是腦袋一片混亂的時候，最好的辦法就是從最單純也最簡單的地方開始著手。比起去想隱藏在這文字裡行間的東西到底是什麼，倒不如先跟著寫在這張概要上面的單字一個個地看下去。

於是我決定先從調查和健康疾病有關的紋身、圖或是面具的資料開始著手。我搜尋了網路和翻找圖書館的書，甚至還去了一趟博物館的圖騰信仰館。一開始我只急於蒐集大量的資料，但是在這個過程中，因為接觸了很多有趣的資料，所以也產生了「Research還真有趣！」這個充滿希望的想法。看了第一次做的Research作品，雖然只有一下子，但是心裡卻想著「這樣的話應該算做得不錯吧」湧上這股沒來由的自信心。沒有汲汲營營，也沒有被這個作業給壓得喘不過氣，我決定相信我自己的直覺。

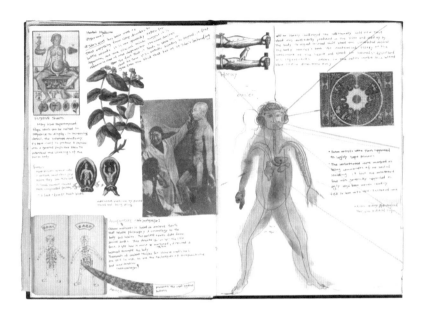

為了「Universal Health Manual」Project做的 research作品

隔天，我們要在三位導師面前說明每個人所準備的Research。愈是快要輪到我，我就愈聽不進去其他學生的說明。我說我決定相信我自己的直覺時所產生的鎮定感，不知不覺消失得無影無蹤，老想著「我這樣做到底對不對啊？」「該不會帶了個令人傻眼的東西來吧？到時候臉可就丟大了。」心裡所產生的不安已經開始抬頭。

　　終於輪到我了。學生和教授的眼神全都看向我，用認真的表情等待我開始說明。我試著撫平自己焦躁的心情，努力地擺出平靜的表情，然後打開了我的Research book。「唉呀，管他的。第一次不管怎麼樣都是可以原諒的，不能原諒就算了。」我在心裡跟自己碎碎念。

　　我的說明就跟機關槍似地結束了。我帶著一顆砰砰跳的心臟等待Research的評價，「拜託……希望不是我做錯了……」我在心裡這麼祈禱著。

　　不知道他們是不是因為感受到了我在製作過程中的愉悅，教授說我的Research讓人印象深刻，還說他們很期待我的成品，也沒忘了說我的畫和資料調查都做得很確實。人的心還真是詭異，前幾分鐘，我心裡那些忐忑不安的感覺全都消失了。雖然這只不過是為了最後的作業所做的資料調查，但是聽到那些話的瞬間還是覺得欣喜若狂。不過真正的問題還在後頭。

最後還是取決於**成品**

　　結束Research後，距離繳交最終成品的時間只剩下一個星期了！當我領悟到之前關於Research的擔心只不過是杞人憂天的那一瞬間，大概是因為從緊張的感覺中解放了吧！也或許是我暫時沉浸在自滿的情緒之中。如果也不是這個原因的話，那就當作是因為我有個朋友從韓國過來，我們一起玩了三天吧。但是不管我拿什麼藉口來搪塞，最後的結果還是會由分數來揭曉。

　　我的最終成品很糟糕。我人生的座右銘是「只要想法明確，做作業的過程就會一氣呵成」，但是這一次完全沒有用。況且這一次的作業並非短時間就可以結束，而我卻像軍人一樣貫徹著「有志者，事竟成！」的理念，不斷地延後做作業時間。偏偏那時候來玩的朋友不知道為什麼這麼相信我，所以我就放心地帶著他參觀倫敦，而且愛上倫敦的朋友甚至還延後回去的時間，我們幾乎像觀光客一樣，度過了一整個星期。總覺得我內心的某一個角落一直掛念著一件事，但是我卻自己對自己洗腦，「朋友優先，反正我又不是為了來學校讀書才來，我是為了學習人生而來。」雖然我也想要一直裝沒事到底，但是不斷亂竄的想法最後還是成了一顆大石，不斷地往下沉到我內心的底處。

　　不論是座右銘或是目的，我都必須完成作業，而且距離繳交期限也只剩下兩天而已了。但別說是開始動手進行了，就連坐在

桌子前面的時間也沒有！我和朋友在機場道別，還連續喝了兩杯的義式濃縮咖啡下肚。如果從回到家坐在書桌前的那瞬間開始算起，一直到上課的時間為止，只剩下一天半的時間了。

　　我的Project主要是使用線條勾勒的線條畫，從偏遠地方的原住民到都市人，他們佩戴著像符咒一樣具有魔法效果的首飾（護身符amulet），然後把這些畫擺進拍立得的底片框之後，讓他們各說一句關於自己所相信的幸運效果的話，最後把這些話寫在下面空白的部分。我的計畫就是用這種方式匯集成一個作品。其實別說是原住民部落了，就連都市人也會不自覺地去相信去依賴這些迷信，並且佩戴那些具有特別意義的項鍊或者是手環等首飾，希望能夠在阻止厄運的同時也能夠喚來幸運，而這就是我這次Project的主題。

　　隨著書桌旁一片狼藉的咖啡杯愈堆愈多，就代表我畫的佩戴護身符的人物線條就愈來愈多。但是就算一邊用三明治打發一餐，然後一邊做作業還是無法完全填滿我原先要畫一百個人的Project。最後我把熬了一整夜，直到破曉前，還是無法填滿的空格，改成用裝飾性的圖畫來填滿。在毫無規劃和沒有概念的情況下誕生的第一個作品，看起來簡陋到讓我覺得丟臉。

　　就算騙得過別人也騙不了自己的眼睛，最後的完成品簡直狼狽到不行。所有的人把作品擺到桌子上，在工作室的門鎖上之後，只剩下導師在裡面打完分數，才開始進行評價的時間。在Research的部分感到徬徨的同學，都把新的想法和非常多元的方式結合，完成了這個作業。僥倖的是還好看不到寫在作品裡面的名字，雖然這樣無法知道是誰做了哪一個作品，但是沒有一個人是用同樣的形式交出這次的作業。

　　有人的作品是把布捲成一個捲筒狀，然後在內部貼上塑料，然後印上藥草的葉子，有的人還用厚紙板剪成一個人形，用圖表的方式畫出針灸的位置。在等待結束的期間，我原本還在自責的

心情已經消失了，反而好奇起到底能夠做出這些作品的能力是從哪裡來的。不管做得好還是不好，狼狽還是洋洋得意，我只是帶著又越過了一個緊要關頭的想法回家，一回到家裡，我就馬上像個屍體一樣，用昏睡來度過整個週末。

　　幾天後班上的同學一窩蜂地聚集在工作室的布告欄前，鬧哄哄地不知道在討論些什麼。原本還想說如果是關於活動或是特別講座的話還打算參加，結果放眼望去，看到的東西居然是我認為算是勉強混過去的第一個作品的成績單。有一個同學一張一張地翻頁，先確認了自己的成績，甚至還插手其他同學的成績，簡直到了我想「啊啊」大喊的地步，「哪有人在公布成績的啊！」我翻著成績單的手抖個不停，就好像本來藏得好好的犯罪行為被揭發一樣。一點也沒錯，一個巨大的C字就像平底鍋一樣，重擊我的後腦勺。不管他們說我的作品有多差勁也不能這樣啊！就算我的Research做得再好也沒用，最後難道沒有放進評分的考量嗎？雖然我的腦袋不停地在尋找能夠將我自己合理化的藉口，但是最後還是不得不承認。沒錯，我完全同意他們對這份作品的評分。但是不管怎麼樣被公開的這個爛分數C，還是讓我覺得大受打擊。

　　Research對想法有直接的幫助，做得好的時候，只要想成是收到了一份能夠自我滿足的禮物就好，但是過程一定會影響成果，即使在創作的過程中感到很滿足，但是在完成成品前千萬不能夠大意。關鍵是到最後都要好好地調整時間管理和作品的完成度，只有最終成品才能夠判斷出分數！這就是今天的教訓。

第一本繪本Project
—— 《Black and White》

　　丟臉地結束了Research的作業之後，導師又給了我們另一個作業，就是黑白繪本Project。學校課程的好處就是在做任何一個作業前，都可以透過其他的課程獲得大部分作業上所需的支援。只要先預約的話，就可以自由使用攝影工作室，也可以租借拍照時所需的相機或者是道具等等。當然如果想要的話，也可以組成一個小小的社團，或是上能夠親自顯影黑白或者是彩色相片的課。在開始製作繪本之前，爲了讓我們學會如何製作樣本書（dummy book），學校還特地招聘了專門的講師，上關於怎麼裝訂（bookbinding）等多元的相關課程。從理論上來說，開設這些課程也算是學校的方針，希望我們能透過這些課程，在進行Project的時候盡可能地不要遇到太多的困難。因爲不管是誰都是接受一樣的學習和準備課程，所以像是「我沒做過這種東西……」或是「因爲我不熟悉製作的方法……」這類的藉口是絕對行不通的。

　　黑白繪本Project的開始是要我們從《伊索寓言》裡面選一段自己喜歡的文章，我在想目的是不是爲了幫我們減輕一開始就要寫文章的壓力才這麼做的。雖然我加快腳步地到了圖書館，但是

At night, while they were in bed,
the Jinn unfortunately found a noise
below the mattress, we stood
took the seat of his lover (interrupted)

that he could rest neither night nor day for the excess of his passion.

和《伊索寓言》相關的所有書籍，不知道是不是被搶先一步的同學給借走了，居然一本也不剩。於是我便跑到了金斯頓市區內的鮑德斯（Borders）買了一本口袋書，然後趕緊翻開來閱讀，希望可以趕快看到我自己喜歡的文章。

我選的是一篇標題為〈男孩與貓〉（The Young Boy with His Cat）的故事，而且這個故事和韓國的「九尾狐故事」很類似。內容是說有一隻貓和一個小男孩生活在一起，貓非常想成為人類，於是牠每天晚上都會祈禱，有一天，天使出現在貓的夢中告訴牠，只要牠能夠一千天都不吃老鼠，那麼牠的願望就會實現。但是預言故事總是如此，貓好不容易一直忍到了第九九九天，就在牠要變成一位美麗的女子的那一刻，牠聽見了老鼠的叫聲，於是基於本能的反應，最後牠還是把老鼠抓來吃了。那時少年正好目擊到女人滿身是

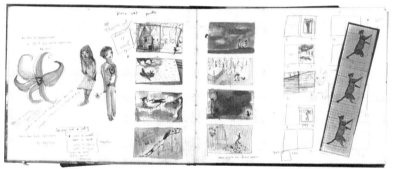

血地站著，於是對貓感到反感，最後還是離開了牠。

　　一開始我打算把原稿讀完之後，把自然而然浮現的感覺給抓出來，然後以比手掌還要小的縮圖素描（Thumbnail Sketch）的形式畫成連續的圖像，把整個故事的劇情連接起來。我試著把角色畫出來，也試著想像牠們所生活的那個地方的風景。雖然結局是一個悲劇，但是也算是個還滿討人喜歡的故事。

　　負責這個Project的老教授，和也在聖馬丁（Saint Martins）上課的外聘導師雖然有著完全相反的風格和教學方式，但是彼此也能好好地互補。外聘導師說，工作室裡面學生可以各自擁有刻上自己名字的桌子，在倫敦並不常見，說我們是一群幸運的學生。這個嘛……這話似乎是言重了。其實這也只不過是一張製作粗糙

而且平凡的木桌罷了，然後把各自的名字印出來貼在上面而已。雖然除了學費之外還要另外支付八十五英鎊的工作室使用費，但是因為每個人都有專屬的置物櫃，所以雖然櫃子很小還是可以把很重的材料或是書放在這裡。但是擁有個人書桌的缺點就是，當想要偷懶的時候，就會毫無疑問地被導師盯上。因為除了個別指導時間外，導師們通常都會希望我們能夠從早上到下午一動也不動地坐在桌子前面。所以如果到了要使用複合材料的時候，若是嫌帶著材料到處跑太麻煩，大家就會在個別指導時間結束之後，提早離開座位或是遲到，然而這樣絕對會被指責一番。

「sunni，昨天下午有什麼事嗎？我原本想拿個資料給妳看，結果來找妳發現妳不在位子上呢。」

只有在截止日期靠近的時候，我的靈感才會像爆炸般的噴發。作業的過程一向順利的我，即使來到英國，照理來說應該也不會有什麼特別的改變。但是在這裡絕對無法期待能像韓國那樣，即使在步調快速的周邊環境下，也能毫無問題地好好作業。要是列印機出現了一個小小的問題，光是預約修理也要花上三個星期；如果委託印刷店輸出的話，一般來說也要花上個好幾天，如果想要隔天就取貨的話，還要額外再付費。

評鑑日（Crit Day）的前一天，我終於完成所有的畫。從下午拿去掃描完之後，就開始準備列印，可是只不過需要印十六張，卻花了我整整四個小時，一直到了晚上我才開始著手做樣本書。因為平常用的紙張相較下比較薄，若是無法吸收足夠的墨水，就無法完整地把色彩給表現出來。所以為了期待能夠有高解析度的效果，我下定決心買了二百二十克重的紙張。但不知道是不是因為太厚了，列印機一直卡紙需要用手推，要不然就是只印出一部分的圖。到最後我乾脆用手抓，或是硬是把紙給推進去才好不容易地結束列印，但是結束的同時又要開始做樣本書了。

我把多出來的空白部分剪掉，為了讓大小符合本文，我把所

the young man and his Cat

有的書頁瞬間捆成一本書。封面我打算用精裝的，因為要在封面的內部加上一層厚紙板，必須準確地抓好書背的厚度，所以一定要小心而且仔細地作業才行。我把封面蓋上，然後把包著襯紙的布緊緊地壓好，而且必須要重覆好幾次同樣的製作過程才行，看來是我太小看結束的程序了。之後我聽班上的同學說，只有在做書的時候才花了他們一整天的時間。不過我拿著好不容易完成的書所感受到的喜悅也只是暫時，不知不覺慵懶的陽光好像在嘲笑我似地，穿過房間的窗戶照了進來。

　　所有學生的樣本書都整整齊齊地擺在長長的書桌上，其餘多印出來的部分就貼在牆上。雖然我是為了挽回上次Research Project的委靡不振，才熬夜東敲西打地完成了這本繪本，但是不幸的是，這次的作業我依舊沒有得到什麼讓人值得記住的評價。外聘導師一說完「妳的畫很美」，也沒忘了指責我中間的部分很弱。就像韓文一樣，一定要把話聽完才知道完整的意思，英文也是一樣的。稱讚到底才是真正的稱讚，大部分的稱讚都是指責的開始。「不要因為稱讚就得意了起來，要把完整跟在後面的忠告豎起耳朵來仔細聽進去」，這可以說是我在英國生活很快就抓到的要領嗎？

綜合禮物組

　　第一年充滿了各式各樣的課程，三種繪畫課和書的製作、可以活用動畫工作室Whitespace的循環走路課、攝影課和插畫課等。版畫的話也有石版畫、木版畫、蝕刻、絹印等等幾乎和版畫相關的所有種類的課程都可以上。而且也有3D模型製作的專題研討會，如果想製作模型或是3D的模型，不管什麼時候都可以預約使用。

　　我最感興趣的是版畫課。從以前我就一直很想試試看版畫的製作，但是專門教版畫的地方並不多，剛好機會來了。我先選了對製作過程非常講究的蝕刻版畫課，是由從RCA版畫系畢業的Mark和個性一絲不苟的Rebecca擔任導師。

　　關於版畫課的喜好程度分得很明顯，又長又不算簡單的課程，從頻頻發生的意外事故，瞬間就能讓人改變對作業的感覺，從這點來看是還滿討厭的，但同時也是因為這個理由而讓人喜歡。我算是屬於後者，雖然有想要停止，但是我真的太喜歡版畫了，嚴重的時候我還曾經煩惱過要不要轉到版畫系。

　　蝕刻版畫課因為我太晚才產生靈感，所以一直不斷地打擾導師。這堂課設計了四週的課程，課程的組成如下，第一週是靈感的展開和概要，第二週是把靈感的概要刻在金屬板上面並且腐蝕，第三週要完成壓印，還有最後一週是發表。因為我改變靈感

的關係，原本第二週必須要趕快地上完原本應該分成兩週上的課程，所以多虧我必須得接受導師夾雜著憂慮的眼神、充滿擔心的建議和嘮叨，「因為版畫是一門需要先思考要做什麼，然後做好準備的課，所以妳是不是應該要再加快一點腳步呢？」但是因為我臨時抱佛腳的習慣，就像根深柢固的惡習一樣，又再次地把我給逼到了懸崖邊。英國的課絕對不是只重視結果，過程中你是不是很認真並且老老實實地在進行，從研究到最終結果，導師們都有仔細地在看，所以千萬不能置之不理。

　　結果我很幸運地把教授的憂慮轉換成了稱讚。雖然我一直到很後面才爆發出靈感來，但是還好成果和主題很和諧地結合在一起，我想大概會得到不錯的分數。大部分的同學都是把版畫印在A3～A1等大小不等的紙上，而且不只是因為畫得很美而被挑選出來，甚至還像海報一樣被貼在牆壁上。從形式上來看，除了大小的差別之外，並沒有什麼特別的差異。我以「café」做為主題來發揮，把封面裝飾成一個房子的樣子，並且把紙摺成像手風琴那樣摺疊的形式，因此打開來一看，café的樣子會長長地連在一起，凸顯出外在的設計，而且我還在封面用紅色的墨水寫上café的名字。從形式和結構面來看，有別於其他人的表現方式，導師好像給了我不錯的評價，他親手打開我的作業成果展示給學生看，感到欣

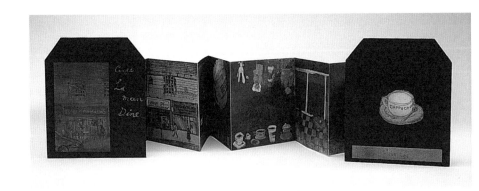

慰的他也愉快地給了我A的成績。

　　我是一個喜歡使用各種工具的人。愈是接觸各式各樣的工具，就愈能夠培養出多元且敏感的感覺。而且當靈感浮現的那一瞬間，也可以馬上就聯想到與其相符合的媒材。而這麼做的優點就在於，只要掌握這些工具的基本原理，就算作業有任何的限制我也可以做得很好，也不會面臨到「我無法控制」的極限。

　　我不是那種會害怕第一次嘗試的人。二十二歲我獨自一個人去澳洲旅行也是，一上大學就拿到了汽車駕照也是，什麼都不知道就在100號的畫布上畫油畫也是，只是覺得有趣而已。一直到我開始在出版業工作，我也會用所有種類的材料來創作。油畫、水彩畫、壓克力顏料、粉彩、油性粉彩、油畫棒、木炭、色鉛筆、蠟筆、墨水等，只要是在美術社買得到的東西，我都曾經燃燒過這股什麼東西都想涉獵的野心。我無法有深度地使用一種材料，只是停在「這個我也用過」的水準上，但是偶爾我也會找出「最適合我自己」的道具，然後用愉快的心情投入那瞬間的作業過程，而我也會因為這種經驗而感到幸福。

「隨便做」Project

　　自發性Project（Self-initiated Project）顧名思義，就是所有
的事情都自己看著辦、自己決定，是一個非常自我的Project。從
內容和概念，到種類和形式，所有的東西都要自己決定、選擇，
然後把東西做出來。包含畢業作品在內，事實上每年的最後一個
Project，都要做自己想做的東西。也因為沒有任何的限制，反而
讓人覺得很茫然。每次到了個別指導的時間，總是要檢查作業的
量和進度，讓人覺得很有壓力。雖然每次都會因此而發牢騷，但
是相較於自發性Project的所有的事情都要自己來，這點根本算不
了什麼。我也是到了真的開始必須規劃Project的那瞬間才領悟到
這一點。當自己不再依賴一直以來覺得理所當然的事情，就會產
生獨立性，所以我也覺得自發性Project，是一門目的在於讓大家
準備如何把自己的聲音傳達出去、該怎麼做下去的課。

　　我喜歡挑戰新的事物，我心裡一直很想做一部短篇動畫片。
Yoon和Jo在金斯頓專攻動畫碩士課程，接觸了他們兩個人製作的
短篇動畫之後，讓我眼睛為之一亮。兩人念的課程相同，那時候
他們以3D模型完成了長度一分鐘的定格動畫，雖然形式一樣，但
是完全是以不同的感情和感覺來完成。他們把當作背景的房子構
造剪貼成迷你的形式，雖然看起來有趣但是實際上卻非常地費工
夫，他們以這種作業方式製作動畫的角色之後，每當角色移動一

個腳步，每一個cut都要非常小心地拍攝，他們這樣子所製作出來的動畫讓我一下子就愛上了這種動畫。從那時候起，我就非常尊敬做動畫的朋友們，可以說是對我做不到的事情，所抱持的一種羨慕感吧！

　　雖然不足以說是動畫，但是有一門課是要製作和動畫類似的作業。這個作業要製作一個角色，然後要讓它能夠走路的循環走路Project。必須要先為角色畫十幾張動作連續的圖，然後再用相機拍起來，放進非電腦的錄影機裡，有點像是在上如何模擬動作的課。我所選的角色是人魚，可是就算我畫了超過一百張類似的動作，人魚的動作還是斷斷續續的，走得太快又不自然。就算我畫了又畫，又放了好幾張進去，但是我只得到叫我再多畫幾張的回覆。因為要一直畫單純的動作，讓我覺得非常煩躁，不斷地抱怨，但是有個朋友跟我說，除了我目前為止所畫的東西之外，至少還要再多畫一百張才行。那時我還豪言壯語地說，「這種事最好我會再做第二次。」可是當我看了Yoon和Jo的短篇動畫之後，馬上就改變心意了。跳脫平面的立體作業，為我帶來的強烈感和陌生感，不僅深深地抓住了我的心，甚至連恐懼也被我遠遠拋在腦後。

　　就這樣下了一個艱難的決定之後，在上課的第一天，當我發表完我要執行3D動畫製作的計畫之後，教授們馬上一刀就把我的野心給斬斷了。他們說如果要立體作業的話，就要用到攝影器材和動畫工作室，但是畢業班的學生現在距離畢業展已經剩沒多少時間了，所以畢業生可以無條件優先使用這些器材，搞不好就算排隊還是輪不到我。所以最後我還是放棄了我自己的野心，不得不改變方向，改用繪圖的方式來製作。

　　我選擇的主題，如果講得偉大一點，可以稱作「貓的安魂曲」。我會有這個構思，是因為我偶然在翻雜誌的時候，看到有

很多寵物因爲交通事故而死亡，屍體都到了難以辨識的地步。雖然自己沒有遇過這種事，但是光用想像都覺得可怕。我在想如果眞的遇到這種事情，眞的敢在路上撿那些被輾得慘不忍睹、沾滿血的屍骨，然後將牠們埋葬嗎？以前我曾經弄丟了一隻養的小狗，就在我害怕永遠都找不到牠的時候，發現牠就在家門口一邊發抖一邊等我，讓我鬆了一口氣，但是我根本就不敢想像牠會發生意外。這個主題就是從這些預想不到的不安感，伴侶動物料想不到的意外，還有爲了安撫那些無法入土爲安，就這樣消失的靈魂的心意所選出來的。

　　我偏好當主題沉重的時候，反而要以輕鬆且愉快的手法詮釋的作品。因爲如果在沉重的感覺上再多添加沉重的東西上去，會讓內容變得黑暗到讓人無法承受，也無法集中在內容的本質上。我花了一天的時間就編好了分鏡腳本，並且拿給擔任動畫導師的Damien看。第一次見面，他說韓國人好像在繪畫方面特別有天分，但是當他眞的看到了我的分鏡腳本，卻沒有什麼特別的評價。他問我爲什麼第一個場景是一隻爬到牆上的貓，他問我牠是從什麼地方出現的。我回答這隻貓是象徵任何人都會驀然想起的回憶，我一講完，他便重覆說了兩次憂慮參半的話「會不會太感性了？」甚至還建議我乾脆從沒有貓的狀態下開始。但是我說「回憶是彼此感到快樂的時候所產生的，不是無中生有，而是因爲某個片段或是事物才會引發出來，所以爲了讓匆匆開始的第一個場景看起來自然一點，有必要把這隻貓放進去。」聽完我認眞的說明之後，不知道他是不是同情我，最後還是正面地接受了。不過他看起來似乎對我的角色和素描本裡面的畫，比我拿給他看的故事本身還要來得有興趣多了。

　　接著輪到Martina的個別指導了，她是個讓許多學生痛哭失聲，惡名昭彰的導師。想到先前從朋友那裡聽到她令人印象深刻的反應，我努力地掩飾我的心中的憂慮和不安，把我的分鏡腳本拿給她看。好一陣子她什麼話也沒說，只是認眞地看著我的素描

本，然後用宏亮的聲音說「很有趣，我很期待！」這兩句話就結束她的評價了，甚至還在我的背上啪啪地拍了兩下，但是與其說她下手太重，還不如說她是在「毒打」我還比較適合形容她的手勁。不過這個意外的反應讓我愣了一下，但是我還是很開心地離開了White Studio。

　　反正沒有經過任何修改我就可以開始構圖了，雖然我以黑色的夜景做為開始，但是我想盡量在黑暗之中要帶出明亮而且溫暖的感覺。我必須要畫超過三百多張的畫和上色，在製作的過程中，我在學校的咖啡廳偶然遇到了munge，和她說了關於這個Project的事，她看起來似乎很感興趣，所以我就把帶在身邊的畫拿給她看，那時我也只拿給她一個人看而已。不過她真的很積極，還說要幫我做動態腳本，要我隨時都可以去找她。一開始還以為她可能只是禮貌上地講一下，但是之後我們每次見面，她都會反覆地問我什麼時候要去找她，看她的樣子好像是真心想幫我，所以我答應她會在最快的時間內做完去找她的。之後我就把

所有的東西都用Photoshop掃描，所有的場景都匯集成檔案之後去找她了。雖然時間緊迫對她感到有些不好意思，但是munge俐落的手腳，不過才幾個小時的時間，她就把圖檔做成了連音樂都配好的動態腳本「Night Night」。我想在成果發表之後，我會得到大家熱烈的掌聲全都是她的功勞。

　　munge，第一次見到她是在White space的動畫工作室。那時候在那裡恰巧遇到為了完成畢業作品常駐在工作室的Yoon，當我們正在進行久違的閒聊之際，她就出現了。當時她好像正處於一個窘迫的情況，所以一進到工作室就開始嘰嘰喳喳地跟Yoon大講特講些什麼事，好像是在抱怨的樣子。到了聊天的尾聲，Yoon才向我介紹她，說她是自己的學妹。看起來有點酷酷的形象，加上不斷把牢騷掛在嘴邊，但其實從另一個角度來看還蠻滿可愛的。因為我們是由共同認識的人所介紹的，所以一開始的關係就僅止於打招呼而已。

　　說好要和Yoon和Jo見面一起吃晚餐的那天，偶然經過了她的

宿舍，也在那裡看了曾經在韓國發展得很好的她的個人網頁，也得知她有出版過卡通書的經歷，也是在那時候才知道她是因為渴望在工作上有新的突破，所以才會來英國念書。

　　Yoon一向介紹我是插畫家，也曾經在出版社工作，她把自己個人製作的好幾本樣本書都拿出來給我看，讓人感到印象深刻。雖然我認識很多畫畫的人，但是我幾乎從來沒看過在別人開口要求以前，就自動把自己的作品拿給別人看的人。她很清楚地知道自己想要的是什麼，也很勤奮，懂得不斷地把東西做出來。

　　我對動畫的興趣和她對插畫的興趣緊緊地咬合在一起，不管從什麼時候開始見面，一直到要分手的時候，我們都會不停地聊關於作家和作品的事，分手的時候還會依依不捨地相約下次見面的時間。雖然我們彼此有很多相反的見解，所追求的理想也不同，但是總是可以用關於作業的新主題和話題把談話的內容無限延伸。

　　現在她也開始著手於自己想做的插畫工作，二〇〇八年出版的書也賣得很不錯，但是她仍然還是喜歡把不滿掛在嘴邊，高喊著自己是反社會主義分子；但是她同時也是一個精力充沛的人，不懂得什麼叫做累，一直不斷地完成自己想做的作品，也很懂得如何煽動別人。一開始我會覺得她的絮聒讓人覺得壓力很大，但是現在看起來卻也滿可愛的。

馬德里畫畫之旅

　　前往斯坦斯特德機場的大型巴士緩緩駛進學校，班上的同學之間還夾雜著其他年級的學生，三三兩兩地走入我的視線中。為了前往西班牙展開一場為期五天四夜的實地考察之旅，我們從早上八點三十分就在學校的正門口集合，感覺就像是一群要去畢業旅行的孩子們一樣吵鬧得不得了，感覺導師們反而看起來比學生還要興奮的樣子。我第一次搭湯馬斯庫克航空（Thomas Cook）才知道機上的飲料必須要付費才可以飲用，雖然因為機身劇烈的搖晃讓肚子感覺很不舒服，但是今天是同學Ali的生日，大家一起齊唱生日快樂歌，感覺還是很愉快。

　　在前往位於馬德里市中心的飯店路上，有種和英國完全截然不同的感覺，道路非常地寬敞，椰子樹給人一種異國風情的感覺。一放下行李，我們連喘息的空閒也沒有，三十分鐘後便帶著小小的素描本和繪圖工具到一樓的大廳集合。我們到飯店附近的小巷子和公園悠哉地散步，雖然也有同學們簡單地畫個畫，但是大部分的人都還是忙著欣賞四周的風景和聊天講話。不過那時候誰都沒想到，第一天將會是我們這趟旅程中，唯一一天最能無憂無慮、可以放慢腳步遊玩的一天。

　　習慣不吃早餐的我說來也奇怪，只要是去旅行就一定會乖乖吃三餐，當然這趟西班牙之旅也不例外。更何況這間飯店的早餐準備了在英國不管怎麼找也難得一見的二十種新鮮火腿，還有剛

出爐的麵包，既柔軟又燒燙燙的，甚至還有蔬菜水果。看到這些東西擺在眼前，還需要多說些什麼嗎？已經對英國的食物感到厭煩的導師和學生們都久久無法離開餐桌，只要大家的眼神有所接觸，大家吐出來的話都是「好到令人抓狂！」和「天氣真的是太棒了！」這類的感嘆。

　　結束了夢幻般的早餐時間後，每天的九點三十分我們所有人都要在大廳開會，聽那天我們要去拜訪的場所，然後就各自解散，畫完畫之後，下午的六點集合，開始進行評鑑的時間，這就是這趟旅行期間我們每天的必做之事。包含國立美術館在內，我們還去了海洋博物館、水族館、植物園、魚市場，甚至連可以看得到海岸線的海邊我們都去了。每天的行程都塞得滿滿的，從早到晚都沒停下用來畫畫的手，不，根本無法停止。並不只是因為無時無刻都有殘酷的作業檢查時間在等著我們，還有另一個原因是，一旦產生抵抗力，手就會自然而然地動起來。開始總是最難的，只是第一步的步伐緩慢，只要稍微強迫自己，養成有毅力而且規律的習慣，以前覺得很辛苦的事，不知不覺也會感到自然。我想這趟旅行的目的應該是讓我們養成畫畫就像吃飯一樣，要讓身體去習慣吧！

　　我們的導師Christine、Jake、Mark總是跟我們強調，要把素描本當作是「我們身體的一部分」。就好像明明大家都知道，卻總是做不到，其實只要堅持自己一定要做到，並且讓自己像進入自動模式一樣，把畫畫當成一項使命來執行就可以了。他們說「一直到你們養成好像在呼吸一樣自然的習慣為止，不管到哪裡都要帶著素描本。」

　　不知道是不是好奇心的驅使，讓他們一直偷瞄我們，但是又不想妨礙我們。通常英國人都會假裝不知道，用一張不舒服的表情勉強地把視線轉到其他地方，但是西班牙人和英國人不同，他

們好像覺得我們畫畫的樣子很新奇，或是好奇我們是怎麼把他們的樣子畫下來的，總是好奇地靠近我們，害羞地看一看就走了，或是說一句「好厲害」就走了，還有人臉上充滿喜悅，連離開的樣子也讓人覺得可愛。總之除了適應愛干涉別人的馬德里人的情緒所花的時間以外，這趟旅程還算是場愉快的畫畫之旅。

大概過了兩天左右，腳走累的時候，我就會繞去麥當勞，或者是由西班牙廚師開的速食餐廳——Fast Food簡單地充個飢之後再去畫畫。不知道是不是因為西班牙的天氣很熱，包含麥當勞在內的所有速食餐廳都有提供啤酒。一開始我以為大家手上拿的飲料是類似汽水的碳酸飲料，直到我看到了菜單才知道他們喝的是啤酒。在市中心畫畫的時候，也會探頭探腦地進去一些小店裡面shopping，去海邊的時候，也會和畢業班的朋友們一起去看得到海的白色餐廳，點西班牙的傳統食物西班牙大鍋飯（Paella）來吃，不過不知道是不是因為這裡是觀光景點的關係，並沒有我想像中的好吃。只有唯一下雨的那天，我像找藉口似地繞進了一間咖啡廳裡吃的熱巧克力（Choco Café）和吉拿棒（Churros）的味道，讓我到現在還是無法忘懷，我看排隊買吉拿棒的隊伍從未間斷，我想這間咖啡廳會不會是當地有名的美食店呢？

聯合魚市場裡陳列著我這輩子從來沒看過，長相奇特的魚類，有個人大聲一喊，我就看到賣魚的商人們排成一直線的樣子。為了把這個生動的場景給記錄下來，我反覆地把紙撕下來橫貼，為了讓紙能夠變長，而這幅畫也讓我整整畫了好幾個小時。我也畫了鴕鳥蛋、鴨蛋、雞蛋到鵪鶉蛋，還有展示了各種不同大小的蛋的展示櫃；也畫了一串串掛在樹枝上的大蒜和洋蔥，還有漂亮地掛在網布裡面的辣椒，和布置得像糖果屋一樣的店。站在那家店裡的主人看向正在畫她的我，一再地向我送來少女般的微笑，看到她努力地為我維持同一個姿勢的樣子，讓我覺得畫她都畫得有點不好意思了。

最後一天，我們照著公告的指示，所有人都到露臺套房集合，就像學系的評鑑日一樣，我們小心翼翼地把自己的素描本放在併得長長的桌子上，然後就走到門外焦心地等待導師們的評分。過了一陣子之後，把我們叫進房間的五位導師點出了各自覺得印象最深刻的素描本，極力地誇讚素描本的主人，然後說出一連串平常在課堂上很難得聽到的稱讚。

　　這天我被過分地誇獎完之後，馬上就被隨後發生的事情，嘗到了重重摔在地上的滋味。我的素描本很幸運地被為人一絲不苟，行事嚴厲的Brian選為「五本印象最深刻的素描本」中的一本，所以我的心情也跟著激動了起來。這本素描本充滿了這趟旅行的回憶，也是我使出渾身解數，開開心心地畫下來的作品，但是最後卻神不知鬼不覺地消失了。我們一回到學校，就要把素描本交到攝影工作室去，因為要拍攝作為系上資料用的幻燈片，可是我的素描本卻永遠都拿不回來了。我一說明完情況，Christine就非常地驚慌，雖然她說要跟我一起去工作室找，但是素描本早已經消失地無影無蹤不知去向。雖然我也想撈個照片什麼的，但是不知道是不是在照之前就不見了，就連張照片也沒有。

　　雖然讓人很失望，但是看到像奶奶般的Christine傷心的樣子，讓我也覺得很抱歉，所以便笑著跟她說沒關係，謝謝她為我擔心。她沒有回答，只是緊緊地抱著我，這比一百句安慰的話還要來得更有效。但是奇怪的是那時候畫的畫，到現在還是常在我的記憶中，就像跟我說話一樣，栩栩如生地浮現。偶爾看到像傳家之寶般被好好保管的其他素描本，讓我不禁心想「我真的有畫過這種畫嗎？」總覺得有很多陌生的畫。不知道是不是因為我還是覺得那本不見的素描本裡的畫很可惜，所以那些畫才會像不斷在我耳邊環繞的細語般，讓人難以忘懷。

落選就重新開始

　　每個學期要交三次關於藝術史的報告，大約三千字，而我也順利地過關了，自發性Project也終於結束了，輕鬆的心情讓我不亦樂乎，但是我卻收到了兩天後叫我們把這一年所進行的每一個Project和作業全部都帶來展示的通知，而且還補充了一點，要我們按照每個Project和課程單元分類檔案，甚至是所有的素描和Project相關的Research作業都要交出來，甚至還一再交代我們，就算缺交一件作品都很有可能被扣分，所以一定要仔細地準備。真狠狠。這讓我霍然想起那個時候被Mark批評得慘不忍睹，拿回家被我揉得皺巴巴的Universal Health Project的成品。

　　我們從導師那裡拿到的評分書，要我們評分自己過去一年來所完成的作品，要我們自己給自己打分數。而且還有關於修了這些課程的同時，是否有感覺到自己的實力提升的問題，問題的內容大概如下。

　　· 覺得一年來自己所做的作品中哪一件最好？
　　· Research的準備有多充分？
　　· 和自己的第一個Project比較，最後一項作業進步了多少？
　　· 你會給自己第一次完成的作業和現在的作業打幾分？
　　· 讓你感到最辛苦的東西是什麼？

・共同作業中讓你感到最辛苦的是哪一點？

・什麼課讓你感到最印象深刻？

・你有想要批判的課嗎？

・為了系上的發展，你有想說的意見嗎？

・結束了這一年的課程，你的感想是什麼？

・除了上課之外，你還做了些什麼個人作業呢？

　　所有的問題都只能回答自己的答案，自己為自己打完分數之後，還要交給面試自己的人，個別面試是由好幾名導師和外部的審查委員個別進行。加重了冷靜且客觀的評分，若是被認為不理想的學生，就會被建議再重讀一年。面試結束以後，有三個學生不及格。總是坐在我後面，帶著微笑而且心地善良的Andy就是其中一個。他給人的印象就是，不管對什麼都很了解而且博學多聞，他所說的話，就算讓他去選國會議員大概也不會輸。他對自己目前為止所做的作品，常常都會無止盡地延伸到各種龐大的知識和概念。一般來說導師都不會想要打斷學生，除非等到導師都聽不下去了，就會對他說「拜託你不要再講了，讓我們換其他的學生講吧」，他才會停下來。但是如果他的「厭煩症」發作，

他從課堂上潛水消失的壞習慣就會作祟，所以好像有好幾科都沒有過的樣子。一想到從下個學期開始就再也看不到他讓人感覺溫暖、神氣又帥氣的微笑，就讓人覺得難過。當他認真地說「我們可以常常在學校的餐廳見面」的時候，他像個孩子般的露出他雪白的牙齒，讓人覺得好笑。

　　一大早大家就一片哀號，搬了好幾次沉重的行李，然後在分配好的牆上仔細地貼上自己的作品之後，大約十點教授們就會進到工作室，並且從裡面把門緊緊地鎖上。偶爾我會覺得好像是要以量取勝的樣子，總是有幾個同學像Caroline或是Darshan，光是作品集的包包就帶了好幾個來。在學校的工作室裡簡略地展示自己的作品之後，在等待導師們評分的期間，我們就在附近徘徊或是聊天排解緊張感。那時候只想著為什麼時間過得這麼慢，雖然我覺得我們幾乎整整等了快大半天了，但是因為要審查四十幾個學生一年多來所做的作品，花九個小時的時間其實並不算久。

　　原本以為接受外部審查委員的面試會很緊張，但是反而比想像中還要輕鬆。雖然審查委員的外表看起來就像嚴肅且學識淵博的老紳士這點讓我感到很緊張，但是他問了幾點關於作業態度的問題之後，聽完了我的回答所給我的評分，相較之下還滿親切的。反而是內部導師的評分面試問得更細，不但反覆地確認我自己對發展速度的看法，還check了一大堆東西，但是也沒忘了稱讚和批評。面試的最後教授們說了一句「很好」（Well done），雖然只是場面話，卻讓我所有的緊張感像脫韁野馬似地放鬆了。

　　這場評分就像是所有課程的延伸一樣，大概結束的兩、三週之後，約放假之際才會知道結果。我們所有人也毫不例外地都收到了放假作業的概要，不管結果如何，為了開慶祝派對，我們朝著學校的pub一邊大聲歡呼一邊跑了下去，我們到的時候已經有好幾個先結束面試的同學處於微醺狀態，正興奮地跳著舞。

strong
eyes
they have

more simplify
that's what
I want to
develop!
just keep
doing what you do.

munge.

10 Aug 05

munge's class ❸

期中，
尋找新的
突破

在**路易斯・莫里**的攝影集裡尋找**答案**

　　我不習慣爲了作業而做Research。對於涵蓋我的想法、我有感覺的作品來說，其他人的想法或是其他人所說的話，或是參考別人的作品這些事，我覺得一點也不重要。因爲在韓國我也幾乎沒有做過什麼資料調查，或是參考別人作品的事。我也曾經一度認爲參考其他人的作品，只會成爲抄襲那項作品的機會而已。因爲看到很好的作品，我也會有想要抄襲的衝動。而且如果太過於沉浸於別人的作品，當你想要把那樣東西變成自己的，當你在興起這個想法的瞬間，反而會讓你自己產生一種錯覺，認爲那個東西本來就是你自己的，而這才是最危險的。我比任何人都還要了解那股衝動，所以做作業的時候，就更不會去參考別人的作品。

　　可是我來到這裡之後，發現氣氛非常地不同。每次我去參觀畢業展或是藝術家個展的時候總覺得很奇怪，有一個角落總是會擺著他們的素描本。內容不只是單純塗鴉所想出來的靈感而已，而是從爲什麼會創作那項作品的背景，到構成創作動機的各種作品，或是對這項作品產生影響的風格等，把形成那項作品的所有根據都放進了那本素描本裡。裡面貼滿了從書本上影印下來的一部分，還有其他圖片拼貼，然後結合自己所畫的圖，在旁邊寫下自己的想法，壓縮成一本素描本。

　　眞的很妙。這還叫做原創嗎？難道這樣不算是到處偷別人的靈感嗎？這樣不就等於在抄襲某個人的風格嗎？到底這麼堅持地

把這種過程展示給別人看的理由是什麼？感覺很不專業。

　　一開始因為學校要求，所以我就勉強地有樣學樣，把我做的Research交出去。因為Research的過程主要是在個別指導的時候給導師看的，看你對什麼樣的故事有興趣，有什麼方法可以巧妙地描述這個故事，是不是已經有別的作家在做這類的作品，所謂的Research說實在的就是找出這些東西來學習，然後記錄在素描本裡面，讓別人能夠更輕易地了解自己的想法。雖然這種方式並沒有特別深得我心，總之我會貼上我曾經看過的作品的照片，或是如果我發現了喜歡的作品就會把它記錄下來。但是說也奇怪，這樣子做下來，偶爾也會有產生關聯的時候，難道這就是所謂的Research嗎？

Group	MA
Project Title	Lip-synch
Tutor	Martina
Brief	從既有的電影中的一部分選出一段聲音的剪輯（sound clip），然後利用裡面的台詞設計出新的場景和角色，演出 一段新的故事。根據台詞的母音，也就是嘴型的變化來配合分配的時間，做出配樂之後，以那個時間表為基準製作對嘴動畫（lip-synch）。

　　第二個Project是Lip-synch Project。從電影裡面選出一段聲音剪輯來演出一段新的場景，然後讓角色按照台詞動嘴巴。應該要先分析聲音剪輯裡的台詞，我所選的聲音剪輯有很多粗魯的話。只要蒐集各個發音的母音分成a, e, i, o, u，再分成每一秒十二個畫面（frame）之後，按照各個畫面用母音來標記發音，屬於一種腳本作業，然後再導出與其相符的新故事、新場景。

　　難得我什麼想法也沒有。因為剛好沒什麼想要做的，所以完全沒有頭緒，不知道該從哪裡著手，該怎麼做才好。那個時候前輩建議我去圖書館看點書也好。可是圖書館……我和圖書館不怎麼熟的說，看來是已經走到最後一步了。

我在圖書館裡東張西望，東摸西摸，因為不知道要看什麼才好，所以感覺就更茫然了。後來我在圖書館又遇到了前輩，他告訴我他會看各種攝影集。我也很喜歡攝影集，因為我本來就很喜歡拍照，於是我便挑了幾本來看，但不是太過技術性，要不就是太過於超現實。正當我在想要不要放棄的時候，無意間從我挑的一本非常薄的攝影集裡看到一張照片，我心想就是它了。Eureka（我找到了）！

雖然我不知道在講什麼，但就是它了。有三個男人和一個女人圍坐在某一家看起來很廉價的餐廳的餐桌，其中年紀最大的男人一手拿著咖啡杯，然後用另一隻手蓋著頭，陷入了嚴重的苦惱之中；女人靠著那個男人，一隻手拿著香菸睡著了；看起來年紀最小的男人也是菸抽一抽就靠著那個女人睡著了；至於留著鬍子的男人只是在一旁旁觀。

我不知道他們是不是為了某件壞事而成群結黨，也不知道他們是不是正在逃亡，而來到了國境附近某個不知名的小城市，坐在一間別說是客人了，連個人也沒有，只有蒼蠅飛來飛去的餐廳裡，點了杯咖啡，煩惱他們以後該怎麼辦。女人和年輕的男人因為厭倦了長時間的沉默和疲憊的旅程，也不知道是不是了解現在大家的情況而天真地睡著了。不知道上了年紀男人是不是基於責任意識，自己一個人沉浸在許多煩惱之中，而留著鬍子的男人好像對於他們會走到這個地步，全都是上了年紀的男人的錯，對所有的事都感到不稱心。他們的未來該怎麼辦呢？

Now I see...... 現在我懂了。

This is a really shit idea. 這真的是個很爛的主意。

You know why? Because it's really obviously a shit idea. 你知道為什麼嗎？因為這真的很顯然地是個爛主意。

So just move drive into it...... 所以……我叫你直接衝過去……

Fucking sly person broken bastards. 媽的，你們這群狡猾的人，一群

This is a really shit idea –
you know why?

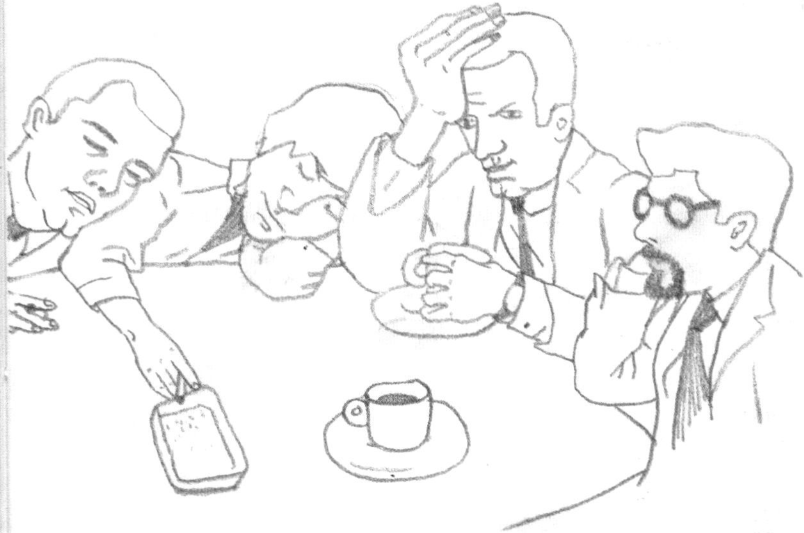

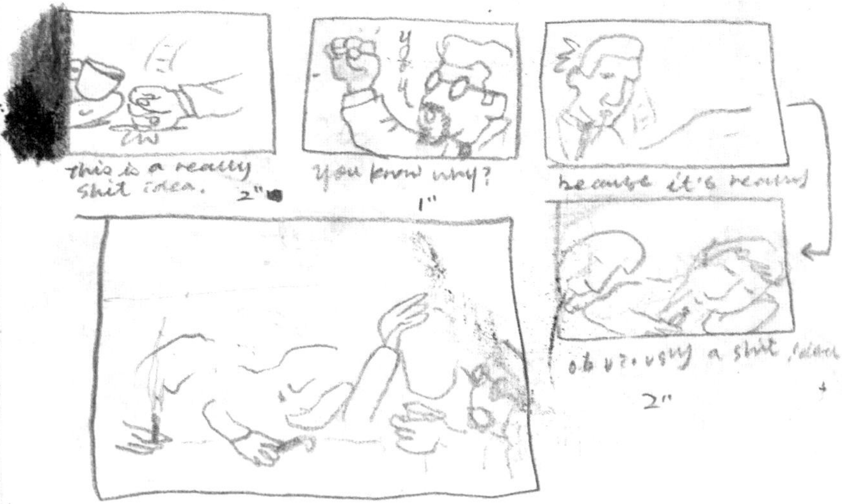

混帳。

Really fucking obviously a shit idea……這真的是個該死的爛主意……

Hold on! 等等！

唧咿咿──　！

　　當然路易斯・莫里（Lewis Morely）的照片──〈The Premise: Theodore J. Joan Darling. James Frawley and Thomas Aldredge, 1962〉和丹尼・鮑爾（Danny Boyle）的電影──《二十八天毀滅倒數》的那段聲音剪輯的故事一點關係也沒有。只是，聽完那段聲音再看那張照片的時候，馬上覺得就是這個了。我個人滿喜歡一九六〇年代的照片，總覺得有種憂鬱的時代性，照片裡的人物充滿魅力的眼神即將爆發，不顧一切地排除任何色彩，只依賴明暗的黑白調……

　　我一看到照片就毫無計畫地開始畫畫，因為我實在是太喜歡那張咖啡廳的場景了，於是我便用線條畫把他們給描繪出來，把他們的激動、他們的無能、他們的慵懶用忽隱忽現的線條來表現。還有，請注意女人的菸。

結果意外地效果還不錯，沒有任何東西比線條畫還要更讓我滿意的了。如果把圖畫好再擦去不要的線條還算簡單，但是為了微妙的感覺，一開始我選擇的方法就是不要畫太多。不過雖然圖和線條消失又浮現的氣氛很搭，但是如果單就對嘴的部分來看，因為我沒有花太多的心思在行動和線條的運動上，所以對於無法讓它動得很順利這點感到有點可惜。但是有種找到了什麼的感覺，總覺得開啓了某種可能性，感覺世界從現在起要變了。

DO NOT PASS GO!

　　第一個課程單元是「Research and Discovery」，當動畫系學生在做「一分鐘Project」的時候，插畫系學生則是把重點放在Research的方法。他們計畫Project，而且為了support這個Project，還要尋找足夠的資料來製作sample。插畫系學生的課程單元止於自由創作（free production），為了長度一分鐘的動畫，光是製作（Production）和後製（Post Production）的時間就追加了三個禮拜，總之插畫系學生跟動畫系學生要熬通宵的氣氛完全相反。進行第二個課程單元「文字和圖像」（Text and Image）的時候也一樣，插畫系學生選擇和文字有關的視覺作業，在他們製作sample的時候，動畫系學生正在進行Lip-synch和TYPE IN MOTION Project。

Group	MA
Project Title	TYPE IN MOTION
Tutor	Martina
Brief	在廣告文案、新聞報導、書名、標語等日常生活中看到的短文中，挑選一個自己喜歡的短文。把你從自己所選的短文中所獲得的感想，製作成視覺的動畫來取代用文章直接表現的手法。

　　如果說「一分鐘Project」是活用手繪的角色加上照片的背景，那麼Lip-synch就是單純只使用線條畫，製作成十五秒長的動

畫。而三十秒長的TYPE IN MOTION Project是一部實驗的動畫Project，要求我們從標題或是書名、文句、標語等選出某段文字之後，再衍生出一個和這段文字一點關係也沒有的其他故事。我所選的句子是提姆·摩爾（Tim Moore）的《Do Not Pass Go》，是一本把英國間接比喻成大富翁（Monopoly）的一本書的書名。我在牛津饑荒救濟會（Oxfam，現為樂施會），如果用韓國的機構來比喻的話，就好比美麗之店（Beautiful Store）的地方，用一點三九英鎊買下了這本書，只是因為我單純喜歡它的封面和書名，當時我還不知道這句話是出自於大富翁。但是，不管是go還是pass，一看到和stop意義相同的not，就讓我想起交通標誌板，也有種在為人生之路做嚮導的感覺。因為我個人很喜歡標誌板，或是路上寫著路名的招牌，所以很吸引我的目光。

我想正式地利用照片做一次動畫看看，不管什麼時候照片都會成為我創作的動機。如果照片移動的話，不就成為一部電影了嗎？這就是我將電影和動畫緊緊扣在一起的一條鏈結。圖畫、照片、運動、電影，它們都是同夥的。

反正這次是實驗性質的作業，我想趁著這個機會試著活用

照片製作的各種方法應該還滿有趣的。如果同樣的標誌板立在各個不同的場所，然後用相同的焦距拍下來做成動畫，應該會很精釆。把一個畫面拍攝成好幾張照片，再用蒙太奇接起來，如果做出移動的效果，應該也很有趣，跟著箭頭標誌移動視線的場景也很有趣。街道上吵雜的警笛聲和寧靜的寂靜感所形成的對比，也會帶來一種緊張的感覺。

　　雖然用錄影機拍攝，擷取畫面再分割也可以，但是這樣一來畫面的連接就會太順暢，看起來反而沒什麼趣味，而且最重要的是畫質會差很多，所以果然照片還是最適合的。用底片拍的話雖然會更有趣，但是在需要大量反覆拍攝的情況下，我認爲太不符合經濟效益，所以還是選擇直接用數位相機來拍。我花了好幾天的時間在金斯頓鎮到處邊走邊拍。我不但在停車場拍標誌的途中，被那裡的職員發現趕了出來；而且還在爲了要尋找更多的新場所的時候，因爲走太遠而迷路，最後光是我往回走，走回我認識的地方，就花了我三個小時的時間。也多虧我沿著金斯頓的泰晤士河走，才知道原來這裡沿途有這麼多美麗的風景。雖然三月的天氣還有點涼颼颼的，但是冷到會讓人乾裂的酷寒已經消失，到了開始漸漸有陽光的季節了。但是因爲還是很冷，所以我馬上就拍拍屁股站了起來，偶爾我會自己一個人，到這個我因爲迷路而認識的地方來看書；也會在陽光普照的星期天早上，坐在河邊和朋友一起喝啤酒。

插畫家和**動畫師**的相遇

　　當我開始進行TYPE IN MOTION Project的時候，前輩和Jo，兩位比我先來的朋友要離開金斯頓了。前輩把他用過的東西都拿給我，從電子鍋、電暖爐、電熱水壺、大的Bodum法式濾壓壺（French Press）、毯子和一些美術用具，甚至還有裁縫機和電風扇，得到這麼多東西，讓我一下子變成了有錢人。他們離開的那天，我們在學校附近一家我們常去光顧的泰式餐廳一起吃午餐，前輩最後還喝了一杯健力士（Guinness）。

　　前輩在的時候很常去另外一對前輩情侶的家裡玩，我偶爾也會一起去，來到外地如果有認識的人都會覺得格外珍惜。這裡也是唯一一個可以吃到家鄉菜的地方，可是再過不久，他們也要離開了，話說兩夫妻做菜的手藝真不是蓋的。如果這些朋友全都回韓國，那麼我在這裡的人生不就變得很無聊嗎？前輩看我自己一個人留在這很可憐，所以就為我引見了sunni姑娘。

　　最先開始叫她「sunni姑娘」的是前輩。因為sunni姑娘和前輩同年紀，隨便直呼她的名字太尷尬了，所以才加上姑娘這個尊稱，但是沒想到sunni姑娘對這個俗氣的組合反應這麼敏感，叫上癮的我們反而更故意地加上「姑娘」兩個字，現在也都叫習慣了。

　　前輩第一次向我介紹sunni姑娘是在Moving Image Studio，那

時候我們只是點頭打個招呼的關係而已，但是不久之後我們還一起去了荷蘭動畫影展。在那之後我們偶爾會在學校的餐廳或其他地方遇到，也會打個招呼或是聊個天。

和sunni姑娘之所以會變熟，好像是我把作品集拿給她看的時候。因為宿舍和學校連在一起，所以是個無聊時打發時間的好地方。總之有一次她偶然來我宿舍房間玩，成了我們對彼此產生興趣的契機。因為對她很好奇，所以就一直對她東問西問的，感覺很好。她不愧是視覺設計出身，以設計師起家，同時做設計和繪本插畫兩個工作，是個能力卓越的能者。聽說她在韓國已經處於事業的高峰，但是突然來到英國。當然我沒有稱得上是設計的作業經驗，不過反正我也是視覺設計出身，雖然本來就對動畫很有興趣，但是對插畫的興趣也不小。不過最重要的是，她稍微打破了我對韓國插畫家的偏見，因為她讓我了解到，我會這麼囂張地認為韓國插畫家很可笑，原來是來自於我的無知。

背景相同，自然兩個人就會有很多共同話題。比起那些專攻純美術的人，搞不好設計系出身的人會比那些人對各式各樣的媒材還來得更有興趣也說不定，當然，這一切都因人而異。sunni姑娘以前除了插畫以外，還涉獵了電影或動畫、書和公演。雖然喜歡看好萊塢這種大眾電影，或是迪士尼、宮崎駿動畫的人很多，但是短篇電影或是短篇動畫這類卻和這些大眾電影不同，如果不親自把門打開進去探索一番，通常沒有機會接觸到的，一般來說大家都會因為覺得麻煩而忽視它的重要性，因此從這類作品獲得靈感的人也不多，所以我也覺得插畫家很難得會對這些媒材感興趣。

另外她也認識很多作家。究竟她都在什麼時候創作、什麼時候玩耍，這些都息息相關。雖然大家會想，像這樣的雜學知識有這麼重要嗎？但是其實不然，做自己領域以外的事情也很重要。尤其是插畫、動畫，還有電影，這三種東西並不完全是毫不相關的三件事情。這麼做其實是在擴張自己的力量。就像漫畫家說，

他們的夢想絕對不會只停留在漫畫連載而已。他們的夢想從單行本開始，到出版一系列屬於自己的漫畫。他們為什麼要在雜誌或是網路上連載自己的漫畫，目的是為了宣傳自己，然後把連載的部分集結成冊，發行一本上面印有自己的名字的單行本。然後下一步就是把自己的單行本做成動畫，再接著就是什麼呢？電視劇化或是電影化。

英國插畫家的夢想也一樣。插畫家把自己的插畫編成書，期待刻有自己名字的書皮能夠占領整間書店，然後再以系列叢書的方式出版另一本書。沒有比這還要更興奮的事了吧！接著還可以更進一步地把自己的書做成動畫，就像蘿倫・查爾德（Lauren Child）的《查理與蘿莉》（Charlie and Lora）一樣。

也有很多作家會同時進出動畫和插畫兩個領域。在英國，動畫不是叫做動態影像嗎？大部份的插畫家雖然名片上寫的是「插畫家」，但是卻有很多動畫師的名片上寫的卻是「動畫師和插畫家」。這是因為有很多人會以動畫師的身分活動，同時也以插畫家的身分活動。如果說動畫的基礎是插畫，插畫的擴張是動畫一點也不為過。Damien也是這樣，雖然他是動畫師也是導演，但是他也曾經有四年的時間都在幫日本的某本雜誌封面做設計。當然也有明明是插畫家，但是卻不論畫一張圖，還是畫很多張圖並且使其移動而作業的作家，就像大衛・施雷格利（David Shrigley）一樣。關於他的事，之後我會再說得更詳細，大家敬請期待，因為我遇見他了。

講一講sunni姑娘的事，不小心就扯太遠了。總之就是我還滿常和sunni姑娘聊這些話題的。有的人說動畫師需要一位有自己的風格，且作品完成度高，又有深度的插畫家；也有人說動畫師應該要懂得使用更多元化的材料；也有人說插畫家的角色性不足；也有人說插畫家在媒材這一塊需要有更寬廣的眼光。總而言之，不管是插畫家還是動畫師都和說故事有關，如何用圖畫把故事好

好地帶出來，是兩者共同的課題。如果動畫師和插畫家能夠彼此刺激、溝通的話該有多好啊！這個想法就是我和sunni姑娘的共通點，我對插畫很有興趣，而她也覺得如果可以把自己的畫做成動畫也是一件很酷的事。

　　有一天sunni姑娘把她其中一張分鏡腳本拿給我看，那是我第一次正式看到她的作品。雖然在這之前有偷偷地看過幾張她影印的作品，但是因為她實在是藏得太好了，所以無法看個仔細。好像就是從這個時候開始，讓我開始覺得更喜歡她了。她給我看的東西是關於某隻貓的故事，我逕自把她的故事取名為「某隻貓突發性地離家出走！」有種夢幻，又帶點憂鬱和溫暖的氛圍，但是又有種無法親近的感覺。我覺得如果把她分鏡腳本上的故事做成動畫一定會很有趣，但是她自從做過一次循環走路之後就放棄動畫了，不！應該說是呈現放棄的狀態，她說那種作業她連做夢都不敢想，不過她又說，如果只是把畫在分鏡腳本上的主要畫面做成模擬動畫的動態腳本，她就願意試試看。於是我跟她說我樂意幫助她，我在想我偶爾是不是太好管閒事了。

　　她來找我的那天，剛好我也忙著用分鏡腳本做動態腳本，所以其實不是很有空。不過我還是想按照約定幫她做做看，我也很好奇讓靜態影像（Still Image）移動的那一瞬間，她的畫究竟會散發出什麼樣的魅力。雖然不管再怎麼說都是動態腳本，但是單純只用陳列主要畫面的靜態影像是不夠的。因為簡略地再追加幾個動作看起來效果會更好，所以我就叫sunni姑娘預先準備可以具體呈現動作的擷取影像（Image Clip）。動態腳本我用flash來做，因為不管到哪裡我都自稱是技術人員，而flash於我具有技術上的便利性。flash比其他影像編輯工具更容易控制各個畫面的移動，所以看到原圖這麼精采，作業的時候也讓我覺得很開心。感覺就這樣以動態腳本畫下句點有點可惜，雖然我試著引誘她把這個做成全動作動畫（Full Animation），但是她還是無法抽出時間來。（sunni姑娘的這個作品詳情請見〈sunni's story 11〉p110-116。）

大衛・休斯 (David Hughes) 來學校

　　工作室裡貼著一張用A3紙輸出的小海報，「和大衛・休斯的對話，11:30 a.m.動畫研討室。」這張海報是從網路上下載之後勉強放大，上面的臉畫得很粗糙，不過我還滿喜歡的。在一堆雜亂重疊的線條之間反覆刻劃眼睛，像血跡四濺般的墨水印，雖然不知道是誰，但是我滿喜歡他充滿力量的筆力，和老練的世故味，總覺得值得一去。聽聽那些以作家身分活動的人的故事，就跟免費偷看別人的技術一樣，我喜歡這種的研討會。是大學一年級的時候學的東西不一定專業，卻唯一讓我覺得學校還可以去的事情，就是去聽學校辦的研討會。學校會邀請那些現正活躍於自己領域中的藝術家為二年級的學生演講，當時可以看到那時還是音樂導演的宋秉俊，或是電影攝影導演金亨區、攝影師金重晚。

　　不過MA課程的學生看起來對這種開放式授課沒有什麼很大的興趣，和BA課程的學生很不一樣，MA的學生被要求在工作室裡占個位子，然後花上一整天的時間坐下來做作業，而且MA課程的學生在沒有自己個別指導的日子，很難得會來學校一趟，所以幾乎沒有人會參加這種公開活動。就算是來學校工作室做作業的學生，他們為了要完成一年短期的主修科目課程，光是全心投入自己作業的時間都嫌不夠了，更何況是要求他們參加這種活動。不過我是不是太沉浸於大學時期的熱情了？但是搞不好是因為這

張海報對他們來說沒有什麼吸引力。不過這種時候就只能讓我想到sunni姑娘了，因為她也喜歡這種研討會，更何況還是大衛‧休斯這位還算得上是有名的人物，說他是「名人」也不為過。結實的身材，加上輪廓分明的臉龐，風靡學生的魅力，好像一下子就能把所有人都變成自己人的親和力，他的個性並非典型藝術家那種忸忸怩怩、內向的樣子，反而是那種非常積極且活潑，非常享受自己所處的場合之中。

他帶了幾張自己創作的原圖，尤其是那張莎士比亞的《奧賽羅》（Othello），完全就是用休斯式的手法所詮釋的作品，感覺相當獨特。這幅畫生動地以漫畫的形式詮釋了原著的殘忍和悲劇的結局。他把一頁分成了好幾個格子之後，用他的畫來填滿。他的繪畫風格不是用筆把整個畫面填滿，主要是用筆尖敏銳地勾勒出線條來。他在筆和墨水上貼上遮色片（masking piece），然後沿著要上色的面剪下來，再用水彩顏料輕輕地用噴槍（airbrush）上色。這樣就完成了上色的作業了，看起來自然且溫和，同時又帶有粗糙和僵硬的新感覺。

因為他實在是一位實力非常出色、非常有名，受到非常多人肯定的作家，所以對他來說似乎沒有什麼困難的事。對於同學們問他有沒有經歷過低潮期，他說自己剛開始畫插畫的時候，有很多老一輩的作家批評他的畫說，「這是插畫還是漫畫啊？」當他大學畢業的時候，他以查理‧帕克（Charlie Parker）的爵士樂為基礎，做了一系列的蝕刻作品，這也成了他對蝕刻版畫產生興趣的契機。不知道是不是因為這樣，看他的作品就好像在看使用筆和墨水的蝕刻版畫一樣。他在某一場訪問裡曾經談論過關於草稿和筆的關係。

> 草稿就像死亡之吻，我討厭畫草稿。我不會用鉛筆打任何草稿，我總是用鋼筆和墨水……就是那一刻，練習和實際的狀況是不同的。鉛筆通常對我很有利，這真是一件讓人覺得很有壓力的事。鉛筆更簡單、更可愛，對我

來說，幾乎就像在放鬆。

"Roughs are the kiss of death. I hate doing roughs。I don't rough anything
out in pencil, it's always pen and ink..., it's the moment; it's the difference
between the practice run and the actual reality, it lifts your game. It's really
demanding. Pencils easier, lovely, for me it's almost like relaxing."

——摘自伊恩・梅西（Ian Massey）的
「大衛・休斯的訪談（Interview with David Hughes）」

　　這段話讓人感覺還不錯。雖然他說，因為鉛筆的線條太過簡
單且柔軟、舒坦，所以和實際作業上所使用的鋼筆的線條有很大
的差異，比起草圖的鬆散感，他比較重視自己作品上的緊張感。
但是我之所以討厭畫草圖，我和他的藉口相同，但是理由卻不
同。

　　如果有人委託我畫插畫，照理來說通常對方都會問我什麼時
候可以拿草圖給他們看，這時候我就會說我不畫草圖，對方聽了
當然會覺得不知所措，但是他們大概也是看過我其他的作品才會
聯絡我，於是便不再要求我畫草圖了，不過我會花足夠的時間要
求對方和我開一場關於作品概念的會議。在我畫三十多本封面插
畫的期間，當我這樣要求的時候，就只有一個地方會掛我電話。
一開始都說沒關係，當我一要求插畫概念的企劃書，對方便以我
不畫草稿為由拒絕了我。

　　這就是我個人的風格，不只是因為我從小就沒有畫草稿的
習慣，因為我也一直堅信我一開始所畫的線條就已經包含我所有
的感覺了。國中的時候我有學過四君子，四君子就是照著某個人
先畫好的圖，連續畫四個小時之後，從畫出來的畫裡交出最好的
一張。我非常認真地畫，架式並不亞於老師。但是大部分的同學
都有愈畫愈好的趨勢，相反地，到了要交出去的時候，我交出去
的作品總是我第一次畫的圖。因為不管我再怎麼畫，就是無法畫
出和第一次所畫的感覺一樣的畫。加上草稿和本來的作品一定不

一樣，雖然畫草稿在某種程度上可以判斷整個作品的構圖或是結構，但是那並非全部。加上草圖不是沒有顏色嗎？和需要畫連續鏡頭（sequence），或是好幾個場面的繪本作品不同，而只有一張紙的封面更是如此。

　　大衛・休斯雖然也以畫關於好萊塢有名的演員，或是知名人士、政治家的諷刺畫（caricature）聞名，但是每當談論到他的時候，當然不能不提山迪・特納（Sandy Turner）這號人物。山迪・特納一九九九年初次在紐約客（New Yorker）登場，他出生於一九五二年紐約，男性，帶有濃濃蘇格蘭腔，雙性戀，具備溫和且樂觀的性格。生前留下了《平安夜》（Silent Night）《長大》（Grow Up）《冷貓熱狗》（Cool Cat Hot Dog），還有《奧特的象鼻》（Otto's Trunk），聽說他於二〇〇五年去世於英國的諾福克（Norfolk）。

　　山迪・特納是大衛・休斯的另一個自我。山迪・納特屬於陽光樂觀的一面，大衛・休斯則是屬於黑暗悲觀的一面，像這樣以另一個名字活動，也是為了表現自己另外一個取向的方法。用另一個名字進行不同取向的作品活動，說真的到底有什麼意義呢？而且還是一個已經受到世人肯定、有名的作家。

> 如果想要成為插畫家，就不要帶有一定要成為藝術家這種浪漫的想法。妥協最終會破壞你的靈魂。
>
> （……if you want to be an illustrator don't harbour romantic inclinations of being an artist, compromise will destroy your soul, eventually.）
>
> ——大衛・休斯的網站

愛上Chap Book

　　教插畫歷史的Dr. Leo研究的領域是雕版印刷。因爲拿到博士學位的人通常都被稱爲「Dr.」，所以我們都叫他Dr. Leo。他在一九七六年於RCA發表了一篇題目爲〈逐漸衰退的英國雕版印刷業一八八〇～一九一四〉（The Decline of Trade Wood Engraving in Britain一八八〇～一九一四）的論文，在攻讀博士課程的時候，研究的是〈英國雕版印刷的早期歷史一七〇〇～一八八〇〉（Early History of Trade wood Engraving in Britain 一七〇〇～一八八〇）。一般爲人所知的是他當了十八年V&A維多利亞與亞伯特博物館「年度插畫獎」的評審委員，並且在他於RCA任教的期間，也以〈約翰・坦尼爾的兩本「愛麗絲」插畫〉（John Tenniel's Illustrations to the Two 'Alice' Books）做爲研究題目，發表了他的研究成果。

　　Dr. Leo除了會去許多大學和插畫團體上課外，也會以自己收集的原作爲基礎安排策展計畫。主要的計畫有〈一窺仙境——約翰・坦尼爾先生的愛麗絲插畫〉（Looking in Wonderland: Sir John Tenniel's Illustration to the Alice Books）和〈達夫・麥克基恩——回顧展〉（Dave Mckean: A Retrospective）。

　　這些關於Dr. Leo的介紹，事實上是因爲我想寫些關於他的事，於是便在Research的過程中得知這些資訊。現在想想，我開始可以理解爲什麼他在那段期間會對路易斯・卡羅（Lewis Carroll）

所畫的《愛麗絲夢遊仙境》插畫這麼有興趣，而且還收集那個時期印刷的小書；還有他在和藝術家對話的場合上邀請現代版畫作家保羅・斯萊特（Paul Slater）的原因，而且還這麼喜歡達夫・麥克基恩（Dave Mckean）。

　　《愛麗絲夢遊仙境》即使過了一百多年，到現在還是有很多插畫家不斷地重新詮釋這本書，但是目前為止還是沒有任何一部作品可以和約翰・坦尼爾先生的原版插畫匹敵。尤其別說是獨創性的角色，即使作為關於最初出版的那個時代的木板印刷術資料，也會是一份出色的資料。總而言之，這絕對是最棒的收藏品了。

　　喜歡收藏古書的Dr. Leo常常炫耀自己的收藏，其中最吸引我的是迷你書。原本叫做「Cheap Book」，意為便宜的書的意思，經過變形之後，成為現在一般人所說的「Chap Book」（摺頁小書）。把一小張紙摺三次，做成一本一共八張十六頁的小書，是裝訂時的最小單位。光憑一張紙就能扮演好一本書的角色，叫人怎能不對它感興趣呢？Dr. Leo一看到我很感興趣的樣子，便給我一個可以摸書的機會。我馬上就把他展示Chap Book用相機照下來，並且把書裝訂的方式抄在我的筆記本上。這個世界上居然有這種書的存在，實在是讓我太驚訝了。我也想做做看這種書，感覺應該會成

功，回到宿舍之後，我馬上就照著我抄下來的方法做。

　　幾個星期後，RCA和聖馬丁有畢業展，我在那裡偶然發現某個學生的作品，藉著他的作品我才知道原來Chap Book的摺法在英國廣為流傳，我實在是太無知了。這種古老的形式到現在還是有很多藝術家在使用，撇開書只是單純拿來閱讀的這點來看，一定還有什麼值得傳承的意義在。

　　在畢業展上我看到一個學生的作品集是以影印的方式印在厚紙板上做成的，裡面有他的畫和聯絡方式。看到那個東西的瞬間，讓我想到如果可以用那個來當名片應該很不錯。不，搞不好那個作家已經用那個來取代名片了也說不定。把紙摺三次，成為一本八頁的Chap Book，在此之前的一個步驟，只要把中間的剪裁線加進去，就可以完成一本可以翻閱的八頁小書，這真是一件神奇的事。

　　傳統的裝訂方式真的是愈了解愈有趣，那時候我才開始理解，為什麼英國的裝訂技術這麼有名，為什麼那麼多人要來英國學書籍藝術（Book Art），早知道我也來學個書籍藝術？

受到Dr. Leo的Chap Book的影響所做的名片

某位圖像小說 (Graphic Novel) 作家的短篇電影

　　Dr. Leo負責邀請外部人士,每次講到和現代畫家相關的話題,他都會把和親眼見過的藝術家之間的私人談話說給我們聽。而他的人脈之廣,只要是在英國有一定名氣的藝術家,他幾乎全都認識。大衛‧休斯也是多虧了Dr. Leo,要不然想請他來根本就是不可能的事。

　　Dr. Leo上課的時候總是充滿了許多話題,除了值得名留插畫史的偉大作家背後的傳言,還有他和現正活躍的作家見面時所發生的小插曲都很有趣。他在一個偶然的機緣下獲得一個訪問莎拉‧方納利(Sara Fanelli)的機會,也就是說他親眼見過她。莎拉‧方納利是近幾年間最熱門的英國插畫家,有許多學生都自稱是莎拉‧方納利第二,爭相模仿她的風格,作家們都很羨慕她。總而言之,是個很夯的作家。Dr. Leo就像所有人一樣,見到她就問,「成為一個像妳這樣有人氣的作家,現在應該是個富翁了吧!」但是她卻嘆了一口氣。雖然她被選為「圖書館員最喜歡的作家」,有名是有名,但是實際上小孩看了她的書,都會因為太害怕而放聲大哭。也就是說儘管有名,但是事實上書卻賣得不好的意思嗎?想當作家的人最想效仿的畫,小孩竟然不喜歡,還真是諷刺啊!

有一天，Dr. Leo帶來了一捲錄影帶，他說，這是一部難得一見，很珍貴的短篇電影，是他個人拜託才拿到的，是一位圖像小說作家的作品──《前一週》（The Week Before）。

星期天，畫畫。 神坐在一張非常長的椅子上畫畫，好像一副畫不好的樣子，神看起來很苦惱。從椅子上下來後，神變成了一隻鳥飛走了。電影標題伴隨著中低音大號的聲音響起而開始。隔天早上，鬧鐘響了，神點燃了蠟燭，打開洗臉台的水，祂看向窗外，今天的天氣很晴朗。

星期二，神去釣魚。 在煙霧瀰漫的日子裡，神搭著渡船去釣魚，把隱形的魚餌勾在竿子上，祂釣上來的東西是一張上面寫著「魚」的紙，接著是「另一條魚」，還有「又是另一條魚」。

星期五，神發現了第三個重要的用途。 一個非常大的多餘的空間，在這裡看不到盡頭，遼闊的空間裡擺滿了蠟燭。神苦惱地望著浮在眼前的小行星。祂突然從口袋裡掏出鑰匙來，把鑰匙插進額頭上的洞裡，行星便開始在神的眼前畫著圓打轉。當神拿出額頭上的鑰匙，行星又停止了。神望著充滿蠟燭的空間，蠟燭變成了天上的星星，而行星又開始自由地以神為中心運轉。

這是一部以神創造宇宙前的一週為主題的短篇電影，這部作品圖像式影像的表現手法很精彩。戴著面具的神就好像是把畫原封不動地搬到電影裡，黑色畫面中所展開的圖像式畫面的結構，還有讓人印象深刻，使氣氛更加突出的爵士樂旋律。

這是插畫家兼攝影師、漫畫藝術家、平面設計師、電影導演、音樂家，在各個領域實力都備受肯定的達夫・麥克基恩的第一部短篇電影，就好像是把他的畫照樣搬進電影裡的感覺。

別說是動畫系學生了，就連插畫系學生也為這部非常精彩的作品歡呼。之後Dr. Leo也拿到了達夫・麥克基恩的第二部短篇電影。他說這部電影比第一部電影還要難懂，而且上映的時間比較長，所以叫我們學生自己決定要不要看，「如果各位想看的話我

就播給你們看，如果不想看的話，我們就繼續上課。」我趕緊點頭，用著極為渴望的眼神看著Dr. Leo。他說其他人不知道是不是不想看，因為他在BA的課堂上並沒有播放這部電影。達夫・麥克基恩的第二部短篇電影《霓虹燈》（n[eon]）的播放時間超過三十分鐘，他的上一部作品是把畫原封不動地搬進電影裡，相較之下，這部電影裡加入了許多3D的電腦影像元素，所以電影的感覺也減半了，但是可以看得出來這是他為了朝下一個階段邁進所做的嘗試。我在想這大概是他為了準備下一部長篇電影，而以短篇作為嘗試所完成的作品。

這種過渡期的傾向，從他的插畫也可以看得出來。他的畫有很強烈的圖像傾向，但是他開始使用電腦畫插畫是從〈世界的盡頭〉（World's End）系列開始的，為陷入風格主義（Mannerism）的他的作品中，喚來了新鮮的能量。如果說，在這之前，他都是直接把雙重拍攝的照片加在電影裡，利用蒙太奇剪接後，直接在上面追加圖片，那麼使用電腦之後，在多重拍攝的電影上用電腦結合圖像的要素，就可以呈現更多樣化的視覺結構了。然而他並沒有直接用電腦繪圖，因為不管是哪一種軟體都無法取代擁有生命力的筆。

> 我知道我用Photoshop做成的東西，因為電腦濾鏡（computer filter）的濫用，看起來就跟一個沒有生命的東西一樣。但是從把某一個東西組合在一起這點來說，電腦的確是個優秀的工具。即便如此，我也絕對不會用電腦直接畫畫。因為沒有任何電腦軟體可以照我喜歡的方式來畫畫，首先我用尖銳的筆，當筆尖到達線的底端，墨水會在紙上暈開，就像出現刮痕一樣，我喜歡像這樣畫出有點分岔的線。而這部分才是一條真正有感情的線，也是其優秀性的所在。
>
> ——摘錄自和馬克・沙利斯伯瑞（Mark Salisbury）的訪問，
> 《從事漫畫藝術的藝術家們》（Artists on Comic Art）（2000）

見到達夫‧麥克基恩

　　因為一部短篇電影，我成了達夫‧麥克基恩的超級粉絲，聽到他要來金斯頓的消息，簡直讓我興奮不已。為了拿到他的簽名，這段期間我一直忍著不在英國買書的我居然還買了書。

　　一本書在英國和美國出版的時候，雖然有時候會分成英國版和美國版出版，但是有時候會出版同一個版本，不會有任何的區分。舉例來說，《哈利波特》系列因為文化上的差異，所以別說是封面了，就連標題也是以不同的標題出版，但是大部分的書還是以同一個版本出版。這件事之所以對我這麼重要，是因為價錢的問題。因為英國的書賣得很貴，只要花三分之二的錢或是半價就可以在美國買到一樣的書，拿同樣的錢從美國亞馬遜買入，然後在倫敦取貨。若是考慮到折扣率，搞不好把運費算進去，就算用英國的書錢買都還有剩呢！因此雖然我難得在英國買書，但是這一次是例外。我急迫地買了麥克基恩的《牆壁裡的狼》（The Wolves in Walls），因為和他見面值得我這麼做。

　　許多學生為了聽他的演講蜂擁而來，似乎也證明了他的名氣。他讓我們看他最近在準備的第一部長篇電影《奇幻面具》（Mirror Mask）的片花，從低預算的製作可以看得出來他為了更有效率的圖像作業下了多少功夫。即使如此，在那之中也完美地融入了他的風格。

　　麥克基恩主要的業績，無論如何主要都還是集中在圖像

小說和封面插畫的創作。雖然他自己一手包辦的圖文創作《籠子》（Cages）也很有名，但是培養他實力的還是《睡魔》（Sandman）。依照小說家尼爾·蓋曼（Neil Gaiman）的說法，重新誕生的睡魔從一九八九年到一九九六年，歷經了七年共連載了七十五期，而這部有史以來最棒的圖像小說系列所有的封面都是由麥克基恩負責繪製。身為尼爾·蓋曼的搭檔，兩個人除了合作《暴力事件》（Violent Cases）《潘趣先生》（Mr. Punch）《黑蘭花》（Black Orchid）這些有名的圖像小說之外，還有《那天，我用爸爸換了兩條金魚》（The Day I Swapped Dad for Two Goldfish）和《牆壁裡的狼》等兩本繪本和長篇電影《奇幻面具》，還有最近被製成劇場版動畫的兒童小說《第十四道門》（Coraline）等無數個作品。不只如此，擅長爵士鋼琴演奏的麥克基恩除了發行自己的專輯，還幫多莉·艾莫絲（Tori Amos）、艾利斯·庫柏（Alice Cooper）、我的垂死新娘樂團（My Dying Bride）這些音樂家設計了滿分以上的專輯封面。此外，他和英國小說家S. F.薩依德（S. F. Said）一起合作的兒童小說（Varjak Paw）的插畫也很有名。

穿梭於英國和美國之間，從事多元創作的麥克基恩在英國開

了一間代理公司，這對許多英國的藝術家來說是個很大的提示。英國人對歷史和傳統悠久的出版業一向情有獨鍾，然而即使再怎麼優秀的作家輩出，不斷地被培養出來，英國的出版市場還是太狹隘了。如果不進軍美國市場，就無法期待會有勝算，如果沒有進軍美國的可能性，就乾脆不出版，這樣的英國的出版市場比想像中還小。總而言之，唯有進軍美國才能紅，尤其是讓英國作家賭上希望的東西是他們所使用的語言和美國一樣。雖然這樣子做並不代表所有的英國作家都能進軍美國，不過這兩者之間一定會有文化上的差異，因此別說是對學生了，就連對現職作家，或是已經活躍於美國和英國之間的作家，我會有這麼大的疑問也是當然的。

達夫·麥克基恩雖然人看起來很隨和，但是口才卻非常出色，整個人充滿自信。

我最羨慕他的就是合作夥伴了。就像藍·史密斯（Lane Smith）有約翰·席斯卡（John Sciezka），J·奧圖·賽伯德（J. Otto Seibold）有薇薇安·華許（Vivian Walsh）一樣，達夫·麥克基恩有尼爾·蓋曼。不！這些人都沒有這兩位夢幻般的組合還要值得被炫耀，未來我也會有一個像他那樣出色的合作夥伴嗎？

體驗版畫

　　在金斯頓除了課程單元安排的課之外，還可以去聽自己想聽的講座。像攝影課或是版畫課這類都會個別開設幫助你使用工作室的入門induction，還有像3D Max或是生活繪畫課這類，也會有對開發自己作品很有幫助的工作營。

　　以我的情形來說，我個人很常使用和課程或是Project無關的攝影工作室。我的興趣是拍黑白照片，為了能夠讓這些照片顯影，我還特地從韓國把顯影箱帶來，以備不時之需，而且還可以在宿舍裡進行顯影作業。但是正當我不知道該去哪裡買藥品，感到一片茫然的時候，我繞去工作室一看，這裡隨時都有所有的裝備和藥品，而且也可以盡情地使用。最重要的是，這裡還另外設置了黑白顯影室；讓人感到神奇的是，這個地方意外地沒有人氣，不管攝影工作室有再多的人來來往往地做作業，但是這個地方卻總是空著。只要進去那個小小的空間，就可以看到一次能顯影很多膠捲的顯影箱裡面裝著水波蕩漾的新鮮藥品，不用再另外花錢就可以進行顯影作業了。把顯影完成的膠捲好好晾乾之後，再用工作室裡面附設的電腦室掃描。

　　我心裡想總有一天我一定要試看看版畫作業，於是我便無預警地排好了課表。但不幸的是，因為排課是配合插畫系學生的課表，剛好跟動畫系學生需要熬夜作業的期間重疊，要是錯過這個

　機會讓我覺得太委屈，於是便抱持著至少也要體驗一下的心情參
加工作營。雖然蝕刻和石版畫都可以參加，但是因為沒有時間，
我就先選了我平常就很喜歡的蝕刻版畫。第一天上課的時候很輕
鬆地說明了所有的課程，然後發給我們一人一張銅版。我們先用
擦銅水把銅版給擦洗乾淨之後，在那上面用海綿均勻地塗上防腐
蝕劑，做一層黑色的幕。隔天每個人都要在銅版上畫好畫帶過
來，於是第一堂課就這樣結束了。

　　我帶著銅版回到宿舍，但是卻怎麼想也不知道要畫什麼，只
覺得一片茫然。這次的蝕刻作業搞不好是我的第一次，也是最後
一次，但是卻沒有時間好好地煩惱該怎麼做、要畫什麼，只能秉
持著想做看看的一個念頭，覺得一定要畫個什麼，於是便打開素
描本，在其中東翻西找。最近只要上課覺得無聊，我就會把眼前

看到的人的臉畫下來。沒想到眞的只畫一張臉，居然這麼有趣。我把那些塗鴉蒐集起來移到了銅版上，因爲我喜歡把圖和文字融合在一起，所以就把字也寫上去了。因爲版畫轉印到紙上面的過程左右是相反的，所以我便把字反著寫過去。以一個作品來說，雖然沒有什麼特別的價值，但是因爲是練習，就隨便畫畫了。

隔天早上，我又到了版畫工作室完成後半段的作業。爲了避免被腐蝕，我把用筆刻劃過的銅版背面用藥品處理過後放進酸液裡，讓用筆劃過的部分被腐蝕。然後好好地擦乾之後，把墨水塗抹在被腐蝕的凹槽裡，讓墨水能好好地滲透，接著再用布團一邊畫圓，一邊把沾到表面的墨水擦掉。把要用來轉印的版畫用紙和水均勻地浸濕之後，和版畫一起放進凹版壓印機（Etching Press），使其慢慢地捲入壓印機裡，把留在凹槽裡的墨水轉印到紙上。

在通過壓印機的同時，要一邊壓著銅版。隨著銅版的輪廓和凹槽的周圍，紙上會出現拱凸（embossing）的現象，這就是蝕刻最大的魅力所在，也是用筆直接在紙上作畫也不會有的效果，只有蝕刻才會如此。蝕刻的另外一個魅力就是除了線條以外，擦掉墨水的表面上會有稍微沾到墨水的痕跡，但這可不是這麼容易就能好好地一次給表現出來。均勻地沾上墨水之後，在用布團擦拭的時候，擦太多，表面太乾淨，只留下線條太無趣；但是如果太隨便擦，整個表面很容易就只有一片黑黑的。要讓線條清新，表面又要能留下適當的灰色，還有表面上要有像筆刷那樣自然的斑點，要能生動地表現出這股韻味並非那麼地簡單。

當我試了好幾次，尋找想要印出來的效果時，時間已經一下子就過去，到了工作室要關門的時間了。距離工作營的結束還剩下兩天，但是對動畫系學生來說，已經不允許再繼續投資時間了。不，事實上動畫系學生中參加這場研討會的人只有我而已。要是我繼續把時間投注在這裡，要做的事情就會愈來愈多。於是我帶著混雜遺憾和滿足的心情回到了宿舍，就好像什麼事也沒發生一樣，又繼續熬夜做著我的動畫作業了。

免費的**裸體速寫**課

　　幸好生活繪畫課早在之前比較悠閒的時候就已經排好了，所以可以更積極地參加。每週的星期一五點半到七點，時間也安排在完全不會和上課衝突的時間，想參加的人自行參加就好。因為不是強制性的，所以也沒有人特別談到關於這堂課的事，只有上課教室前的牆壁上貼著一張公告「生活繪畫課，星期一05:30～07:00 p.m. 203號教室」。

　　我偶然經過圖書館，才知道那堂課是裸體速寫課。心想這是個好機會，於是就在下一週依公告的時間走進實作室。我看了看教室的情況便找個位子坐了下來，老師也只是大概問了一下名字就開始上課。雖然本來就是為MA課程所開設的講座，但是教室裡不到十個人的學生中，MA學生就只有和我一起去的朋友和兩個人而已。之後和其他學生見面，雖然也告訴了他們關於這堂課的資訊，但是也沒有人要上這堂課。這是為什麼呢？尤其是在進MA之前，並不是主修美術，或是筆力看起來不夠好的人，聽這堂課應該很不錯。但是每個人看起來都對這堂課有興趣，搞不好是因為他們都來唸MA了，所以不甘心把自己不夠扎實的實力表現出來吧！

　　以前在朋友的介紹下，我曾經在紐約上過很有名的裸體速寫課，因為可以上SVA（School of Visual Arts）插畫系有名的教授的

裸體速寫講座，所以每週六只要交五美金的便宜的學費，不管是誰都可以上這堂開放課程。不知道是不是因為很有名，所以那堂課總是坐滿了學生。這裡的模特兒也是受過訓練的專業模特兒，他們都很了解要擺什麼樣的姿勢，才會讓別人覺得好畫，要擺什麼樣的姿勢才會讓肌肉隆起。因為實際看某個人的裸體對我來說很陌生，所以讓我感到有些震驚，於是便把畫畫當成藉口目不轉睛地盯著模特兒看，但是很快地又投入畫畫之中。尤其是肌肉發達的黑人男模，他們的身材畫起來真的很藝術。

　　為時一個小時半的裸體速寫課會把時間分成五分鐘、十分鐘、十五分鐘、二十五分鐘等時間單位來限制我們畫畫。每一次給我們的時間限制，都有可能是另一種深度的繪圖訓練，在那之中最有趣的事情是，正在移動的模特兒速寫，他們只能停下來不到一分鐘的時間，然後慢慢地繼續移動，而我們必須要把模特兒的樣子畫下來。總覺得比起要我們仔細觀察畫畫的對象，重點其實是擺在如何抓住那瞬間的特徵。也多虧了這堂課，我才能夠訓練到如何在短時間內把動作給勾勒出來。

　　雖然我是抱著這種美好的回憶參加生活繪畫課，但是卻讓我覺得有點失望。雖然光是可以免費上裸體速寫我就要覺得很滿足了，但是卻沒有可以刺激學生的老師、也沒有像在跳舞一樣扭動的好模特兒、也沒有充斥著生動感的實作室氣氛。不管怎麼樣，雖然這也很可能是那位老師的個人風格，但是最讓我感到驚訝的

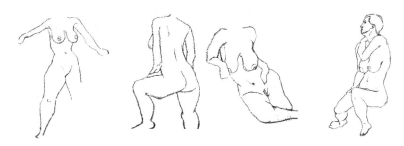

是，他突然舉起筆來測量模特兒的比例！讓我對速寫課的期待嘩啦啦地崩潰了。說真的，不管是用兩隻手做成框來調整畫面的結構，或是像這樣用鉛筆來測量比例都不是件很可信的事。比起那樣，相信自己的眼睛所看到的感覺，然後再移到紙上反而更正確，而那樣才能累積訓練。加上比例錯了，或是角度錯了又怎麼樣？那樣才能成為自己的個性啊！

總之，也因為這種價值觀，讓我和繪圖導師的關係也不是那麼地好。他強制要學生照著他的方式畫，要我聽他的話是不可能的，所以我就畫我自己想畫的。也不知道他是不是看我不順眼，老是找我的碴，問我姿勢是不是畫錯了。不管模特兒再怎麼努力，稍微改變姿勢不是常有的事嗎？加上如果維持十分鐘以上的姿勢，手臂就會愈來愈重而漸漸地往下掉，我想立即捕捉這一刻，但最後畫出來的姿勢還是會有一些偏差，而導師看起來似乎根本就沒有考慮到這一點。我……難道很惹人厭嗎？

畫臉

　　我會對畫人臉感興趣是因為裸體速寫。雖然我很喜歡裸體速寫，但是我畫臉的時候總是會碰壁。畫身體很有趣，可是因為畫臉常常畫到一半就畫壞了，所以就養成了每次畫畫一定不畫臉的壞習慣。於是我想不能再這樣下去了，所以就開始像塗鴉般的畫臉。當我在畫裸體速寫的時候，就算把臉畫出來也和實物完全不同。可是當我像塗鴉般，不帶任何負擔反覆練習的時候，發現我已經稍微可以抓住臉的特徵了。我在想是不是我在畫裸體速寫的時候，所用的線條和畫臉用的線條不搭呢？最後終於找到屬於我自己畫臉的方式了。只畫臉的時候和畫身體的時候不同，畫臉有畫臉的樂趣。所謂人的臉，就算表情，用眼神或是線條也能表現出奇妙的感覺。

　　在Final Project開始前，復活節假期動畫系學生有一份主題為Color Project的個人Project。概要裡附了色相環，和基本原色、兩次色、三次色、互補色、調和色、不調和色、分裂補色等色彩理論中經常看到的顏色搭配表，還有彼此適合的顏色搭配和不適合的顏色搭配的顏色樣本。在那之中吸引我的顏色是，彼此不適合的不調和色。如果在兩種顏色之間排列他們中間色，雖然會成為彼此適合的顏色，但是如果在那之間排列的是互補色關係的顏色，那麼就會產生一股微妙的緊張感。

Group	MA
Project Title	Individual Project: Colour Colour Colour
Tutor	Robin
Brief	Color Project就跟玩遊戲一樣。以三原色做為調色的基礎，調出了中間色，又用中間色來調色，調出了三次色。把那些顏色按照順序排列在圓環裡的時候，彼此相對的顏色就是有互補色關係的顏色。雖然在色相環裡面，有彼此適合的顏色和不適合的顏色，和諧的顏色和分裂的顏色等的規定，但是事實上沒有所謂不適合的顏色。好像適合又好像不適合，在微妙地形成緊張感的關係中，賦予那個色彩它的性格。

　　雖然這是放假期間進行的一個小小的計畫，但是趁著這個機會，我想練習之前無法做的東西。我打算當作順便練習畫臉，把「人」當作我的主題進行畫畫的練習也好。沒錯，就是這個了！face, drawing, people。我的腦袋裡只要安插了一個東西，瞬間我就會連這個計畫本來的意義也忘了，只是盲目地喊著Go！Go！

　　一到圖書館馬上我就往攝影集的分類區走去，我從人物攝影集中挑了三～四本收錄黑白照片的攝影集便開始畫畫。一開始我先從以在現代街頭騎著腳踏車的郵遞員為主題「郵遞員風格」（Messengers Style）開始畫起，我喜歡難得碰一次的筆尖和墨水的感覺，所以也不知不覺地一下子就畫了二十張照片。雖然這些分量就足以做作業了，但是因為總覺得可惜，所以就把借來的所有攝影集裡的人物都畫了。一九六〇年代的攝影集裡值得被選為時代側寫的照片我全都畫了，就這樣畫完之後，我的作品也很自然地分成了第一部分是現代的人物，第二部分是古典的人物兩個部分。

　　我對顏色很有自信。就算是當我還不成熟地畫著卡通的時候，我對色彩的感覺不管到哪裡都不會輸的。但是這次的Color Project，我覺得要趁著這個機會把之前沒用過的顏色都用用看。現代人的面貌就利用我從來都沒用過的原色來表現互補色對比的

利米勒
（Elizabeth
Lee Miller）
的《Portraits
from a Life》

效果。比較有黑白照片的味道的古典人物，用原本使用的灰色調，我比較擅長使用的顏色來表現。一開始用彩度比較高的原色讓我覺得很不自然，相反地，用彩度比較低的灰色調，心裡就覺得輕鬆許多了。可是不知怎麼地，比起熟悉的東西，我反而漸漸地從陌生的地方找到了樂趣。我找出了讓互補色關係的效果更上一層樓的調和色，找到了安插在調和色之間輕快的互補色，我並非單純地把互補色排列，而是利用自己的風格變形的原色，讓我找出了之前一直都不知道的互補色的美。顏色愈用愈讓我覺得有趣，感受到這股趣味之後，讓我覺得我之前所使用的顏色太狹隘也太無聊了，從現在起要開始改變我的色感。

　　結束了人物畫，結束了新顏色的調和，但是卻讓我失了神。覺得只是當作練習用就結束了有點可惜，所以決定要加以應用。我想既然是Color Project，那麼如果把顏色的調和做成一本可以一眼就可以看得清清楚楚的書，應該會很有趣，就像說明書一樣附

上主要使用顏色的色表。但是我有可能做出一本雖然外表看起來像一本書，但是打開來之後可以變成一張一眼就可以看得很清楚的海報嗎？如果用摺疊的方式做書，可以是可以，但是如果用一直線長長地列出來，就無法一眼看完所有的東西了。加上以直線的方式長長地垂掛下來，還要一直把紙貼上去接起來才行，但是我不想這麼做。雖然不知道為什麼突然開始煩惱這種事，但是腦袋轉呀轉地，就突然想到了一個妙計。我做了一本用一張紙，就算不接合也可以連在一起的書，然後把那個打開來之後，又可以像一張紙一樣地打開來。超酷的！這個製本方式我之後也常常用到，每次都會獲得熱烈的反應。

只是，如果就這樣用列印的方式把成品印出來就結束了，這個Project也太沒意思了，所以如果我可以把它做成實際的物品，然後放在手上看的話，那麼這樣應該會增添不少樂趣。所以我決定要用更多元的應用方式。以前我就對轉印T-Shirt很有興趣，如

雖然看起來像一本書，但是打開來會像海報一樣連接成一幅圖的摺疊製本

what are you
looking at?
Do you think
I'm funny?
Get lost
fella, will ya?

I'm ready.

what are you looking at?

Harold

William

果可以用絹印的方式把圖印在T-Shirt上面應該會很有趣。

而且趁這次機會，我還可以去Print Studio看看絹印。可是Robin卻站出來阻止我，「這樣一來妳事情好像愈弄愈大？」那時候正在工作室裡作業的工讀生跳進來說：「那麼用看看轉印紙怎麼樣？雖然只是水準僅止於試試看而已，但是用那個的話應該就可以充分表達出味道來了。」雖然轉印紙無法充分取代絹印的感覺，但是至少還算是個不錯的建議。加上剛好那個工讀生說自己用的轉印紙還剩很多，我想用多少就盡情地用沒關係，哈哈，賺到了！

於是我馬上跑去H&M買了一件那裡賣的最便宜的色T，想說就像這次的Color Project一樣，希望可以活用這件色T和這次的作品結合。可是轉印紙如果底不是白色的話，就沒有辦法完整地把顏色給表現出來，所以只好先印在白色的布上，再把布鑲到色T上面。

因為自己只顧著自己開心，所以忽略了這個Project本身的幾個重點，但是整體來看評價還算滿好的，不知道是不是因為我充分地傳達了我自己的理念。此外還發生了其他沒有掌握到Project概念的同學偷看了我的作業成果，模仿這份Project的偶發事件呢！

可是Robin突如其來的一句話，慢了半拍地掠過我的腦海裡。

「為什麼沒有女生的圖？」

那時候雖然只是當作耳邊風聽過就算了，但是現在想起來，這是一句多麼刺中我心的話啊！我的另外一個極限，就是畫女人。我只是因為畫男人比較有趣，所以就只畫男人，但是從工作的角度來看，沒想到卻成了我的絆腳石。這只是偶然嗎？Robin是怎麼從這裡看出了我的極限呢？

sunni's class ❸

第二年，
參展

「你們是Pro了！」

　　Level 2的課程的作業在第一個學期開始，第二學期的第一天結束。評鑑日那天，包含樣本書在內，把需要完成所有原畫作業都帶過去，為了接受評分，要在教室牆壁上按照故事的連續性貼上了五幅畫。這天，教室四面的牆上全貼滿了畫。開始上課前，看著其他學生的畫，大家到處留心觀察的樣子，和一年前的樣子看起來很不一樣，顯得成熟多了。

　　Level 2開始的那一天，Jake拋出了這句話和我們打招呼。

　　「You guys are professional!」

　　你們現在是Pro了。一年級和二年級不同，一年級的時候所犯的錯誤可以原諒，但是從現在起就不是這樣了。雖然都年紀一大把了才來這裡念書的我會覺得，升上了二年級，改變真的有那麼大嗎？不久之後我就感覺到這是一種錯誤的觀念。

　　第一天是發表放假期間所完成的Publish Project的日子。在導師短短的說明之後，我無意間看了牆壁上貼滿的畫，我真的嚇了一大跳。這些都不是一年級的時候眼熟的作品，有好幾個作業非常出色，就算現在馬上就出版了也不為過，擁有一定的完成度。Jake在環顧大家突然間進步的作品時，眼神的變化十分明顯。

　　我們一人翻閱一本自己做好帶來的樣本書，在全體學生面前一句句地念下去。偶爾大家會發出咯咯的笑聲，遇到悲傷的場景也會「哦哦」地發出嘆息的聲音，讓人覺得壓力很大，但是充滿

熱情的繪本Project也成為我們寶貴的經驗。

　　我們各自心中特別的意義和眞摯的感想，也隨著導師開始進行「仍然還是很殘酷」的評分時而結束。但是那天就連殘忍的評價也都充滿了感情，上課結束的那一刻，不論是爲了誰，所有的人都在鼓掌。Jake下了課，臉上帶著非常燦爛的微笑，他激勵我們，說他看了成果，事實上眞的被大家進步快速的實力嚇到了，也對大家做Project認眞的態度和進步很多的成果，眞心感到非常驕傲。Jake還是第一次說這種話呢！

不管是**誰**都有**機會**

　　有幾個朋友說，他們只是看到金斯頓有一個和出版社的聯合Project——建教合作教育課程，才選擇就讀這所學校。所以這個Project別說是英國學生了，對所有的學生都是一劑最強的興奮劑。英國的學校不是兩學期而是三學期，每個學期會進行三個月的時間。和出版社的聯合Project就進行了其中一個學期，光是這個爲期三個月的教育課程就能讓學生選擇這所學校，看來金斯頓的建教合作計畫對學生來說，真的有很大的魅力。因爲合作上課的出版社也是全世界數一數二的出版社，像是布魯姆斯伯里（Bloomsbury）出版社，或是沃克（Walker Books）出版社。當然，如同它們的高知名度，自然眼光也會特別地挑剔，因此雖然它們只說要進行Project，並不代表任何人都能出版自己的作品，但是像莎拉‧戴爾（Sarah Dyer）就是透過這個計畫，以學生作品出道的幸運兒。

　　她的書（Five Little Fiends）在韓國也以《偷走世界的小妖怪》（台灣譯，五隻小惡魔）這個書名翻譯出版。莎拉現在在學校擔任助教，同時也已經出版了三本繪本。當她收到韓文版的那一天，她跑來學校的工作室，那時候我正在跟Jake說話，她要我把作家簡介上面寫些什麼翻譯給她聽。我告訴她上面寫著，她出生於布萊頓，畢業於金斯頓。《偷走世界的小妖怪》是她的第一本繪本，並且獲頒小聰明童書獎（Nestle Smarties Awards）銅

獎。我想起她當時聽完這番話之後笑得很開心，看起來很幸福的樣子。雖然我是後來才知道的，那時候我去參觀英國留學博覽會時，在那份金斯頓大學報上看到的那張相片，有一個留著短髮笑著一手拿繪本的學生就是她。

　　第一天上課和平常有點不一樣，教室裡充滿了學生，教室也因為他們所散發出來的熱氣感覺很溫暖。不知道是不是其他學年的學生也來旁聽，有好幾張不認識的臉孔。就像教室裡的桌子上都寫上了各自的名字，所以誰的位子空著，很容易就被發現了一樣，自然而然陌生的臉孔也一下子就被看出來了。沃克出版社的編輯抵達之後，大概講了一下關於繪本進行的過程，便發給我們舉出特定插畫範例的印刷品「繪本的故事」（The Story of Picture Books）。內容從說明如何構思想法畫出草圖開始，到印刷完成為止。也舉出了繪本作家傑茲・阿波羅（Jez Alborough）的《小心！大哥來了！》（Watch Out! Big Bro's Coming!），因為這本書的進行狀況有附上照片，所以結構比較詳細。包括決定書的版型、字體和大小，在印刷校正的時候彌補色彩的方法這類的內容也寫在裡面。

　　課從早上九點三十分上到下午五點為止，偶爾也會上到六～七點，通常所有課程的第一堂課都是開靈感會議，所以第一堂課

之前就要先想好關於這個Project的想法，並且準備開會時需要用到的適合的Research。導師會和學生約好時間進行一對一會議，也會輪流進行團體會議，主要是說出自己的想法和展示自己的縮圖素描。一堂課一般來說會有兩位導師，兩位導師的見解若是大不相同，常常會陷入一種難堪的情況，因為一個角色而導師的意見完全相反的情形可不只一兩次而已。所以必須要自己選擇才行，而這個選擇是完全自由的。其實也沒必要聽誰的意見，聽了那些意見也不會有絲毫的益處。導師的意見參考就好了，重要的是要從那之中學到東西，才算得上是獲益。出版社聯合Project因為多派了一名編輯，所以算是跟三位導師一起上課。因此參考的意見變多，也會獲得好的靈感，但是好好掌握自己的重心，不要沉浮於建議的浪聲之中也是很重要的。

關於這次的Project，我的靈感是一個關於「每次都弄丟一隻襪子的小孩」的故事。雖然編輯說這個靈感很有趣，但是她說有一個特定的部分必須要刪掉不能用。她所指出的部分因為我從來沒有想過，所以讓我感到驚訝，她所指出的部分如下。

小孩跟著一隻把她的襪子給咬走之後逃跑的貓，發現了「弄丟襪子之國」。在那個地方，她找了幾隻襪子，穿越迷宮，走過又長又暗的隧道之後，後面有一隻巨大的貓追趕著小孩而來。受到驚嚇的小孩趕緊跑向隧道的盡頭，出來之後小孩回頭一看發現，隧道的盡頭竟是通向外面世界的洗衣機的門。跑出洗衣機外的小孩帶著意味深長的笑容按下了洗衣機的按鈕，瞬間，和衣服一起追來的貓擺出滑稽的表情，最後被洗衣機的水勢給捲了下去。

編輯一語道破在小孩子的書裡面放進洗衣機的場景太危險了。事實上經常弄丟一只襪子的人是我，這個故事是我有一天在洗衣機裡面發現了我一只黏在洗衣機內部上方的襪子所浮現的靈感。被編輯指責之前，我完全沒有想過這個發想會有危險的成分。別說是連接故事的角色了，就連我覺得會是個有趣的元素而

mom, have you seen one of this?
I've been agitate why does one of my socks always disappears?

don't know ..darling, but not only
you's but mine do not

寫進去的洗衣機也要拿掉，完全變成另外一個故事。這可以說「襪子」故事的命運嗎？

每個星期三的下午都會有特別演講，就連企鵝出版社（Penguin Books）和名作家湯尼‧羅斯（Tony Ross）也來過，韓國也曾經翻譯過他十幾本書。我想起了那時候企鵝出版社的編輯所說的話，他說必須要完全換掉已經完成的草圖中的一個場景。這個場景的內容是一個個子很小的小孩在浴室裡刷牙，因為他想照鏡子，所以便爬到椅子上的場景。他說，要盡量避免畫裡一不小心就會導致小孩模仿的危險動作。我聽到這段話的時候，雖然不是什麼不好的話，但是有必要到刪掉這地步嗎？沒想到現在他指出的問題卻發生在我身上。

最後襪子故事便按照編輯的建議，用沙發取代了洗衣機，配合英國的出版文化而妥協了。因為我個人覺得活力和趣味性大大地減少了，所以在畫草圖的時候總覺得不是很順利。

結果怎麼樣？如果省略詮釋故事的方法，這段說來話長的故事，事實上這個襪子Project為我帶來了很多東西。我在波隆納國際兒童圖書博覽會上拿到了年度作家獎，和AOI協會新秀獎，主要是頒發給英國最現代且最有創意的插畫，而且這個作品也成了我在日本得以出書的跳板。

英國出版社怎麼樣？

　　學校工作室的布告欄一個月會貼上一次各種活動的申請書，可以有機會去英國最中立的新聞社《衛報》（The Guardian）見習，也會舉行一些作家的訪談研討會，像是沃爾夫‧埃爾布魯赫（Wolf Erlbruch），以《是誰嗯嗯在我的頭上》（Vom kleinen Maulwurf, der wissen wollte, wer ihm auf den Kopf gemacht hat）創下百萬銷售紀錄的創舉，而他的繪本作品也總是充滿哲學性和美麗的內容；或是莎拉‧方納利，目前英國正崛起的一顆新星。但是因為每次參加的人數都限制在十～十五名左右，所以不趕緊報名的話，就會錯失這唯一的機會，到時候一定會感到後悔莫及。

　　參訪世界十大出版社之一的麥美倫出版社（Macmillan Publisher）那天，我們約九點三十分在國王十字車站（King's Cross Station）見面，走了十多分鐘抵達了位於克里南街（Crinan Street）的麥美倫出版社大樓。一走過大型的玻璃門，就有一位接待人員來迎接我們。充滿現代感的辦公室依部門別分成了好幾層，除了童書廣告用的大型海報之外，幾乎看不到能夠告訴別人這是一間出版社的象徵物，和用隔間隔開來的現代的辦公室沒什麼兩樣，原本我內心還滿期待會有英國特有的氣息，讓我感到有些小失望。走進會議室一看，裡面已經擺滿了各式各樣的書和周邊商品，看起來就像為了我們而準備。

當我們環視著展示的印刷品，不知不覺藝術總監和編輯、設計師一起走了進來，他們手上各自拿著厚厚的信封，聽說是想藉麥美倫出道的新人作家寄來的宣傳用樣本書，他們說這是他們最滿意的作品。而且別說是樣本書了，就連信封也是手工製作，就算拿來跟Art Book比較也毫不遜色，看起來並非像塗鴉那樣大概畫畫而已。他們接二連三地稱讚這些展示給我們看的樣本書，但是並非所有的作品都會出版成書，在幾百本的樣本書中，能夠使自己發光，顯示出自己存在感，是因為作家融入了他們感情和誠意，所以這些樣本書才會閃閃發光，吸引別人的目光。這讓我再次感受到，忠實內容是一定的，但是也不能忽略外表的設計。

　　包含沃克或是布魯姆斯伯里在內，大部分的出版社，總是為新人作家敞開大門。新人可以親自找來出版社，把自己的樣本作品放進叫作「投遞箱」（Drop-in Box）的箱子裡，或是用郵寄的方式寄來出版社。雖然他們也明文可以用E-mail或CD，但是我所見過的大部分編輯，幾乎不會看用E-mail或是CD寄來的作品。總之如果是想出道的新人作家，挑戰嘗試對他們來說也沒有什麼損失。只是要做好心理準備，因為在得到通知為止，可能要等上最少三個月到兩年的時間之久，雖然得不到回音的作家也是不計其數，但是世事難料啊！很難說幸運的機會不會來到你身邊不是嗎？

　　麥美倫的編輯給了我們兩個忠告，第一，他要我們多注意波隆納國際童書展，因為全世界的出版社都會大舉參加這場盛會，也是繪本展中規模最大、最廣為人知的活動，因此特別推薦給新人。剩下的一點就是關注非國小生而是幼兒的市場。比起低年齡用的樣本書，幼兒用的樣本書現在非常地缺乏，所以更容易引起別人的興趣，也就是說幼兒市場是一塊「能賺錢」的黃金市場。最後他向我們眨眨眼，同時也祝我們好運。

參展

　　大部分的英國人畢業之後並不會馬上找工作，或是有工作，很多人過了好幾年還是過著沒工作的生活。插畫現場的中心總是新人作家最難以打通的一個地方，而參展就是一個能夠預測是否能靠近那個中心，哪怕只是靠近一點點也好的地方。當然不是得了獎就一定會得到聚光燈的洗禮，就像全校第一名並不等於社會第一名的意思是一樣的。得獎就只是得獎，但是如果得到的是個大獎，那麼就是另外一個故事了。

　　首屈一指的有廣受世界矚目的波隆納兒童國際書展，標榜童書展中的最高權威和最大規模。在英國每當收作業的時候，導師總是會提到波隆納，出版社的編輯也告訴新人要多留意這個書展，於是便被大家當成零順位來討論。英國最受矚目的還有插畫協會（AOI, Association of Illustration）頒發給最進步最摩登的插畫的AOI獎、維多利亞與亞伯特博物館主辦的V&A插畫獎和必須要完成童書交出的麥美倫展，以這三者為最大。我參加的那年，雖然V&A獎我只入圍到第十五名，但是最後獲獎的五個人之中，有一位是在愛丁堡念書的韓國人，回國之後我才知道那個作品也被選入韓國出版社，是一本美麗的書，書名為《某個海邊住著盲眼漁夫和小狗》。

　　幸運的是，我除了麥美倫出版社之外，其他三個地方我都得獎了。AOI獎我已經連續兩年拿到新秀獎，也多虧如此，我的

作品才能參加包含蘇格蘭在內的英國的四個都市，和挪威的巡迴展，而且還有幸在開幕派對上聽到RCA設計學院前院長，也是名獨特的插畫家，名聲頗高的昆汀・布萊克（Quentin Blake）的祝賀詞。雖然他在英國朋友口中是個喜惡分明的作家之一，但是他也是插畫史上絕對不可或缺的人物。看作家檔案上的簡介照片，他總是看起來很嚴肅，體格很健壯的樣子，但是不知道是照片的效果，還是歲月流逝的關係，實際看到他本人的時候，其實本人長得矮矮胖胖、頭髮稀疏，就像很常看到的鄰家爺爺的形象。

　　AOI展通常辦在十月分的時候，得獎的話，一般來說第一階段會要求繳交高解析度的圖像；第二階段則是協會會寄給各個獲獎者pdf的排版檔，和確認畫集上所需要的個人介紹或是地址等是否正確；第三階段則是把用彩色輸出的校正紙郵寄給我們，讓我們看看顏色是否異常，是否可以照印刷出來的東西進行，然後結束所有的確認工作。經過了這段長時間的過程，我才知道在倫

敦LCC（倫敦傳播學院，London College of Communication）舉行的開幕展是在隔年舉行。展覽在倫敦展示的期間，會在獲獎者的作品中選出英國巡迴展的參展作品。參加巡迴的畫在經保險處理之後，便可以在挪威、威爾斯、蘇格蘭等地巡迴展出一個多月的時間，所以等到最後再次歸還作品的時候，已經是得知獲獎之後的一年又六個月左右的時間了。但是在展示期間不但可以販售，作品的樣本也會發給代理商或是經紀公司等相關的企業，同時也會在書店銷售，雖然每個人的情況不一樣，但是還是可以期待這小小的宣傳所帶來的效果。可惜的是，以留學生的情況來說，因為進行的時間拉得很長，有人回國之後才收到通知，因此也常常會有錯失一次大好機會的事情發生。雖然這種事不是無法透過E-mail解決，但是不管怎麼樣，客戶通常還是會想親自和作家見面，尤其是新人作家，所以好好確認申請時機也是很重要的。

麥美倫展

　　我並不怎麼想參加麥美倫展，雖然每年麥美倫展都有些不一樣，但是因為麥美倫比較偏重角色的個性，或是追求趣味性這兩點要素，所以總覺得和我的作品不合，而我也沒什麼自信。但是大概就在結束學校的一個Project的時候，我正在進行樣本作業的部分，導師叫了包含我在內的幾個人過去，要我們去申請麥美倫展。但是截止日那天我跟朋友剛好約好要去巴塞隆納旅行，機票應該也已經訂了，所以我也無法親自繳交作品，於是就只是應了聲我知道了。反正這也是沒辦法的事，於是我便處於一個已經放棄的狀態。當我正在腦袋裡東想西想規劃旅行行程的時候，坐在我前面的Rose叫了我。

　　「sunni，麥美倫展的作品截止日那天妳要自己去交嗎？還是怎樣？」

　　「嗯……其實那天我要跟朋友去巴塞隆納，所以大概沒辦法交吧。」

　　「哦，好羨慕哦，可是啊……導師都給我們個別簽名了，妳不再問問看嗎？」

　　麥美倫展只有學生能申請，為了證明是該校的學生，申請資料上一定要有導師的簽名才行。

　　「話是這樣沒錯，可是我準備得不夠，又不能自己去

交……」

「欸，反正我要自己去交，我交作品的時候可以順便連妳的也一起交啊。」

要是再繼續拒絕下去，搞不好她會覺得我無視於她的好意，所以就故意誇張地對她表示我的謝意。最後在截止日的前一天我大概瀏覽了報名簡章，按照上面所說的，把五張原圖用薄薄的紙包起來之後，再用氣泡布包一次，然後交給Rose，對她大喊一聲「Good Luck!」就趕緊出發前往機場，怕錯過巴塞隆納的班機。

我們參觀了高第的建築物，記得好像有人說過，「後悔年輕的時候沒有多做一點瘋狂的事情」，因此為了不要在我的人生裡留下這句話，我聽從朋友的建議，為了明天要去到處躺滿赤裸上半身的人的海灘，到市區裡買了一件泳裝。反正在視覺和味覺都被異國的美好和甜美給誘惑的情況下，要把上課和參展之類的給忘掉也不是件難事。我還在畢卡索美術館裡挑了我喜歡的小小紀念品，送給Rose和其他朋友，結束行程抵達斯坦斯特德機場的時候，簡訊就像久等了一般，接二連三地響個不停。除了幾個朋友的簡訊之外，其餘的五封都是Rose傳的。

雖然我沒有抱太大的期望，不過因為我也抱持著搞不好的心

sunni! 雖然妳現在可能在飛機上，對於即將抵達巴塞隆納感到既期待又興奮吧！不過我只是抱著妳搞不好會看到的想法才傳這封簡訊的。

剛剛我去麥美倫交件，可是我的OK，妳的不被受理，被放到退件箱裡去了。因為他們說作品「一定」要放在有塑膠薄版的文件夾裡才行。

也就是說妳的原圖很有可能會破損，所以被「判定不被受理」，因為他們太徹底執行那該死的文件夾規定，就連口才這麼好的我幫妳說情還是被拒絕了。

sorry, sorry, sorry

不過希望妳在不知道這個消息的情況下度過美好的時光&下次還會有機會的。回來記得call me back!

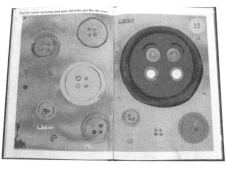

莎拉・方納
利的《鈕
扣》

態，所以還是覺得有點可惜，因為我犯了一個荒謬的失誤。問題
出在我沒有好好地詳讀參展的簡章，也沒有可以補救的時間。我
沒想到總是在最後一刻才會出事，對我來說，一邊創作一邊被逼
到絕境的情形是家常便飯，雖然都是些小事，但是遇到好幾次驚
險的意外，已經不是一、兩次了。哪怕是提早一天交出去也好，
這樣也不會miss掉要求的事項，即使重新繳交符合規定的參展作
品，時間應該也會很充裕。

　以莎拉・方納利的《鈕扣》（The Botton）和艾蜜莉・葛拉
菲特（Emily Gravett）的《大野狼》（Wolves）的情形來看，雖然
是學校不看好的作品，但是卻在麥美倫展上拿了大獎，現在已經
是插畫界獨樹一格的明星了。莎拉・方納利的《鈕扣》雖然得了
獎，但是因為書的銷售量不佳，所以在出版社的判斷下，無法按
照參展的規約，履行該書在麥美倫出版的條件，不過幸好幾年後
在ABC倫敦出版社出版了。二〇〇六年獲獎人Karen Cheung也以
《不眠》（Sleepless）獲得了一千英鎊的賞金和大獎，但是書卻
沒有出版。不被出版的明確理由，事實上除了內部人士以外，誰
也不知道。但是試著推想看看，對於銷售預期或故事完結的可能
性，可以縮小到出版社內部是持負面看法的情形。但是，如果說

麥美倫展
2006年獲獎作品，
Karen Cheung的《不
眠》的其中一個場
景

他們是看了好幾張已經完成的彩圖和樣本書而選出獲獎的作品，
那麼就代表說他們一定也看到了這個作品最小的可能性，那麼故
事的完結不是交給時間就可以解決的問題嗎？

在這裡稍微提一下Karen。她和我們班的Rebecca從高中到
基礎課程都是在同一個學校上的。基礎課程是在正式進入系上
就讀前一年所念的課程，主要是上美術、設計相關的科目。聽說
Rebecca和Karen的競爭激烈，都是獲得評價最高的優等生。Karen
也很想進金斯頓的插畫系就讀，但是根據就讀同一課程的N君的
說法，後來她退而求其次，申請就讀愛丁堡大學。在動畫領域也
相當出色的她，在BBC動畫展上獲獎，BBC的官網上也播放了獲
獎的作品，而她也以學校的第一名畢業。

我去領被退件的作品那天，已經是發表得獎人的日子了。那
年麥美倫的大獎得主是艾蜜莉・葛拉菲特的《大野狼》。以《大
野狼》為始，葛拉菲特至今仍以麥美倫的招牌明星連連獲獎，
還拿到了對繪本作家來說，可以算是最高榮譽的凱特格林威獎
（Kate Greenway）。她的全盛時期可以說就是從這裡開始的，她
過去一直忍住的那口氣，現在就像暴風來臨一樣，馬不停蹄地創
作著新作品。

波隆納國際童書展之後

　　我收到了一封恭喜我被選為波隆納國際童書展的年度作家，並且要求我將簡介和照片寄到他們的mail。不論是對插畫家或是繪本作家來說，這都是一項最高榮譽。呀呼！即使我尖叫著到處跑來跑去，或者是馬上打電話給朋友鎮定我的心情，說我在炫耀也好，但是這個情形應該也值得原諒吧。不過不知怎麼地，就是覺得提不起勁。為什麼會這樣呢？我仔細想想，可能是因為我當初聽了編輯的話修改故事，對於我輕易就妥協了這點感到有所遺憾吧！

　　過了幾個禮拜之後，我把這個消息告訴了一個好久不見的朋友，朋友一副好像中了樂透似興奮地恭喜我，接著我馬上就邀她一起去波隆納。以前在出版社工作的時候，我曾經去波隆納出過幾次差，原本還因為成堆的作業，所以沒有打算要去，可是看在朋友的反應上，我的心情也開心了起來，於是就趁著這股氣氛收拾了行李。

　　正如我所預期的情況一樣，展場的入口處擠滿了要買入場券的人，入選的作家會拿到一張在展期內可以自由進出的卡，現場會展示五張畫，並且刊登在那年的樣本目錄上，波隆納展結束後，還會在日本的東京和福岡展出，主辦日本展場的板橋美術館（Itabashi Gallery）也在之後寄來了日文版的樣本目錄和印有我的畫的海報、信紙和信封等東西。之後現場展開了各式各樣的作家

座談會，還利用了幻燈片讓大家了解世界出版界的動向，和一邊看獲獎作家的作品一邊講評，等到所有的座談會結束後，緊接著就是頒獎典禮了。

　　在波隆納獲獎之後，我收到了幾個地方的聯絡。其中我還有印象的是一間日本代理商旗下的翻譯家連續寄來的三封信，第一封信的內容是，因為有一位日本委員強力推薦我的作品，希望我可以盡快聯絡他。接著收到的第二封信的內容是，他想跟我買版權，迫切地希望我能聯絡他，並且還附上了一張照片，是一本韓國的超級暢銷作家的繪本日文版。第三封信則是他在利茲念書的兒子寫的，內容和前面我收到的信差不多，只是又再強調一遍而已。

　　即使他們搶先聯絡我，但是我在波隆納得獎的作品並非出版物，只是還在作業進行中的一部分而已。如果已經出版成書，那麼這將會是把版權賣給日本的大好機會。感謝的是，那位翻譯家還反過來讓我和韓國的一間出版社取得連繫，還跟我說如果完成之後出版的話，想出日文版一定要聯絡他。

　　某位英國的編輯也聯絡了我，她主要在國際上活動，為了日本的出版社才在倫敦工作的。出版社看了我的「襪子」圖之後想幫我出書，於是我們約好三個星期後在查令十字路上的福伊爾書

店（Foyles Bookshop）見面。

　　她自我介紹叫做Maya，並且把名片和出版社的樣本目錄推到我面前，臉上的笑容很燦爛。她帶著出版社想和三位海外作家合作的計畫，目前巴黎的碧翠絲·阿雷馬娜（Beatrice Alemagna），和主要以繪圖作業為主的義大利作家艾蜜莉·貝斯特（Emily Best）已經簽約了，而最後一位作家，她說「希望會是妳。」雖然過了好一陣子我才知道，碧翠絲·阿雷馬娜是法國數一數二的繪本作家中的一位，充滿魅力的作品不只是在小孩之中，就連在大人之中也很有人氣，而且二〇〇八年她也曾被邀請來韓國參加座談會。

　　Maya給我看了公司的書和商品、宣傳資料，因為都是經過嚴選的材料，絕對可以看得出來他們在設計上的突出。封面不是用拱凸的方法，就是打洞後用布來包覆，出版社毫不顧慮錢的問題，不吝惜進行多元嘗試的這一點讓我覺得印象深刻，此外他們也會利用繪本中的圖做成筆筒、書套、包包等商品，看到她一個個把商品拿出來的瞬間，我的腦海裡瞬間掠過了「就是這個了！」的想法。周邊商品開發一直是我想做的事，不是只有出書就結束了，而是能用我的畫和故事做出可以經常帶在身邊，我瘋狂熱愛的文具！

　　就我所擔心的一樣，因為在波隆納參展的作品「襪子」的故事並未完成，所以她又問了我什麼時候能完成。說出版社的代表對「襪子」的畫很有興趣，並且一一仔細地瀏覽我的樣本書和作品集，最後我猶豫到一半，便把我現在正在準備做為畢業作品用的《黑獅子》的圖拿給她看，她也毫不猶豫地說想要最先出版這本書。因為這是準備用來當Final Project的作品，所以故事已經完成，彩色的樣本也都齊全，可以看出整部作品的脈絡。編輯問我可不可以把樣本書寄到她的工作室，我的回答當然是「Yes.」雖然距離畢業不到兩個月，也因為準備畢展而忙碌，但是我還是把所有的事情往後延，先做了一本樣本書寄給她。

freud cafe & bar
198 Shaftesbury Ave.
London WC2H 8JL

munge's class ④

最後一學期，
造就明天的
時間

倫敦的中心只剩下我

　　暑假一近，我就被趕出宿舍了。其實考慮到MA課程只有一年，那麼就要想到一開始就沒有暑假這件事才對。即使如此，不知道大家還記不記得，當初在韓國Robin幫我面試的時候我們所聊的內容。當時念金斯頓的前輩雖然六月課就已經結束了，但是還是必須留到十一月才行。沒錯，所有的MA課程六月就結束了，並且在隔年的三月舉行畢業典禮，但是問題就出在動畫。因為我們要在最後一學期三個月的期間內完成一部動畫當作畢業作品，但事實上根本就是不可能的事。光是要在學期進行中的那三個月完成劇本都很吃力了。所以我們要在學期結束後的暑假，還有一直到新生入學的第一個學期為止，投入動畫的完成作業。這樣一來，就只有MA插畫與動畫系的學生不得不留在學校。這也是畢業展的日程之所以會訂在十一月的原因。

　　至於以樣本書結束Final Project的插畫系學生則是和放假一起獲得自由，大家不是到附近的歐洲國家去旅行，要不就是忙著準備回韓國，和動畫系學生一放假就有龐大的工程在等著的處境有一百八十度的不同。

03 Oct 05

MANGO

朋友們都因為放假而心情激動，我卻突然被趕出宿舍，必須要在倫敦找房子，這對從出生到現在都還未搬過家的我來說，從找房子到搬家的過程，都讓我備感壓力。最後一天，在把行李搬上搬家卡車的期間，sunni姑娘和朋友Mini來送我。在倫敦的近郊住了好一陣子，終於要搬到市區了，但是總覺得有種被硬拉到屠宰場的心情。是因為在那裡都沒有認識的人嗎？

　　報告交出去，學期一結束，大家都出發去旅行了，sunni姑娘和Mini也回韓國了，寥寥可數的朋友們離開之後，空蕩蕩的倫敦中心就只剩下我自己一個人了。平常就不是天天見面了，一想到現在完全沒有可以見面的朋友，我的心情比還有成堆的動畫作業在等著我的時候還要更茫然了。可以說是就算下雨天有傘卻還是有種被雨淋的心情，和沒帶傘被雨淋的心情，這兩者之間的差異嗎？

　　雖然不知道為什麼會這樣，當人被這樣逼到絕境的時候，就會拚命地想些有的沒的。在這種有一堆作業堆著，也沒有朋友可以一起玩，只能像機械般勞動的瞬間，說也奇怪，莫名其妙地就想到了我一定要做的事。嘗到了Color Project畫畫的滋味後，讓我開始興起了要認真練習的念頭。當時我沒有想太多，只是秉持著簡單找個資料的想法，從拍攝現代人的攝影集

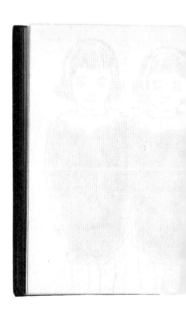

黛安・阿巴斯的
《Revelation》

裡挑人物出來畫，但是之後我還多畫了一九六○年代照片裡的人物，因為總覺得裡面的人物有種微妙的魅力，和只拍黑白照片的我的感性實在是太契合了。

看了從學校圖書館借來的黛安·阿巴斯（Diane Arbus）厚厚的攝影集之後，又再次鞏固了我的想法。攝影集裡的人物看似平凡，但同時卻擁有奇異的面孔，時代的背景和感觸，還有作家看事物的新視野，和我的畫結合之後收進我的素描本裡，實在是太讓人樂在其中了。可以說是一種在考試期間不好好念書，反而偷看精采的小說一樣的心情嗎？通常那時候看的小說都會在人生裡留下深刻的印象。

是因為多虧了這些精采的照片嗎？讓原本一向排斥畫女人的我，開始漸漸地畫起了女人來。不知道是不是因為黛安照片裡的女人，不是那種從清楚的照片裡就可以讓人感覺到照片裡的人是一位漂亮、可愛的女人，所以才會這麼讓我感同身受。不過照片裡的她們比模特兒還是演員還美麗。就這樣不知不覺地我也畫滿了一本素描本，而我的畫畫實力的確也進步了不少。這也算是一種訓練嗎？雖然勉強去做會覺得很無聊，但是就在我不知不覺沉迷的瞬間，我也因為無意間發現了我自己的成長而感到高興。從那時候起黛安·阿巴斯就成了我全世界最喜歡的攝影師了！

神奇的是，像這樣把我喜歡的照片

親自畫下來，和平常只是翻過去的感覺不同，反而對那個攝影師留下深刻的印象。雖然我不記得那些無數張「啊，這本書真有趣，我喜歡這張照片！」被我就這樣翻過去的作品，但是阿巴斯的照片被我一張張親手畫下來，就連一個角落也會讓我印象深刻。

　　只是，欣賞精采的作品和練習畫畫，這個可以一舉兩得的方法，卻讓我感到有很大的罪惡感，那就是我領悟到了一件事實──最後我也只是按照別人的作品畫畫而已。如果僅只於單純的畫畫練習就不會有什麼大問題，但是這些照片本來就很好，不管是誰來畫都會畫出精采的作品來，看著這些畫讓我不自覺地也想活用在某個地方，感覺有種想到處炫耀的衝動。但是絕對不能被自己給騙了，這些畫不管到哪裡也只是看著照片畫下來罷了，並不是我的作品，這些話我都不知道對我自己反覆講過幾遍了。既然都已經來到這個階段了，那麼就應該朝下個階段邁進。

黛安・阿巴斯的《Revelation》

　　會想要開始看著照片畫畫是出自於對臉的探索，因為我沒有透過照片來完成這項探索的勇氣，一個直接面對大眾，找到對象的勇氣。國外的藝術學校課程中，讓我最羨慕的就是素描課程了。像是生活繪畫課或是定點素描這類現場素描的課程。用這種方式累積下來的繪畫實力就會成為其他Project的基礎。雖然我也想模仿這類作業，但是因為我無法在其他人身邊，甚至是學校的工作室裡作業，所以很難鼓起勇氣做這件事。因此最好的替代方案就是攝影集了。但是實在是讓我覺得太有罪惡感了，所以無法再依賴這個方法了。即使如此我還是無法漫無目的地走出去，勇敢地隨便找個地方大刺刺地坐下來畫畫，不過我想至少要畫也不是畫別人的照片，而是畫我自己拍的照片。這次和我拍喜歡的黑白照片的時候不太一樣，我用了稍微不太一樣的觀點來拍，簡單地來說，就是在倫敦市區到處走來走去尋找適合畫畫的對象，再用相機把他們拍下來之後，用這些照片來畫畫。雖然這些照片沒有一九六〇年代的照片，或是阿巴斯的照片裡面所具有的時代

性，但是卻別有一番倫敦的風味。

　　有一天，朋友從韓國來這裡玩，我們一起去了倫敦市區裡的一間泰式料理店吃飯。那裡的特色是一張大大的桌子，然後好幾組客人一起合坐在一起時的氣氛。在等上菜的期間，有一位中年男子走了進來，他好像在等朋友的樣子，點了一瓶啤酒，邊喝邊看書，我總覺得他身上不知道是哪裡散發著一種自由和自然的感覺，覆蓋在他臉上的短鬍鬚，和他低著頭思索的姿態，所有的一切看起來是那麼地完美。如果可以把他畫下來，那麼一定會是一件很不錯的作品。於是我小心地拿起我的相機，想說一定要偷偷拍，千萬不能被他發現。看著我這舉動的朋友們吵吵鬧鬧地問我那個男人是不是我的理想情人，還說會幫我和那個男人拍張合照，叫我光明正大地搭訕他。不知道他們在講什麼！他們不懂現在那個男人的姿勢有多完美；也不會懂當我把這個男人畫下來的時候會是一件多麼棒的作品。

　　果然不出我所料，他在我的畫中，果真是那麼地漂亮，一群笨蛋。

　　一直到放假都快結束的時候sunni姑娘才回來，她看了我畫滿了人的素描本之後，半開玩笑半稱讚地說，果然人要自己一個人的時候才會懂得成長。那麼總有一天我也會鼓起勇氣走出去畫畫吧？

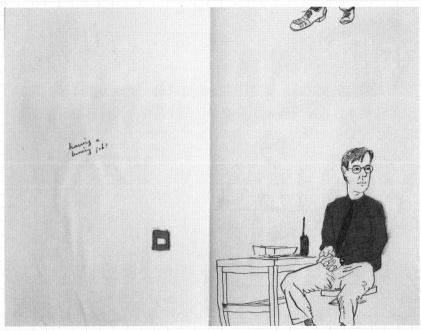

Final Project，開始！

　　一到了最後一學期，我們就開始進行Final Project，所謂的Final Project就是畢業作品。最後一學期的三個月，加上從暑假到評鑑的四個月，總共有七個月的時間，我們必須要完成一部三分鐘長的動畫，主題或風格皆不限，不管是什麼只要做自己想做的就好了。為什麼要做三分鐘左右呢？是因為實用性，因為最少三分鐘以上才有可能在電視節目，或是媒體上獨立播放；相反地，如果超過八分鐘，觀眾馬上就膩了，所以三～五分鐘長的動畫最受歡迎。雖然是畢業作品，但是不能排除以後這個作品會在某個地方派上用場的可能性。

　　雖然我在想短篇動畫究竟可以用在什麼地方，但是光是英國國家廣播頻道BBC每個星期的深夜時段都會毫不間斷地播放短篇電影和短篇動畫長達二～三個小時，英國的另一個電視頻道Channel 4也是隨時收集藝術家的作品，網路是一定的，而且還會在電視上播放，成為年輕作家一躍成名的窗口。所以Final Project要比這段期間所做的任何一項Project都還要來得更慎重、更有深度。可是為什麼我總是到了最後才認清這件事情的重要性呢？我總是把野心和欲望擺在前面，到頭來還是馬上就妥協了。既然是最後一個Project，總覺得應該展現出一點想要把事情給做好的野心和欲望，但是又和不願意冒險的自己妥協，然後在這個過程當中不斷地將自己合理化。

用來當作Final Project的故事是我在一九九六年的夏天做的。大學的時候因爲和教授有意見上的衝突，所以中途放棄了一個科目，於是爲了填補這個洞，申請過一次暑修，在上暑修的期間我獲得了兩件東西。一個是和我非常像，但是另一方面又和我很不一樣的朋友——「欲望」這個單字。一聽到這個單字，我的腦袋馬上靈光乍現，開始寫下這個故事——「dESiRE」我之所以會被這個單字迷住，是因爲那個單字同時包含了彼此相反的兩個意義，我非常喜歡這個單字所具有的雙重性——欲望和希望。

只是無限單純地想要某種東西的心態是希望，然而同一條線的彼端，貪戀著想要得到或是享受某種東西的心態則是欲望。即，用來照耀自己的光芒是藉著金錢或是美貌這類世俗的東西，若是什麼也沒有，那麼也會藉著奉承擁有這兩者的人，以求得這些光芒，這就是所謂的欲望。於是我便帶著這種成見創作角色，心想若是能以動畫的方式呈現一定很有趣，即使沒有那種物質上的需要，我不知道我是否能憑我一己之力就能表現出來，或是是否能夠完成，在我年輕稚氣散發的時期，雖然開發了角色，也配上了台詞，編好了劇本，但最後也只做到了這裡就再也發展不下去了。過了幾年之後，我又再次動手做了小的樣本剪輯 （Clip Sample），可是到了這裡又放手了，於是這個故事就這樣一直荒

廢下去。

　　結束我二十幾歲的最後階段，憑著應該要做點什麼的念頭，我又再次把分鏡腳本給拿了出來，重新整頓角色，改變了原圖的風格，連製作行程都擬好了，雖然做了展示樣本（Demo Sampling），但是我又放棄這個故事了，就是這樣被一次次荒廢的故事，過了十年才說要重新開始，事實上一半是冒險，另一半也是命運。雖然我心想如果這一次不做，那麼我這輩子大概也不可能再拾起來做了，所以一定得做，但是另一方面也有故事可能

太過老套的風險在。

　　我最先著手的東西是角色，把原本是人的角色換成了動物，不管我再怎麼練習人物畫，但是對於要怎麼把它們應用在畫面裡，我還是感覺很茫然。我也不希望一個不小心，讓作品看起來就跟漫畫一樣可笑，爲了遠離我所熟悉的卡通，把動物用擬人化的方式來詮釋角色是需要煩惱的，但是最後比起冒險，我還是決定從我比較擅長的東西開始做變化，角色設計經過一再琢磨之後，最後變成了既可愛又簡單的風格，劇本也在場景反覆地追加、刪減，又追加之後，變得更有詩意且單純得多。我也應用了符合故事適當的隱喻法，不僅導師對我所做出來新角色感到滿意，外聘的審查委員也很喜歡這個單純的故事。

　　就在我完成了最終決定的角色之際，分鏡腳本也換了七次，

真的換到我都覺得煩了，我都不記得我是如何撐下去的，雖然不知道是不是因為不想記得所以才不記得。當我完成了第七個故事的時候，三個月咻一下地也就過了，也到了應該投入正式作業的時候。但是從那時候起，才是真正的開始，還有比這個更可怕的過程在後頭等著我，改了七次的分鏡腳本根本算不了什麼，所有的東西要等到結束之後才知道。

為了**三分鐘**要畫兩千張的**圖**

　　在學校的工作室裡，我在作業要用的紙上用打洞器穿了要讓定位尺（pegbar）固定用的洞。三分鐘的話就是一八〇秒，一秒要畫十二格（frame），180×12＝2,160格，也就是說要畫超過兩千張的鏡頭畫面才行。一想到超過兩千張的紙堆在桌子上畫畫，就讓我感到一陣暈眩。還好我決定不要畫背景，只用鉛筆的線條畫來呈現，這算是不幸中的大幸嗎？顏色則是讓主角自己發揮想像力，從一點一點創造出來的新世界開始漸漸加上顏色。為了表現光，原本應該要用黑色的背景和白色的線條來畫，但是因為我腦海想像的場景是白紙黑線條，所以就避開了可以簡單傳達訊息的方法。因為如果只是單純使用反轉的畫面，是無法得到我想要的單純的畫面，所以經過了幾次的試驗，最後還是決定放棄了。

　　憑藉著Lip-synch Project的成功，像童話般的這個故事，讓我覺得鉛筆畫應該會很適合，但是我卻忽略了粗糙的人物角色和簡化的人物角色在表達上面的差異，這點讓我覺得很可惜。為了能夠更有效地凸顯鉛筆的線條而需要修改風格，但是因為緊迫的時間安排，所以只能不斷急急地往後再往後地趕著進度，不知不覺湧上來的疑慮也自行消失了。在掃描的時候表現出紙的質感，或是凸顯撩亂的鉛筆線條看似粗糙卻溫和的感覺，若是能在這兩點細節上多用點心那就好了。

background

city?   movie set?

money man - producer
beauty - movie star
flatterer - extra
dreamer - writer / creator
people - audience
reporters

BE QUITE!
Dog's Film
is shooting now
OPEN DAY

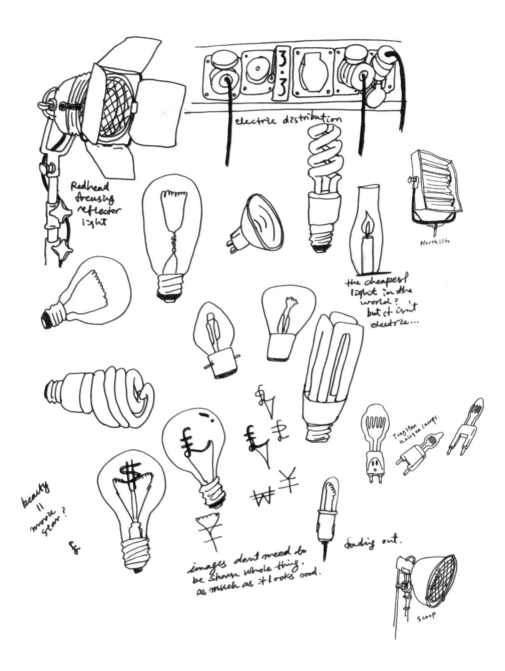

electric distribution

Redhead
focusing
reflector
light

Northlite

the cheapest
light in the
world?
but it isn't
electric...

Tungsten
halogen lamps.

beauty
=
movie
star?

images don't need to
be shown whole thing.
as much as it looks good.

fading out.

scoop

在畫簡化的角色時，也沒有想像中的那麼容易。因為平常都只畫正面或是側面的角色造型，所以不怎麼熟悉要如何讓角色以各種不同的角度移動，光是能夠讓角色好好走路就已經盡了我最大的努力了，而這個緊要關頭又讓我想起了循環走路。

經過了四個月之後，我終於完成了兩千張手繪的圖，不過結束這項苦差事也只是一時而已，接下來要把它們全部掃描起來才行。如果要說這樣單純的勞動有多辛苦，①打開Photoshop②開啟掃描程式③在掃描機上放上定位尺④讓圖和定位尺咬合附著在上面⑤設定掃圖的區域⑥按下掃描鍵⑦關上掃描程式⑧調整掃完的圖的水平和對比度之後⑨把圖存在資料夾裡，然後再從①步驟開始反覆兩千次。來，現在可以想像得到了吧？

不過比需要製作模擬物的傳統動畫（cell animation）還要稍微好一些。一個鏡頭要用好幾個圖層做成的傳統動畫，只需要用底片拍攝四十秒，卻讓我無法休息，連續花了我整整十七個小時的時間。

狹窄的單人房勉強地放進書桌和床，小小的窗戶，鎖得緊緊的門阻斷了我和隔壁房間的交流。經過了一百二十天的奮鬥之後，進步的不是我畫畫的實力，也不是思考的能力，而是日語實力。不懂我在說什麼對吧？事情的原委是這樣的。尤其本來每星期要去學校一兩次，可是現在一不用去，就也沒什麼地方用得上英文了。相反地，每天花十八個小時做動畫，一整天和我相伴的就只有日劇了。一直反覆地畫著只有細微差異的圖，畫著畫著好像到最後就只有我的手在動，腦袋卻睡著了。因為實在是太無聊了，所以只好反覆收看日劇，不知不覺我的日文聽力也日益進步。嗯，可說是轉禍為福嗎？而且日文在我尋找midi音樂作曲家幫我製作用來當作動畫背景音樂的時候，扮演了很重要的角色。他是日本人嗎？不，他是學日文的英國人。

dESiRe

POP! POP!

我從「一分鐘Project」的時候幫其他學生作音樂的作曲家那裡取得他的聯絡方式，並且拜託他幫我作音樂。他說當時為了累積經驗免費幫學生製作背景音樂，但是現在他已經不會再無償幫別人作音樂了。不過就在幾次mail的往來之後，他居然爽快地答應了。因為看了我的動畫之後覺得很喜歡，想試試看。但是與其說是這個原因，不如說他是被我個人網頁上以前用日文畫的卡通給吸引了。在那之後，我和他就一直用日文通信。但是我想要的音樂是再更激烈一點的一九六○年代風Swing的風格，但是他幫我作的音樂卻是比那還要溫和且平淡的爵士風。雖然我不是百分之百地滿意，但是也不能再要求他修改了。果然所有的事情都應該要付出相對的代價，又多了一件遺憾的事了。

　　我並沒有特地想為動物角色配上台詞，但是我決定配上自言自語的雜音當成他們之間的對話。為了錄音我預約了錄音室，並且開始尋找配音員。但是很意外地Robin竟欣然地說要支援我！不過Robin的演技真的很妙。

　　我的Final Project「dESiRE」就這樣完成了，而且還是我目前為止所做的Project中，分數最高的一次，而我是否能完成的疑慮也消失了。然而伴隨著這個喜悅而來的，卻是從那底下深處所湧上來的不安。

　　啊，以後就再也不用做動畫了！

倫敦秀

　　Final Project完成的同時，緊接著就是畢展了。為了評分會先在學校辦金斯頓秀，由學校外聘的審查委員來判斷和決定大家進行的Project是否符合碩士學位的水準，另外還有關於學校課程滿意度和自我評價的面談。

　　我們一邊把學校準備的木板漆成白色，一邊準備展示。因為我們和BA課程的學生一起共用木板，所以常常在上面漆上各種顏色或是弄髒，所以每次要用的時候就要重新上漆。把木板立起來之後，需要的人就搬一張桌子，然後在各自安排好的位置上陳列自己的作品，這時候不只是完成品，就連為了這個作業所做的Research和素描本都要一併展示出來。還有在金斯頓秀上通過的學生，就可以在倫敦市區的美術館舉行倫敦秀，並且正式邀請外部人士，向大眾公開自己的作品。

　　倫敦秀辦公室在位於西區（West End）的科寧斯比美術館（Coningsby Gallery），我們各自在Robin已經安排好的位置上布置。此時，導師們的職責並不是背著手監督我們，而是和學生們一起敲敲打打，協助我們準備展覽，看著已經是老爺爺的Robin爬上梯子的樣子，雖然看起來有點不安，但是這種時候對高個子的Robin來說卻很有

利，結束展場布置之後，訂了一個日子舉行招待性預展（private view），招待外部人士和朋友舉辦開幕派對，爲了這一天，大家都準備了漂亮的衣服，男生們都穿上了西裝，女生們則準備了漂亮的禮服，而我在這段時間所省下來的錢，也爲了這天能夠把自己打扮地漂漂亮亮，在Topshop買了一件三十五英鎊的日本風綁帶連身裙，並且一直好好地保存到這一天。十一月天氣雖然還是挺冷的，但是派對禮服本來就是要穿得清涼才有味道不是嗎？就算只披著一件薄薄的外套，也能讓人忘記寒冷一邊嘻笑一邊喝酒。

　　雖然倫敦秀也有向大眾公開我們的作品的意義，但是邀請出版相關人士等業界的人，向他們展示自己的作品，提供他們一個機會能夠直接和藝術家對話，這點也很重要。外部人士絕對會因爲學校的名聲和導師的人脈而找來。

不過這麼看來，比起邀請動畫業的人來，主要還是邀請出版業的人還要來得多。所以插畫系的學生這天都顯得特別緊張，也充滿了期待。如果有誰格外地注意自己的作品，還要有默默靠過去向對方搭話的自覺，「還滿意嗎？」並且請他們用準備在一旁的酒或飲料也不錯；相反地，動畫系的學生看起來就比較旁觀的感覺。因為我們的作品是以壁掛式的電漿電視播放，所以如果去招待被邀請來的客人，十之八九會錯過自己的作品播放的timing。

　　動畫本來就沒有什麼東西好掛到牆上，大概也就從場景中挑選不錯的鏡頭出來展示，但是相同的大小、相同的風格、相同的色調所構成的代表鏡頭，若是只展示鏡頭的畫面並不怎麼有趣，加上做成螢幕用的圖檔，解析度也會下降。所以我為了這次的展覽，把角色的造型放在啤酒箱的瓦楞紙上展示，還把Lip-synch Project和Type In Motion Project時做的動畫的場景格輸出，做成了手翻書，就是把連續的場景一頁頁編成一本書，再用手快速地翻閱，這樣一來連續的場景就會像動畫一樣地移動，「一分鐘Project」和Final Project則是按場景各輸出一張關鍵格（keyframe），以繪本的方式做成迷你書。暑假的時候我個人進行的人物畫和定點繪畫也做成了摺疊書（folding book），和Color Project的摺疊書一起展示。接下來這個作品可是highlight，我把不錯的場景圖案照主題蒐集起來，以摺頁小書的形式製作成兩組名

片，每一個名片賣二十便士。爲了配合便宜的摺頁小書，我把圖印在A4的紙上，像繪本一樣摺起來，雖然這個也是名片，但是因爲它也扮演著小書的角色，所以不管到哪裡都可以當作是作品的延伸。我把摺頁小書疊在一起立在盒子裡，並且在旁邊擺上一個紙杯，然後在上面用筆寫上「20p」。到底會不會有人買呢？總之先強迫被我邀請來的朋友各買一張。

在舉行展覽的一個禮拜的期間，學生們輪流到美術館的外面負責招待，雖然招待性預展擁進了許多人，但是平日卻不怎麼有人來看，從這種情況看來，展期中最重要的日子果然還是招待性預展這天了。所有的事情都會在那一天發生。

展示結束後，我繞到美術館整理作品的時候，紙杯裡面居然有超過二英鎊的錢，雖然不是什麼大錢，但是沒想到居然會有人付錢，我還以爲大家會直接默默地拿走。助教Joye走過來小聲地跟我說，「我一個在當編輯的朋友也買了妳的名片，他說他很想跟妳見面，也很喜歡妳的作品，應該早晚會跟妳聯絡。」聽到這消息的瞬間，不禁讓人興奮了起來！比起我眞正主修的科目動畫，看來我的繪畫練習Project反而更受歡迎，那天被那位編輯「看上」的人只有兩位插畫系的學生和我而已。

第一次接插畫的案子

倫敦秀迫在眉睫，我收到了一封從韓國寄來的mail。是四、五年前，當我還在畫卡通的時期，曾經見過面的編輯寄來的mail。雖然她說有個Project想要用我的卡通，但是不知道那時候是不是無緣，所以並沒有合作成功，之後也就斷了聯絡。然而就在經過這麼長的時間之後，她無意間拜訪了我的個人網頁。她看了我的畫之後，她說她很驚訝，想說「啊，沒想到她也會畫這種風格的畫啊」，還說她現在在另外一家出版社工作。於是她便委託我瑪莉安·基茲（Marian Keyes）《壽司初學者》（Sushi of Beginners）這本小說裡的插畫，這本書以倫敦和都柏林為背景，內容是描述一位時尚雜誌的總編輯大膽無畏且時尚的愛情和工作的成長故事。她說她非常喜歡我以黛安·阿巴斯為主題所畫的畫，加上她也看了我暑假的時候，和從韓國暫時來玩的大學朋友一起去都柏林旅行時畫的塗鴉日記，她心裡馬上就冒出了一句話「就是這個了！」

我第一次接到不是卡通而是插畫的案子。她希望我能大概畫

an artist who looked like
a beggar was drawing
a holly picture in
the street...

LOOK RIGHT →

near
O'connel bridge,
dublin

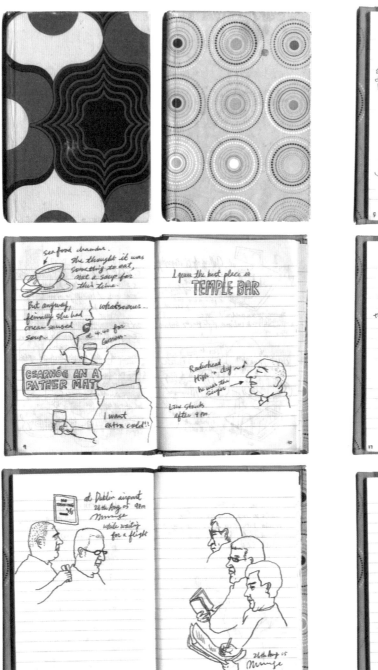

都柏林旅行中畫的畫

2nd Aug 05 [signature]
first lunch in Dublin. Little bit
tired 'cause I couldn't sleep
almost at all. The city seems
something different. Somebody
told me before that Irish people
are nice and kind... but up to now.

okay
soup
tomato
sauce
again!
poor
E.J.

I have no clue.
There are not
much Asians
and people look
at us strangely...

italian restaurant seemed
New York...
GOTHAM
Maybe Chiefoo Sandwich 2ah should've
been better —

6

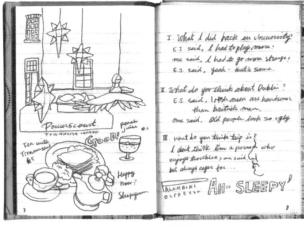

Powerscourt
TOWNHOUSE CENTER
GOOD!
Tea with
Tiramisu
€5
peach
juice €3
Happy
now?
Sleepy

I. What I did back in Jmworosky?
E.J. said, I had to play more.
me said, I had to go more strange.
E.J. said, yeah - that's same.

II. What do you think about Dublin?
E.S. said, Irish men are handsomer
than british men.
me said, old people look so ugly

III. what do you think trip is?
I don't think I'm a person who
enjoys trouble, one said
but always eager for ...

PALOMBINI
ESPRESSO
AH - SLEEPY!

8

SOCIETY
Café
café

We have to spend
1 more hour before
going to the airport.

the last day in Dublin
26th Aug 2005
[signature]

18

12 dec 05 [signature]

STAR DINER

studying
at a cafe

ドル ... 2¥
5.2ドル ... 3¥
11ドル5 ... 6¥
¥12

A british
man was
learning japanese
from a girl

Is this a trend here
or what ?!?
I couldn't under-
stand his japanese

12 dec 2005
[signature]

A3

After he ate a
sandwich..., then
he was gone...

t shirt

三十張左右的畫，可以生動呈現倫敦或是都柏林的感覺，然後還要有塗鴉的風格。剛好學校所有的Project都已經結束，也沒什麼事情要忙，timing也很完美。透過幾次電話取代會議，決定了概念，也商量了原稿的費用，所有的煩惱一結束，我便馬上著手進行Research的作業。我在倫敦的市區裡晃來晃去，用相機拍下倫敦富有時尚感的樣貌，像是廣告看板、打扮華麗的女人、黑色高級小黃、咖啡廳等等，並且趁著倫敦秀在科寧斯比美術館進行的期間創作，把之前只是漫無目的地當作練習所畫的東西和這次的Project結合，讓我覺得很激動很愉快。這還是我第一次不是為了網頁內容，也不是為了刊載在雜誌上的卡通，而是真的為了一本書而畫畫。雖然我之前也出版過圖文散文，但是和這種感覺截然不同，感覺我是真的在做一件像樣的工作。

在倫敦秀結束後的隔週，馬上就要在位於泰德現代美術館旁的班克賽美術館舉行全體美術大學的畢業展。如果說科寧斯比的展覽是只為了MA插畫與動畫學系的學生另外舉辦的倫敦秀，那麼班克賽的展覽就是為了宣傳金斯頓，學校為了全體美術大學所舉辦的展覽。因為我們已經辦過科寧斯比展覽，所以只不過是把相同的作品又拿出來展示而已，但是舉行班克賽展覽的時候，我也

Café terrace, Kingston
such a nice place...

順便把《壽司初學者》的插畫拿出來展示。

　　班克賽展覽結束後，這一次紙杯裡又放了超過二英鎊的錢了，總共賣了超過二十五張的小紙片，賺了五英鎊，折合韓幣相當於一萬元。於是我用這筆錢和sunni姑娘一起去喝了位於鮑德斯的星巴克。雖然我們平常只喝美式咖啡，但是那天我們點了平常從來不喝的最貴的咖啡。

遇見天才少年**湯瑪斯・希克斯**

(Thomas Hicks)

　　班克賽舉辦展覽的期間，Damien也在金斯頓的Stanley Picker Gallery舉行他的個展。展覽當然會播放Damien最新的短篇動畫，但同時也把成為這部動畫的主題的畫擺放在紙上和大塊的布上展示。當天到場的人，別說是Damien的同事了，還有以前的學生也到場來欣賞他的新作品。來參加招待性預展的我們在這裡發現了湯瑪斯・希克斯，還記得他嗎？我在邁布里奇節的時候認識的那個天才少年。

　　見到他實在是太高興了，以至於忘了面子，激動地歡迎他還不夠，甚至還大聲尖叫到能夠一次吸引在場所有人的視線。雖然我們認識他，但是因為他不認識我們，所以這個情況有多難堪，連我自己都覺得丟臉了。於是向他介紹我們是他的粉絲，而且賣Damien的面子，還拿到了他的聯絡方式。雖然他本人應該感到很傻眼，但是對我們這群超級粉絲團應該並不反感，他還把準備拿給Damien的作品，也就是裝有他的新動畫的DVD，也給了我們一份。Lucky～～

　　我一回到家就馬上把他的動畫打開來看，他仍然還是個天才！於是我寄了封感謝的mail給他，並且邀請他來看班克賽展。雖然他沒有給我明確的答覆，但是他說他去倫敦的時候會繞去看

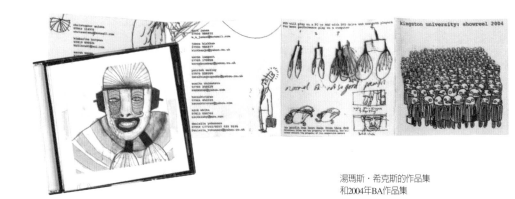

湯瑪斯‧希克斯的作品集
和2004年BA作品集

看。而且他還介紹了自己喜歡的作品，還有可以看到其他作家作品的網站給我。我也介紹了其他的作家給他。

　　班克賽展的最後一天他出現了，我把我的作品和DVD拿給他看，雖然他沒有特別提起我的動畫，但是看了我的畫和迷你書之後，說他很喜歡我的畫風，當然這很有可能只是客套話。希克斯看了我的DVD之後，問我如果我能活用像Lip-synch Project之類的畫做成動畫如何，他說這樣一來看起來會更精彩。而且還建議我當展場在播我的動畫的時候，可以靠近正在看的人，悄悄地向他們搭話，並且積極地向他們介紹自己的作品會更好。

　　雖然他比我還要來得年輕，但是卻非常精於待人處事的道理。和他以羞澀聞名的學生時期不同，積極向別人推薦自己的作品，或是毫不猶豫地給陌生人建議的樣子，都讓我覺得很陌生。在他快畢業的時候曾經申請過RCA，而且從導師到金斯頓所有認識他的人，不管是誰都覺得那時候憑他的實力一定穩上的，然而結果卻讓大家跌破了眼鏡。他在面試的時候落榜了。雖然大家對這個結果都感到意外，但是聽某個人說因為他實在是太害羞了，別說是好好說明自己的作品了，就連頭也無法好好地抬起來。但是過去如此的他變了，變得積極且抬頭挺胸。可是另一方面，為什麼我會覺得心裡有種酸酸的感覺呢？

天才還是變態？
「藝術家」大衛・施雷格利

AOI舉辦了一場研討會。與其說因為那裡很常舉行研討會所以我才參加，但是事實上是因為我聽到大衛・施雷格利會出現在AOI的研討會所以才參加。施雷格利是最近英國最……不！是世界最紅的新銳插畫家。我第一次聽到他的名字是在二○○○年初的時候，那時候正好是我創作短篇故事，以童書的方式出書或製作角色筆記本的時期。Damien看了我親手做的樣本之後，問我如果以迷你書的方式出版如何，於是便介紹了一位作家給我，那個人正是大衛・施雷格利。雖然現在亞馬遜也買得到他的迷你書，但是聽說他剛開始也是以小規模起步，加上像Magma這類的藝術書店也會販售這些書籍。但是這在韓國也行得通嗎？

當我手工做的樣本無法再滿足我，我也曾經下過很大的決心決定自己自費印刷，尤其是出版《憂鬱》這本書的時候，我打算用我這本書的角色畫封面，生產角色系列的無線筆記本來販售。但是找到的印刷廠不是說小量印刷沒辦法算單價而拒絕我，要不然就是獅子大開口，想撈我一筆，加上我想製作的大小實在是太小了，大部分我聽到的答覆都是搖搖手，說沒有地方在做這種大小。別說是印刷廠了，就連輸出店附近都沒去過的我，還在網路上搜尋，然後在忠武路上亂闖，問了一遍又一遍，但是四個月來

AOl lecture
LCE THEATER

Andrzej Klimowski
illustration tutor
of RCA

Leo de Freitas
Dr. leo
illustration history
lecturer of Kingston

也只是身心疲憊，最後我還是打消了這個念頭。

　　那時候Damien介紹給我的大衛・施雷格利，經我了解之後，才發現他真的是一位了不起的人物。他的插畫簡單地來說，好像也不屬於繪畫，也就是說，就像是在塗鴉一樣。像是小學生畫的裸體的人，只是畫下一根根矗立的頭髮，用圓圈和一字線來表現眼睛和嘴巴，塗改錯字留下的痕跡，刻意抹黑的線條，簡單的句子，作品特別到簡直讓人不禁冒出這樣的疑問——這也叫做藝術？而且這種特別也讓大家為之瘋狂，所以我們不能因為他的畫看起來很簡單就膚淺地下判斷。因為他是天才中的天才，他打破了既有的插畫、繪畫的所有框架，創造出屬於他自己的語言。
　　一開始我先喜歡上他的動畫，他的人氣高到英國的Channel 4或BBC都會播放他的動畫，而且他也曾經製作過布勒樂團（Blur）〈Good Song〉這首歌的MV。還有他在英國動畫獎British Animation Award上獲頒最受大眾歡迎獎Public Choice Best的作品

《Who I Am and What I Want》，原本是以迷你書的方式出版，後來也被製作成動畫。書中看起來就像塗鴉的文字透過迷人的口白，反而成了一首詩。雖然他的動畫很單純，但是卻充滿了粗暴、暴力或是刺激的故事，在他無限自由的思考方式中讓人感受到他的純真。當然不是因為說他製作了這麼多動畫，就代表是他親自繪製這些動畫。動畫只是把他的圖以另一種形式延伸的道具罷了，別說是插畫了，就連雕刻、照片、繪畫、動畫、音樂，他並不侷限於特定的種類來擴張自己的才能，所以大家才會毫不猶豫地稱他為「藝術家」。他並非因為受了某一種傳播媒介的委託而工作，而只是單純地進行他自己的創作活動。並且把這些東西展示出來，編成一本書，也製作成動畫。

雖然他所有的創作都是以繪畫為基礎，但是他並不覺得自己是插畫家。他介紹自己的時候總是說自己只是單純的藝術家而已。即使如此，只要講到英國的插畫家就絕對不會少提他的名字，讓人實際感受到他的存在感和人氣。

在AOI開研討會的時候也是如此。研討會的主題是「現代英國插畫未來應該發展的道路」，以Dr. Leo為主軸，集合了安

Shrigley

10 OCT 05

德烈・克里莫夫斯基（Andrzej Klimowski）、安格斯・海蘭德（Angus Hyland）、艾德里安・蕭納希（Adrian Shaughnessy）、湯姆・勒波克（Tom Lubbock），還有大衛・施雷格利等六個人。插畫家、出版社總編輯、RCA系主任等有名人士也到場展開一場關於插畫的熱烈討論。但是坐在最前面的施雷格利在研討會進行的途中一句話也沒說，只是低著頭反覆地在擺在桌上的紙上塗鴉。害羞又內向的態度、白皙的皮膚加上壯碩的體型，還有留得半長不短的頭髮。把他的樣子和他充滿挑釁的作品重疊在一起，會給人一種他不是天才就是變態的感覺，總覺得他看起來就是屬於這兩者中的其中之一。參加討論的人最後實在是忍無可忍，於是便把話題拋給他，施雷格利則是吞吞吐吐地說：

「這個嘛……因為我不是插畫家……所以我……完全不清楚英國的插畫現在的情形如何……還有應對的方案是什麼……這些我都不知道……」

大家全用一臉不可置信的表情看向他。研討室裡坐得滿滿超

過四百人的觀眾之所以會花十一英鎊的入場費進來聽研討會，都是爲了來看施雷格利。有某個訪問裡說到，他每次在這種時候都只會閉上嘴巴而已，因爲再講下去也只會引發無謂的口角之爭。

　　這世界的法則正是如此。施雷格利偶爾也會接到專輯封面，或是雜誌這類的委託，但是他每天早上起床，一整天所做的事就是自己的作品活動。所以他才不會稱自己爲插畫家，而是單純的藝術家。然而享有最好的人氣，出版無數本比任何作家都還賣座的書，他的粉絲把他選爲英國最出色的插畫家，因此，其他作家一方面也嫉妒這樣的他，一方面也不得不肯定他的成就。這就是爲什麼他會被叫來這裡的理由。

　　一到休息時間，我便趕緊跑出去，把我的素描本拿到他的面前，請他幫我簽名。在英國應該要拿著作家的書去要簽名，如果只拿著一張白紙就叫人家簽名其實是一種沒禮貌的行爲。但是那時候我沒有帶他的書，而且我在美國亞馬遜訂的書直接就寄去韓國了，所以不在我的手上。沒想到他在我遞給他的素描本上畫了一張稱不上是張臉的臉，還在下面寫了「BART SIMPSON」，可是這到底是什麼意思啊？流行藝術（Pop art）？

munge's story. 29

我人生的展覽
「**黛安．阿巴斯：啓示錄**」回顧展

默默地也到了結束英國生活的時候了，冬天一到，英國人就會因爲聖誕節、節禮日（Boxing Day）這些節日，連日又吃又喝地度過三個禮拜。這個期間是英國購物活動最熱烈的時間，甚至還有人說就算借錢也要shopping。高度集中大眾性質商店的牛津街（Oxford Street）甚至還要排隊才能行走，湧入了大量的人潮。我享受著住在市區的特權，把這段期間忍住不shopping的欲望一次解放。回韓國的機票也買了，這段期間帶在身上的行李也整理好，用船運寄回韓國，也訂好了回國前要去法國和西班牙旅行的機票和要住的地方。

現在一想到要離開就覺得有些遺憾，可是一想到如果再留下來也只會繼續燒錢，所以還是盡早整理好之後回韓國才是上策。還有在剩下來的每一天盡情地享受倫敦的生活。

我在市區裡閒晃，把值得成爲素材的東西全用相機拍下來，雖然不知道究竟會成爲什麼作品的素材，但是我覺得總有一天這裡的事物一定會派上用場。待了六個月的赫本（Holborn），經常光顧的佛洛依德咖啡廳（Freud Café），讓人想去shopping的柯芬園（Covent Garden）等熟悉的地點，如果用不同的眼光來看就會覺得莫名地陌生，但是現在想想我眞的無法將完全融入我日常生

活的地點或是物品用相機一一拍下來，因為已經成了日常生活，所以在我眼裡也變得理所當然，於是便很難再用新的視線來看這些事物。

接著我應該利用剩下來的時間一件一件地去完成這段時間無法好好享受的倫敦生活才行，因為搞不好這也是我最後一次能夠在倫敦做這些事了。這樣看來，我連那有名的自然史博物館、肯頓市集（Camden Market）也沒去過。想到有那麼多沒去過的美術館、博物館，於是我在網路上搜尋，發現，哦，這是？有一個讓人覺得相見歡的名字映入我的眼簾，剛好V&A正在舉辦黛安‧阿巴斯的攝影展。

加上展覽的內容也和我暑假從圖書館借來，並且燃起我畫畫熱情的那本攝影集的主題相同。正在巡迴展覽的企劃展出版成書，而我卻已經在圖書館先看過了。一九六○年代美國討厭的奇異人士，還有描寫她的人生的「黛安‧阿巴斯：啟示錄」回顧展。這是個可以親眼看到書中照片的大好機會，於是我把去V&A的公車路線畫在筆記本上便上了公車。

展覽總而言之實在是太棒了，雖然和書中的照片如出一轍，但是這不是重點，展覽由六個房間組成，依照她的一生分成了六個房間，並且各自擺滿了她生前親自使用過的東西。

黛安‧阿巴斯是二十世紀最有影響力的美國攝影師，她出色的鑑賞力和艱辛的愛情，還有黑暗的感性都是她照片的象徵。黛安出生於紐約一戶富裕的猶太人家庭之中，十八歲和艾倫‧阿巴斯（Allen Arbus）結婚，她的人生也有了一百八十度的大轉變。受到曾經是攝影師的艾倫‧阿巴斯的影響，於是她開始拍照，但是反對她和艾倫結婚的父親從此不再理會她，於是她的生活陷入了極其窮困的境界。之後她透過時尚照片成為攝影師，受到肯定的她還在帕森斯設計學院（Parsons School of Design）、柯柏聯盟學院（Cooper Union School of Art）、羅德島設計學院（Rhode Island School of Design）教攝影，最後深受憂鬱症所苦的黛安，在一九七二年，以四十八歲的年紀結束了自己的生命。

這次的展覽也展示了她寄給朋友們的明信片，和寄給時尚雜誌總編輯的書信、日記本，還有她的展覽構想圖等，她親筆寫下的各種文書和她親自使用過的筆，這些也是我喜歡她的理由之一，不只是照片，我對她英文的字跡也很有興趣。藝術家們在明信片或是信紙、塗鴉之中滲透出他們的藝術性，我常常對他們的這份獨特感到狂熱。因為那不僅僅只是問安的內容而已，而是一幅精采的畫。她常常把自己覺得有趣的報紙新聞剪下來貼在明信片上面寄給朋友，在我眼裡看來就好像是一幅拼貼作品一樣。

當我在看科特‧柯本（Kurt Cobain）在英國出版的筆記本影像書的時候，和我在看黛安‧阿巴斯的字跡的時候，所感受的感性是一樣的，這本書收錄了科特‧柯本的筆記資料。科特在寄信給朋友之前，一定會先寫在筆記本上經過修正之後，再寫在信紙上寄出去，所以筆記裡，他寫的信、歌詞的草稿、想對樂團成員說的話等，都能表現出他的思想。愈到《Journals》（科特‧柯本著）這本書的尾聲，在柯本自殺之際，這本書也愈趨瘋狂。搖晃的手、爆發的情感、連自己在想什麼都無法再知道的分裂，這些都完整地保存在字跡之中，而不是文章裡。那麼黛安也是這樣嗎？

原本只能在書裡看到的照片，現在實物就在眼前，讓人感覺

self-portrait of DIANE ARBUS an her husband.

眞的很愉快。但是換個角度想，已經在書上看過了，或許有人會覺得有必要堅持花錢再看一次的疑問？對於每一分錢都省著用的我來說更是如此。但是我眞的是來對了，我覺得這是我從出生到現在看過的展覽中最精彩的一個了。

我一直以來都誤會她了。事實上我不喜歡以自己爲主角來畫畫的插畫家，也不喜歡以自己爲模特兒來攝影的攝影師。也就是說，把自己的想法，或是內心世界用自己的臉表現出來的人。可以算是一個以第三人稱來稱呼自己，過分自戀的小女孩嗎？黛安·阿巴斯的照片裡也常常出現她自己的樣子，當然，這不是她作爲作品所拍的照片，而可能是練習，或是會議紀錄用的照片，但是一開始看到那些照片的時候，我也曾懷疑過她會不會也是「那種人」，但是看了展覽之後，讓我改變了我對她的想法，她是一位眞正的藝術家。若是連她命中注定的愛情無法釋放出來，那麼她一定無法忍受。她的熱情、她的堅持、她的絕望，都讓人羨慕。

munge's story. 30

再見，**倫敦**

　　離開英國的前一天，Robin寄了一封信給我，信裡寫著因為他無法參加畢業典禮，所以之後我們就只能在首爾見了，還說走之前見一面再走。Robin也不知道為什麼居然把約定的場所訂在位於瑞奇蒙（Richmond）的皇家植物園（Kew Garden）。

　　我和Robin在門口見面，他也爽快地幫我付了十三英鎊的門票錢。我們沿著公園裡闢的路一邊散步，一邊聊天。我們聊到最近學校是怎麼運作的，這學期進來的學生如何，在韓國進行的金斯頓插畫工作營是怎麼開始的等等。我一邊跟他聊著未來的計畫，一邊跟他說，在回韓國前我要去巴塞隆納和巴黎旅行。Robin一聽馬上便跟我說起他唯一的家人嬸嬸的事，還有他旅行的時候一定會安排喝下午茶的行程等等私人話題。尤其我們還爭論了關於就算走進咖啡廳裡喝茶所花的時間也不過十分鐘，那麼這以外的時間要如何打發。我們並不是以導師和學生的立場，而是像老朋友一樣，關係融洽地聊聊天。

　　我們大約散步散了一個多小時，餓了的我們便走到植物園裡的咖啡廳裡簡單地喝了個下午茶。當然Robin喝茶，我喝咖啡。Robin最喜歡下午茶的時間了，不管做什麼事情都一定要安排喝下午茶當作休息的時間，一杯濃茶，一根菸，這就是他最享受的幸福時刻了。就算他在幫學生進行個別指導的時候，和學生經過一陣熱烈的討論之後，一定也會來個下午茶時間。他來首爾跟著我

們到處玩的時候，中間也一定要時不時地喝個下午茶順便休息。他喝茶的時候通常會配上像蛋糕或是蛋塔這些甜滋滋的點心。因為我喜歡吃巧克力，但是我不知道他不吃巧克力，所以每次叫他吃吃看都被他拒絕了。這一天他吃了草莓蛋糕，我則吃了可可慕斯，為了回報他幫我出門票錢的事，於是茶和蛋糕就由我買單。

　　我把畫了他的臉的畫放進紅色的相框裡，想當作禮物送給他。教了許多韓國學生的Robin每到一定的時候就會受到禮物的洗禮，一想到這件事，心想我剛好也沒什麼好送的，所以就只好送我的畫，並且在他的名字上面用韓文寫了「밤밤!」（夜夜！），為什麼是「밤밤!」呢？那是因為這是Robin獨特的打招呼方法，睡覺前我們會彼此說「Night Night!」，我只是按照字面上直譯成韓文而已。Robin很了解韓文的語言體系，很了解哪個發音用韓文要怎麼寫，或是單字要怎麼組合，但是這絕不代表Robin就會說韓語，他只是識字，他的韓語發音根本就讓人聽不下去。嘿嘿～～

　　結束下午茶的時間之後，我們又去逛了皇家植物園的Farmhouse，雖然我對植物園或是動物園沒有特別的興趣，但是Robin喜歡像植物園或是江河之類這種都市中心裡的自然景觀，尤其他非常喜歡漢江，每次到韓國他最先找去打招呼的對象也是漢江。Robin最後用「幫我買一杯健力士給漢江，代我向它問好」取代了我們最後的道別。

　　Robin再見，還有倫敦再見，這段時間真的很開心。

全世界最有智慧的人，Robin

　　我曾經寄給Robin一封mail，諂媚地跟他說「你是世界上最有智慧的人」（You are the wisest man in the world）。畢業展之後，同學們之間發生了一些瑣碎的爭執，於是我們就向Robin請教關於這件事情的意見。而他馬上就以不讓任何人受傷的方法，幫我們把這件事情處理得乾淨俐落。之後，學生就再也沒提過這件事了，這也難怪我會比以前更愛他。當然，我並非這個瑣碎的問題的主嫌，我只是按捺不住心中的不平和厚顏無恥，於是就以建議當作藉口，成了讓事情浮上檯面的告密者。當然在前面加上「世界上」可以充分看出我諂媚的傾向，但是他絕對是「最有智慧的人」，他真的是一位賢人，對於任何問題或是偏見，他都不會被感情給擺布，能夠有智慧地解決事情。雖然偶爾會覺得他的判斷很枯燥乏味，但是之後我們總是會領悟到那的確是最好的方法。

　　但是也有很多學生對這樣的Robin感到不滿。「Robin, wake up! Don't sleep!」如果在個人指導的途中陷入苦惱，Robin一定會閉上眼睛睡著。我的個人指導時間也不例外。在寫故事這方面遇到問題的我們陷入了苦惱之中，到底哪個好呢？Robin就會暫時閉上眼睛，可是過了好一陣子都還看不出來他有要睜開眼睛的跡象。「Um……blah blah blah……」雖然好像從他口中可以聽到某種小小聲的murmur聲，但是絕對不是在跟我們說話。我們每次看到Robin這樣就會開玩笑地說：「Robin又睡著了～～」當然Robin

不是真的睡著了，他只是陷入沉思之中而已。若是靜靜地看著陷入沉思中的Robin，會發現在他的眉毛中間有一根特別長的毛。隨著他緊閉的雙眼，顫抖的嘴唇，他的長眉毛也會跟著飄動，就這樣過了一陣子，Robin就會說出一番有道理的話來。

雖然有學生不懂得享受「Robin效應」，總是為他睡著的習慣感到不開心，但是Damien和我都很喜歡他這個樣子。我敢說他那些有道理的話一定是從那根長長的眉毛出來的，就像臉上有瘤的老爺爺（韓國的民間故事）很會唱歌的道理是一樣的。如果Robin的那根長眉毛掉了，搞不好他的智慧也會旋即消失也說不定，從毛裡湧出力量的參孫（Samson，聖經人物）Robin～～

有一次沉醉於惠慶宮洪氏《恨中錄》的Robin問了我幾個他好奇的點，但是對歷史沒興趣的我被問到這個我沒有理由知道的內容，讓我有些慌了起來，於是我花了好幾天在網路上搜尋之後，才好不容易可以回信給Robin。為了這種事，我花了半天讀Robin的文章，並且把握其中的涵義，光回信給他就花了我三天二夜的時間。看完《恨中錄》的Robin說他現在想看韓國的現代小說，於是我在網路上搜尋，好不容易找到了六本英文版的韓國現代小說寄給他，在那些書之中他最喜歡的是李箱的《翅膀》，也喜歡金永夏和李文烈的小說，他也意外地收藏了不少韓國的書，其中他最喜歡的是寫有地址的地圖冊，他看了我家的地址之後，以漢江為中心，對於我住在哪個位置簡直瞭若指掌，連在英國他也能完全掌握首爾的什麼地方正在舉辦活動。

Robin也曾經炫耀過自己戴的手錶是全世界最準確的手錶，他還說是韓國的某一間公司做的。他常常炫耀那只錶是因為透過人造衛星每秒同步，時間最為準確，所以可以當作對錶的基準。就算他每天都在抱怨那些叫他吃泡菜的韓國學生，但是對韓國又有斬不斷的感情，這樣的Robin有誰會討厭他呢？

二〇〇六年Robin為了舉辦最後一場金斯頓在韓國舉辦的插畫

工作營而來，我和朋友們跟Robin見面後，便去遊覽了他最喜歡的漢江。在蠶室碼頭搭遊覽船的我們大概花了一個小時的時間享受漢江的風景，雖然我們沒有買健力士過去，但是Robin似乎因為可以再一次看到漢江而感到開心。之後我們便去明洞吃生菜包肉，俗話說十年江山也會變，Robin好像也變了很多，雖然他還是堅持不吃泡菜，但是他對韓國食物已經沒那麼反感了。

　　Robin，隨時來看漢江吧～～我也會買健力士去看泰晤士河的～～～

sunni's class Ⓐ

最後一年，
黑獅子遇到了
小白兔

最後的Project，《黑獅子》

　　世界上所有作家的靈感都是從何而來的呢？大概也是從自己周圍可見的所有事物所產生的興趣，或是從自己不斷追求的那股知性且理想的主題意識，或是從偶爾不瞬間抓住，就會煙消雲散的剎那的靈感和想像力而來。總之我真的很好奇那些說故事大師們的秘密到底是什麼？從他們口中說出來故事就好像是從故事袋裡掏出來似的，一個接著一個，想出無數個主題來，我只是很羨慕他們的能量和創造力。

　　我的最後一個Project的靈感來自於塗鴉。雖然我沒有很認真地上健身房，但是為了要培養體力便加入了。從健身房出來之後，我一邊吃午餐，一邊漫無目的地塗鴉，突然有一個畫面在我的腦海裡浮現。

　　有時候走在路上所產生的不切實際的空想也會成為我的靈感來源。一隻長得像鬥雞的鴕鳥歐巴桑站在斑馬線上準備要過馬路；生性多疑，患有憂鬱症的紅眼兔小姐坐在咖啡廳的角落；什麼事都管很寬的長頸鹿少年靠近電線桿的鼻子不斷地哼哼叫；還有不管看什麼都覺得很不順眼的黑獅子大叔動也不動地坐在十字路口。我覺得和真的動物一起聊天，自然而然地相遇，這種生活一定很有趣。空想就跟畫心靈地圖一樣，一環扣著一環，以各種方式揮灑。白熊小姐假裝沒看見似地避開了黑獅子的視線，停在

同一個空間的小孩用著充滿好奇心的眼睛偷瞄獅子。其他的動物羨慕即使獅子是猛獸小孩也不害怕，反而追在獅子的後頭跑。獅子默默地走向其他地方，**小女孩和獅子的尾巴保持著一定的距離跟在後頭**！如果硬要說我腦海裡浮現的第一個畫面是什麼，就是這一個場景了。追著獅子到處跑的大膽小鬼頭。

　　小時候如果看到一張沒來由喜歡的畫，瞬間我就會像拼拼圖一樣地沉迷在整個故事之中，就像一枝飛向愉快和趣味的箭一樣，自己一個人把毫不相干的故事拼在一起，秘密地在內心世界裡呼喊，但是還是可以感覺得到實體正漸漸具體化成某個模糊的東西。就像《黑獅子》的主角所遇到的浮在空中的梯子對面某個整體不明、像白色霧團一樣的那個東西，誰也不知道它以後會變成什麼樣子。

　　《黑獅子》的故事是這樣的。和家人一起去參觀美術館的小女孩，正當她覺得無聊的時候，突然聽到了某種聲音，好奇心被勾起的小女孩朝著發出聲音的地方移動腳步，然後畫裡的門就像謊言一般的打開了，小孩毫不猶豫地走出門外，因為如果她懷著遲疑和恐懼只追求安穩，那麼她根本就不會看到這扇門。女孩沒說「那只是畫而已」，而大步大步地爬上浮在空中細細長長的梯子，因為她想知道，擋住自己眼前的東西究竟是什麼。女孩朝著那個模糊的迷霧前進，但是女孩不管怎麼叫怎麼敲打都沒有回應。雖然女孩鼓起勇氣，又或許只是因為好奇心而不斷地靠近；雖然她馬上就會知道眼前那個東西非常巨大，是個無法直接面對的存在，但是現在要跑也已經太遲了。她已經到了因為害怕而無法靠近，無法回頭的地步了。小孩的選擇究竟會是什麼呢？

　　即使小孩一邊抖得跟果凍布丁一樣，還是一邊對獅子提出警告，「我真的一點也不好吃，所以你吃了也是你的損失。」但是也多虧了她的勇氣她才會有機會參觀這個夢寐以求的樂園，她在這個地方和獅子一起玩耍，而小孩也被黑獅子帶往一個完全沒

　有人工的東西存在，和樂園比起來，這裡什麼都沒有，一片空蕩蕩的，小孩比較喜歡哪一邊呢？是充滿甜蜜又漂亮的東西的地方呢？還是什麼都沒有，只有海和天空存在的地方呢？小孩知道還有人在等她，所以知道什麼時候應該要停止玩耍，但是只要小女孩願意，隨時都可以回去那裡玩耍，不管那裡再怎麼改變，她還是認得出來。當有歸屬的時候，恐懼就會消失，而追尋心的旅程總是讓人感到悸動。

　　當我在進行《黑獅子》創作的時候，我也成了小孩，走在浮在空中的梯子時，我的心裡會因為生怕墜落而感到的不安，當遇到整體不明的巨大影子時會感到驚慌，會急迫地鼓起勇氣大喊，

闖蕩之後所獲得的樂園也在我的心裡呼吸著。《黑獅子》是個無意識的世界，也可能是那個必須要對抗，或是要戰勝的某個東西，當鼓起勇氣大喊的瞬間，恐懼慢慢覺醒的同時，會有所失去也會有所獲得。不管是誰在過程中都會迷路，但是我只是相信只要鐵了心死纏爛打並且仔細地看，煙霧就會消失，你會發現那個不知名的東西清楚地向你靠了過來的喜悅，而你也會開心地和它見面。

準備展覽也需要練習？

　　如果在Level 2的時候沒有「展覽幫手課程」的經驗，那麼到了實際準備畢業展的時候，就會莫名地覺得只有過度的勞動，而肉體上的勞動也會帶來強烈的壓力，加上每次要上健身房我都要有所覺悟才去得了，更何況是漆展場的牆壁、架設立牌等所有準備作業都要自己來，不禁讓我覺得很煩躁也覺得累。

　　「展覽幫手課程」顧名思義就是花一個星期的時間幫畢業生準備展覽的意思。若是叫你去輸出，就要拿著車費，不管要花一小時或是兩小時都要去；若是叫你漆油漆，就要從用砂紙又摩又擦的前置作業開始，到切割讓輪廓平滑的紙，這些事情都要一手包辦。從早上九點到晚上，有時候甚至還要到深夜，要是遇到狠心的前輩就有得受了。

　　第一天全體集合，各自和點到自己的前輩見面，在簡單的寒暄後，便交換了彼此的聯絡方式。包含我在內的韓國人一邊漆油漆一邊抱怨自己一把年紀了還要受這種苦，我們就這樣開始不斷地竊笑。有一個朋友說，比起作業，這種勞動實在是太適合他了，他也補充說其實暫時擺脫必須要做作業的情況，尤其是一個禮拜可以不用上課來這裡當小幫手，雖然不是那麼地愉快，但是至少這個禮拜可以從Project裡獲得解放，只要心甘情願地接受單純的勞動，當作是在為明年自己的畢展準備累積經驗就好。我們一邊聊著久違的天，一邊做著單純的勞動，也因為朋友的這一番

話，讓人感覺心情也輕鬆愉快了起來。平常Project所帶來的壓力也不少，我想可能是因為一年後的畢展也不算是別人的事，於是我們便像在比賽似地開始把黃色的展示板擦得比白色還要再更白。

　　一年後，現在輪到我們了。幫忙別人做和自己親自做簡直是天壤之別，肉體上的勞動是基本的，還要附贈自己的精神勞動，為了能在短時間內完成所有的事，我算是使出渾身解數了。

　　畢業作品的列印、製本、樣本和作品集的製作全都要自己來，而且因為這些事情不像在韓國那樣可以順利地進行，所以只能徹底地做好時間管理，像這類的苦差事都還在後頭等著。而且在排隊排到看不到盡頭，學校附近的影印店，也很常看到好不容易輪到自己，卻因為檔案損壞而落淚的學生。如果想要質地好的紙和輸出物，一般來說都要花上比一般列印還要多將近三～四倍的費用，要是愈大，價錢也會跟著漲成天價，為了得到自己想要的感覺，而且又有好的印刷品質，蒐集資料是一定要的，但是也免不了四處奔波。

　　通常畢業展稱為「學位展」（Degree Show），大概是從展覽的前三週開始準備。當印有各自展覽位置的公告貼在工作室布告欄的時候，雖然不是公認的事實，但是有幾個朋友一直在抱怨，謠傳這個展覽的位置代表了自己的實力。有個同學實在是太不滿意自己的位置，於是提出了好幾次換位置的要求，但是導師們都堅決地說「No」，對他說「那個是你的位置」，所以才會為這個謠言增添了說服力。無法換位子的朋友跑來找我反覆地抱怨，不知道是幸還是不幸，我的位子在入口的正面，其實我也不是很滿意那個位子。因為高及天花板的四個展示板成了之字形的模樣，無法一眼就看到全部的作品。但是因為在準備展覽的時候所產生的不安感較大，所以對位子的不滿就這樣消失了。

　　我第一個概念是在分到的四個展示板上完整呈現屬於我自己

的想法。裝飾得太誇張也不適合，只是把畫貼在牆上，把書的作品擺在桌上又顯得太平凡。除了要把畫放進畫框裡貼上，還要盡可能地善用空間，做出最符合我作品的設計。不要太誇張，也不要太單調，我的第一個概念就是要稍微有點亮點。以我們系的特色來說，這個展覽應該會把重點擺在插畫和繪本作品上，所以我覺得比起簡潔且單純展示圖畫的方式，把焦點擺在能夠在視覺上展現我個人特色和多元的作品上比較重要。

　　為了展示這段期間主要製作的好幾本樣本書和角色造型的作品，我做了大的展示台和透明的玻璃箱子，我拿著一本筆記本，上面畫有寬度超過一公尺的兩個作業台。我往下走到了3D作業室，下面已經塞滿了為了做展示板和箱子的學生。因為只要失誤一次事情就會變得很複雜，所以一定要精密地測量才行。要是第一次設計失敗或是出錯，那麼第二次就要有自知之明地把木頭給運來。如果有車子的話還好，但是如果沒有，那麼就要利用大眾運輸工具到有賣已經切好的木材的店去，不僅要花上不少錢，而且為了自己一個人絕對不可能搬得動的木材還要麻煩朋友。總之弄不好就會有這個痛苦三重奏在後頭等著，還好我在後輩的幫忙下，俐落地完成了玻璃箱子和樣本書的作業台。

　　在把畫貼在展示板上前，我先印出黑白的影本貼在上面，把展示的安排先給導師看過，這是第一道關卡。如果展示安排的感覺不被接受的話，導師就會對展示設計給予各種建議，也會親自拿著電鑽來幫忙設置一個人抬太重的展示板或是箱子等，給予學生很多的幫助。第一次上課的時候，看著幫忙整理桌子的教授讓我感覺很驚訝，因為這點和韓國很不一樣，害我還因為覺得不好意思，反而更加認真地整理桌面。隨著時間的流逝，現在也到了該迎接展覽的時候了，而我再看到導師們的這些舉動，我也已經習慣了。

　　為了能夠更順手且有效率地裁切用來做好幾本樣本書的輸出圖，我下了好大的決心才決定買下裁紙機，不過看情況似乎用手

直接裁反而更準確。只有在切完全直線的時候裁紙機才有用，對於要把多少有點誤差的輸出圖都裁得整整齊齊，實在不是件簡單的事。於是我放下好好的裁紙機不用，帶著悲壯的覺悟和臨時起意的心情重新拾起刀片。就算從一大早就開始動手，整整花了老半天的時間，還是不見工作要結束的跡象。兩個最終作業已經在一週前送到了專業的製本所，一百二十英鎊的費用也已經付了。因爲導師們也另外要求最終作業要盡可能地看起來專業一些，雖然有些同學不僅是畢業作品，就連學校的Project也會委託專門的製本所製作，但是就算包括我在內的韓國學生是手工製作，也總是會有人問我們是不是委託專人製作，難道這就是韓國人的巧手？總之自己要做一本好看的書，最後累的還是自己的手腳，既然不是Book Art，那麼變厚的部分和粗糙的接合點，和委託製本所做出來的成品還是有所差異。

驀然，一群兔子來找我

　　當我正忙得焦頭爛額準備展覽的時候，就在我東忙西忙的途中，而且還是接近凌晨三點的時候，突然腦中浮現了一個讓我覺得有罪惡感的靈感。雖然還有一堆為了準備展覽急著結束的作業，但是在這個忙碌的時刻偏偏出現了我想做的故事，明明還有很多事情等著結束，但是我的心臟就像連續喝了好幾杯Espresso一樣緊張地跳著，要是我不把我腦海裡浮現的景象畫下來，我便無法進行其他事。

　　不知道是不是因為這幾天連續在大半夜裡作業，偶爾在休息的同時，我會看著窗外，熄燈的房子之間，我突然看見一扇還開著燈的窗，黃澄澄的窗戶映入我的眼簾，這個景象就這樣浮現了。第一個場景，可以看見夜晚一片漆黑之中房子的輪廓，窗子裡開著一盞燈，這是一個單純的故事，敘述一隻突然睜開眼睛的兔子，出動尋找被來自外星球的貓綁架的爸爸和媽媽，牠和帶路的娃娃同心協力救出了爸媽，也幫助了其他被綁架的兔子逃跑，

黑夜從飛行船下方逃出來的兔子，在地面上睡不著的小孩眼裡看起來就像是一場興奮的冒險，但是在坐在一旁一臉不高興的媽媽眼裡只是一場初雪罷了。

　　把單純的故事融入稍微有層次的內容，整理完這個靈感之後，我便把這件事擱在一邊。反正我也沒有特別計畫結果會如何，要用什麼樣的形式呈現，反正又不是為了展覽而做，只是把焦點擺在把散落一地的珠子，用一條韌性夠堅強的繩子串起來而已，因為我必須盡可能地安撫我興奮的心情，緊接著投入展覽的準備工作之中。

　　因為裁紙，用來做樣本書的紙散布整個房間，讓人連個立足之地也沒有。我也不知不覺地放下心來，全心全意投入新的故事裡，要是腦袋裡有什麼靈感，就應該把所有的事情擱在一邊，朝著故事直奔而去才是。

　　因為是在大半夜裡想到的故事，所以為了連續性地表現黑暗的感覺，我決定用黑色的紙，這樣一來，我就可以把在腦海裡蠢蠢欲動的角色一個個地抽出來。過了沒有盡頭的十三個小時，最後我終於結束了這個作品。當我草草結束看向四周的時候，桌子上、床上彷彿就像被河水氾濫過的蘭芝島（漢江下流的氾濫平原）一樣。做完拼貼作業剩下來的紙屑、吃到一半的三明治、因為剪了之後纏在一起的紙，我把這所有的東西拋在腦後，出發前往學校。

　　工作室仍然有到處釘釘子，一邊掛著作品，一邊為了把洞補上而漆油漆的學生在到處奔波，導師Jeff抓著雙眼凹陷的我客套地

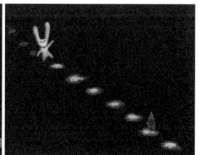

問我做得順不順利。我跟他說我昨天晚上急急忙忙地結束了一個作品，結果他咧嘴一笑對著我說，看我還有這種閒工夫，看來妳是真的藝術家，並且叫我把作品拿給他看，如果是其他的導師，我可能會聽成是一種指責和擔憂，但是Jeff就不一樣了，我總是真心地接受他所說的話，不管是稱讚還是批評。

　　Jeff在畢業班的第二個學期突然當上了學院長，他是替揚名世界的《衛報》《時代》等優秀的報社畫插畫的作家中，數一數二的明星作家。雖然不管是什麼事，每個人的意見當然都會不同，但是很多同學不管他對自己的評價如何，他們之間還是真心肯定Jeff是個犀利而且有實力的教授。而且如果要我說在英國我想要讓誰給我作品上的意見，我心中的第一人選也會是Jeff。有一個完全沒有繪本經驗的同學因為Jeff犀利的評價，幾乎修改了十次左右，心裡完全絕望到了一個谷底，最後他終於成功地和英國的某家出版社簽約，獲得了驚人的成果。他本人也承認，要是沒有Jeff犀利的指教，他絕不可能成功。

　　Jeff看了我像吃湯泡飯似一氣呵成的作品之後，叫我趕快請人把畫輸出掛在展場展示，他說他個人覺得比我的畢業作品還滿意。不知道是幸還是不幸，總之那天我又要熬夜了。最後我只能一邊做著樣本書，一邊自責自己被突發性的靈感給迷惑了。

問題還沒結束，還剩下角色模型、輸出和剪裁、裝訂，而且就算要結束新的作品，也要進行角色製作（Character Making）的作業。我總是把故事裡出現的角色製作成立體的形態，當然角色會隨著故事被創造出來，而製作的材料也會根據角色而有所不同！根據角色的性格，可能適合平滑的材質，也可能適合溫暖、柔軟的絨毛類材質。為了在現實生活中把故事裡的小孩呈現出來，於是開始著手準備材料，在完成以前，結果會如何誰也無法預測。我買了布和鈕扣、棉花和蝴蝶結來做針線活，連可以放進烤箱裡去烤的陶土我都用上了。在做了幾個小孩之後，選出了一個做得最好的模型。因為我簡陋的針線活有的小孩手和身體分離，有的小孩耳朵也被凹了起來，雖然在做小孩的同時，巴不得連小孩的房子也一起做了，但是我決定做到這裡就好，因為還要做作品說明書和名牌，而且也要完成必須要一起展示的作品準備。

若是專注地做一件事情，其他的靈感就會像鍊子一樣，一個接著一個連接在一起，所以如果不斷地觀察自己，仔細地看穿思考的方向，那麼完成有趣的作品可能性就會更高。但是在好好進行自己想做的事的同時，能夠控制自己的野心不要太超過的均衡感和時間管理真的很重要，雖然這一點經常在愈靠近最後階段的時候愈容易被忽略。

我把做好的小孩們好好地放在包包裡帶到展場來，讓它們按照順序躺在玻璃箱裡，用陶土做成的娃娃我則是用魔鬼氈好好地黏在展示板的角落。大家都為了收尾而奔走，把作品集放上去，把所有的樣本書按照順序排好，還有一一確認東西是否黏好了，就這樣，大家完成了最後的作業。在小小的桌子上擺上留言版的那瞬間，連自己也情不自禁地吐了一口氣。Thanks God！每次結束一個Project就會這樣大喊的Yoko，我今天終於深切地感受到她的心情了。

幾個小時後，展覽就要開始了。

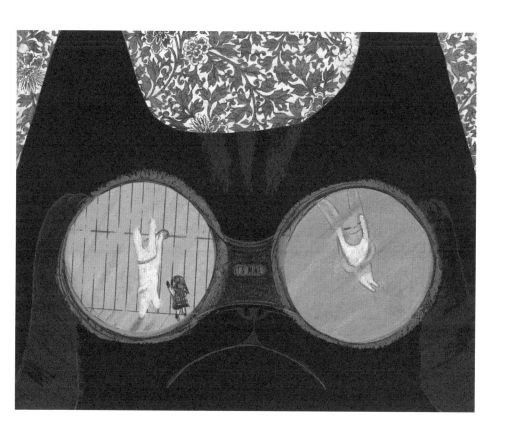

Show, Show, Show

　我配合展覽的時間到學校，在入口的白牆上貼著一張印有學生名字的名單，和我對到眼的朋友們全都帶著意味深長的微笑。我也看到了我的名字。因爲今天是招待性預展的日子，所以只有家人和受邀的設計師、代理商、出版相關人士可以參加，展場充滿了熱鬧的氣氛。有些同學因爲所有的課程都已經結束了而感到開心，早在一開始便享受起紅酒和香檳。也有同學欣然地當起家人和朋友的導覽，爲他們說明各式各樣的作品，從他鄉來的，像我們這樣的異邦人因爲沒有恭喜我們的家人，於是只好自己一群人乾杯，在旁邊的工作室欣賞上映的動畫作品。

　動畫是一項非常辛苦的作業，當自己的作品第一次在大眾面前，在大型螢幕上上映時的喜悅絕對是難以言喻的。隨著自己的名字登上Ending Credit，播放也結束了。明明身體不舒服還是順利完成作業的朋友接受大家的掌聲，帶著非常開心且興奮的表情。不管是喜悅還是幸福全都是病毒，愈靠近就愈能強烈地感受到，這一刻可以說是百感交集。曾經一度徬徨，也曾經辛苦過，但是在這個過程中，失去的、學到的東西也很多。但是爲什麼心裡總覺得有種失落的感覺呢？即使不只是爲了畢業展才走到這裡，但是似乎在準備展覽的這段期間，好像也是活得最認眞的時候了。這短短的時間大家就好像失了魂般地過日子，除了充實感，也帶

來了另外一種空虛的感覺，可能是因為某件事結束了的緣故吧！其實也沒有什麼結束不結束的，而是心創造了所有的事。畫線，打分數，若是想要尋找必須完成的某件事時找不到適合做的事就會出現「缺乏」這個空洞。

　　在我旁邊的Sophie總是有有趣且創新的靈感，她主要是以絹印來完成作品。這次她用簡單的線條，又不失可愛的色感，把作品印在小孩的衣服上，做了衣架掛起來展示。中途還發生了一件突發狀況，就是其中一件衣服因為失竊而重做。她還做了一張上面有畫的小桌子，受到眾人的矚目，對她來說算是一場相當成功的展覽。

　　Christina以好幾種摺紙用的紙和既概念化又圖像化的畫吸引眾人的目光，她掛在展場上的大型紙鶴也讓人有種耳目一新的感覺。

　　容易臉紅的Rebecca的畫總是讓人感到驚豔，她把圖畫在任何東西上面，她的畫在面紙、描圖紙、再生紙、報紙上大放異彩，雖然這些畫有種黑暗的感覺，但是卻充滿魅力，賦予在黑暗之中閃閃發亮的角色生命。她這一次出展的作品，除了繪本之外，她還利用咖啡杯和書籤，完美地把角色給呈現出來。聽說她在上基礎課程的時候也常常拿第一，如果我是教授的話，也一定會毫不猶豫地給她A+。聽某個同學說她也很喜歡我的畫，輾轉從別人口

中聽到這件事，眞的是太開心了。

　　Eva甚至把用來擺放繪本內容中的玩具和畫的展示台都交給專門的業者製作，所以花了很多經費，但是刺眼般顯眼的孔雀綠收納盒因爲無法擺脫既有作品的感覺，所以雖然企圖心強，卻顯現不出預期的效果來。

　　Elisabeth的作品就跟她的名字一樣優雅而美麗，成熟、漂亮而精巧。她展示了每一頁都安排得非常複雜的Art Book，如果那是手工做的，那麼的確是精緻到令人難以置信的地步；但如果那是委託製本公司做的，那麼一定花了不少錢。總之不管是哪一種方法，她的熱情和誠意都值得給予熱烈的掌聲。

　　把遲到和缺席當作家常便飯，整天飲酒作樂，每週進出夜店的Chris在收到警告之後，反而下定了決心絕不放棄。「猛男身材」加上充滿男人味的他經常放著他那一堆英國朋友不管，反而常常跑來向我諮詢。學期初的某一天，當我在前往泰德現代美術館進行定點繪畫的路上，我在泰晤士河邊碰巧遇到他，就在我們東聊西扯日常生活的瑣事時，我們聊起了關於電影的話題。他說他有一次偶然看了韓國電影，就從此深深地喜歡上韓國的電影，他還說他喜歡金基德導演，令他印象最深刻的電影是《壞男人》，而且他也看了《強捕》等不少的韓國電影。此後每次偶爾在學校巧遇的時候，就會從電影話題，聊到他炫耀自己在當模特兒的女朋友，也不忘邀請我去參加派對。好不容易擺脫了被退學的危機，就連他自己也覺得幸運，他的展場位置也毫不意外地被安排在最角落的位子。他的畢業作品概念和暴力性有關，他在大

型的木板上充滿野心地做了等同眞人大小的作品，也可以算是一種有始有終的美德了。

在展覽期間有一間建築公司的經理聯絡我，說公司想要買我的畫，想要買幾幅可以掛在公司建築物的作品。一張是A1大小的版畫作品，其他則是Text & Image Project時畫的四張系列圖。因爲我實在是敲不定要賣多少錢，於是便徵求教授的意見，教授建議我一張畫定價一百英鎊。因爲是學生的作品，而且不是原稿而是影本，如果賣太貴也不好意思，所以最後我就只賣了版畫作品。作品的收入是以支票支付，第一次賺進英鎊讓我覺得很新奇，心裡也感覺挺妙的！也有人想買娃娃，也有人問唯一的樣品價格，但是兩者我都不賣。雖然一方面是因爲我不知道該定價多少，但是另一方面是因爲這些都是獨一無二的作品，總之除了出版的事之外，對於販售這件事我一點概念也沒有。而且我也沒聽過學校的展覽有賣過東西，也沒聽說別人有過這種經驗。

一個星期的展示期間，每天都要有兩人組擔任「管理人」。在管理展場的期間，可以聊天，也可以仔細看之前大概瀏覽過的朋友的作品，也可以一起翻翻留言版。Sophie和Karen的留言版也貼著相關企業的名片，只要有朋友從相關業者那裡拿到名片，這些消息馬上就會散布開來，所以我也已經知道了。我在心中一邊反覆地默念著「羨慕的話就輸了」，一邊仔細地看了好一陣子。

倫敦美術館展覽

　　學校展覽的最後一天，按照公布欄上貼的公告，所有人都在指定的時間內集合，告知我們關於倫敦科寧斯比美術館展覽的注意事項，還有點名可以參加D&AD Show的十幾名學生的名單。D&AD Show只有被英國學校選為最受矚目的該校學生作品和獲獎作品才可以參展，展期為期三天。這個活動不像學校展覽那樣有那麼多微末細節，這個Show就像是會在設計言論媒體上出現的龐大博覽會一樣。正是因為有名的藝術總監和設計相關人士都會到場，展示的作品也不能隨便，因此無法任學生自由發揮。而我在短短兩天內完成的《Rabbit》也參展了。

　　英國最高權威的D&AD Show於一九六二年成立，被稱做設計和廣告界的奧斯卡，也算是世界三大設計大獎之一，總共涵蓋了產品設計、包裝設計、編輯設計到插畫等領域，相當於Grand Prix

的叫作「黑鉛筆」獎，相當於銀牌的叫作「黃鉛筆」獎，獲獎的人理所當然會被挖角，並且成為媒體爭相追逐的焦點，更是常見的事。從全世界廣告和報章雜誌的參展作品中選出大獎，除了要經過好幾個月的審查過程之外，還要經過世界各地著名的二十位評審委員的預選審查等複雜的程序。展覽還有像研討會形式的節目，也就是審查委員代表隊的評審會議（Insight Session），由包含插畫、廣告在內的五個部門的評審委員說明他們如何選出獲獎者，他們所注重的是哪個部分、基準還有內容，場面令人印象深刻。當美國的評審委員和英國的評審委員意見不同時，雙方產生的口角衝突，也弄得前來聽研討會的人們捧腹大笑。

　　在學校一次，在美術館又一次，可以辦兩次展是插畫系和設計系最大的優點之一，因為除了布里斯托大學（Bristol University）之外，大部分的學校只會在校內的美術館或是工作室裡辦一次性的展覽而已，從金斯頓畢業之後，我去了從倫敦搭火車要花一個小時車程的布萊頓大學，雖然展覽本身非常有誠意，但是不知道是不是因為遠距離的關係，並沒有很多相關人士來訪，讓人覺得很可惜。

　　倫敦展場位於圖騰漢廳路（Tottenham Court Road）附近的科寧斯比美術館，和位於倫敦第五區的學校很不一樣，位於第一區的美術館展覽讓附近的出版社相關人士更容易來看展，而且學生也不知道是不是多虧了有在學校辦過展覽的經驗，所以看起來都

顯得駕輕就熟。現場也因為拿著美術館提供的紅酒杯，悠閒地參觀展覽的人所散發的熱氣而充滿溫暖的感覺。

　　現在真的有種是最後一次的感覺了。現在只剩下畢業典禮，以後就再也不會上課了，也不會再有任何活動。我們在這裡最後一次舉杯大喊「Cheers」，這一段大家一起度過的不長不短的時間，在激烈的奮鬥之中，留下了美麗又閃亮的回憶。

　　總是嘰嘰喳喳的Rebecca從展場裡往外看，大聲地叫著我的名字，她的臉因為興奮而漲紅，N君的聲音聽起來好像也很興奮。有一位出版社相關人士在嘉賓留言版上寫了一段話，並且附上了名字。

　　「Sunni, Ann, Rebecca, Karen，我對你們的作品很有興趣，希望你們能盡快跟我聯絡。」

　　這就是所謂的「Love Call」嗎？我們興奮地牽著彼此的手，像孩子般的雀躍不已，雖然合約簽不簽得成還是其次，但是光是我們的作品能夠引起編輯的興趣，對那天的我們來說真的是件很特別的事。

成績單，意外的結果

　　當三個展覽像競爭似的結束之後，MA面試也安然無恙地結束之後，還有連日為自己辦的慶祝派對也辦到讓人覺得乏味的時候，成績單就這麼突然地抵達了。緊張已經解放了一半，對於即將面臨的事情也還沒計畫好，印有學校Logo的資料袋就落入我的手中了。雖然仔細地聽一個英國朋友說，英國的學分是以A・B・C・D・F評分，但是分數制卻不是以總分一百分來算，而畢業的時候則是以等級別來分level，雖然我聽是聽了，卻仍然是一頭霧水。

　　英國的學分分成四個等級。First Class主要只給一個人，用我們國家的話來說大概相當於「榜首」；2-1（唸成「two one」）一般來說，是指班上前百分之二十的人；再往下有2-2（唸成「two two」，屬於普通等級）；再往下一級還有3（唸成「third」），如果再往下就是不及格Fail了。如果拿到F就會喪失畢業生資格，必須重新申請最後一學期，交出去的論文也可能無法通過。但是如果只是論文拿到F，那麼只要再寫一次論文交出來就可以了，這樣反而還比較好。

　　若是以榜首畢業，也會得到很多眼睛看不到的好處。在上研究所或是進公司的時候會小小地加分，通常履歷表或是宣傳自己的網站上，一般來說也一定會寫上榜首畢業。剛開始來英國我還覺得很奇特，可是拿到博士學位的人通常都會在資料和名片上自

己的名字前面掛上「博士」這個title，就好像到死都要跟別人炫耀「我是博士」一樣。

成績單的前一頁附著一張寫著祝賀詞和畢業典禮相關的簡單說明。翻過了第一張，我一眼往下看下去，一開始說真的我還不敢相信我的眼睛，全部寫滿A的成績單之後接著我看到的字是First Class, First Class, First Class！什麼?!我仍然還是帶著懷疑的眼神死盯著成績單，接著N君先打給我，而且不分青紅皂白地傾瀉他的疑問。

「妳收到成績單了吧？我拿到Two One，妳拿到了什麼？聽Rebecca說妳應該會拿到First Class，難道妳真的拿到了？」

「我還以為不是Sophie就是Rebecca，真讓人意外。」

我掩飾不住我心中有一團迷霧的心情，用著不可置信的聲音回答。

「哇！真的太恭喜妳了，第一次看到藝術方面有東方人拿到First Class，要請客哦！」

他從基礎課程一路上到金斯頓，對於學校的分數制、運轉的情形等都非常清楚，聽了他的話之後，從那時候我才開始覺得這一切都是真的。於是便開心地接受他真心的祝賀，想把這個當作以後也會不斷有好事發生的預兆。因為這段時間讓我學到了人生真不是件簡單的事。

在**皇家阿爾伯特音樂廳**(Royal Albert Hall) **舉辦的畢業典禮**

　　英國學校的畢業典禮說來也奇怪，通常都是在學期完全結束開始算起大概六個月或九個月之後才舉辦。六個月如果都沒事做只是等待的話，也算是一段漫長的時間了。加上英國的物價又這麼高！所以也有滿多人會放棄畢業典禮直接回國。

　　大部分學校的畢業典禮都是辦在校內，但是金斯頓不一樣，是在皇家阿爾伯特音樂廳裡舉行。皇家阿爾伯特音樂廳以每年BBC舉辦的世界性古典音樂演奏會──「BBC Proms」（夏季音樂節）而聞名。建於一八七一年，以一萬個管子組成的管風琴，和九千多個觀眾席的大規模為豪，可以說是英國最具代表性的音

樂表演廳。那裡所代表的權威，聽說就跟在那裡演奏的音樂家，可以和世界級音樂家劃上等號一樣。雖然我心裡先想到的是畢業典禮要辦一整天會不會很無聊，但是能夠和這麼長一段時間以來一起同甘共苦的朋友們一起參加就覺得很有意義。

　　畢業典禮那天早上，我很早就出發前往阿爾伯特音樂廳。大家為了領之前申請的學士服，從早上九點開始隊伍就排得長長的。大家穿著學士服排到隊伍尾端，為了拍照，學校在這裡架了好幾個簡易的攝影棚。大家拿著用緞帶一層一層捲起來的畢業證書，按照攝影師的指示擺pose，拍一張紀念照，但是這裡不像韓國一樣，拍畢業照時常會有所謂的「修片」這類的東西，皮膚就這樣赤裸裸地給拍了出來，真實到韓國朋友中沒有任何一位看了照片說不錯的。

　　所有攝影結束之後，穿著黑色的學士服，繫上青色帶子的學生按照科系排隊走進音樂廳裡，找到指定的位子坐下。在碩士的隊伍之後，拿到博士學位的學生從相反的門排隊進場，他們和學士、碩士的學生不一樣，穿著設計不同的學士服領子上裝飾著華麗的徽章。如果可以讓人看出名譽和權威的話，我想就是那種服裝了。校長致詞結束之後，接著會介紹有特別成就的畢業生，然後有一個彷彿像是電影院裡會出現的超大螢幕播放相關的畫面。

畢業典禮規模之龐大和嚴肅，讓我也不知不覺地認真了起來。

博士畢業生學位頒發典禮結束後，接著就輪到我們了。每一個人叫到名字之後，就走到講台的入口處，和校長、學院長，最後和科系教授握手。拿到榜首的學生會喊「○○○First Class」，在名字的後面加上「First Class」，我和兩位系主任握手之後，走到講台尾端和我們系上的教授一一對上眼，這一瞬間，我大概一輩子也忘不了。看著打扮好看的教授Jake穿著金色和紅色相襯的制服，就好像爲了我一個人站在那個地方似的，帶著既深邃又眞心驕傲的眼神站著的樣子，這比畢業典禮的任何事都還要讓我感動。爲了不讓別人覺得我很「俗」，我硬是把幾乎都快湧出來的淚水給吞了下去。他和我握了手之後，拍拍我的背說，「這段時間眞的辛苦妳了。」

接下來是演講和演唱祝福的歌曲，扣掉拍照的時間，畢業典禮一共進行了九個小時，一直到超過五點才結束。還了學士服，輕鬆地聊個天之後，所有的人都解散了，各自和家人分散在不同的地方。像我們這樣無法和家人在一起的異邦人，難得聚在一起吃頓久違的午餐。之後我聽說我們每個人在看到Jake的那一瞬間都哭得不成人形，難道是因爲我們這段期間雖然看起來過得很「灑脫」，但是我們默默接受到的壓力和培養出來的感情，都在看到Jake的那一瞬間爆發出來了嗎？就這樣，落單的我們，爲我們的「眞正的最後一次」而乾杯。

Stage 3.

munge
& sunni
become
illustrators

munge和sunni
成爲插畫家

munge's class ⑤

體驗到插畫家的
現實

手繪巴黎

all l had… were
hungry…

在回韓國前的三個星期，我經過了西班牙和法國，正確地說，是巴塞隆納和馬德里，然後到巴黎和尼斯旅行。大學的時候我到歐洲自助旅行，我最喜歡的地方是布拉格，那裡有和我很搭的憂鬱的氛圍。相反地，大部分的女人都喜歡的巴黎，但是對我來說反而沒什麼吸引力。因為我不化妝，也對名牌沒什麼興趣，對香榭大道也不會感到興奮。所以這場二十一天的旅行中，我下定決心要在巴黎待十天。這次就讓我一次挖掘出巴黎的魅力吧！

因為在抵達巴黎前，我所帶的錢全部都被偷了，所以旅行打從一開始就很不順利。最重要的是因為我太害怕了，感覺心裡不是那麼地自在。從我大半夜抵達下榻的地方開始就是個問題了。我按了好一陣子電鈴，才有一位老奶奶從裡面走出來為我開門。之後我用英語跟她說我先付一天的住宿費，她居然說這裡英語不通，便衝著我亂罵一通。隔天我在青年旅舍見到的人都和不親切的老奶奶不一樣，態度非常地親切，用英語貼心地為我說明。但是第一天的記憶不是那麼容易被忘掉。雖然我聽說過英國和法國宿怨很深，所以法國人很討厭使用英語的人，但是在大部分都是外國人的旅社裡遇到這種事，真的是讓人心情好不起來不是嗎？

我在那裡預約了一個星期，最後終於換地方住了。新的住處雖然有點貴，但是我住的最頂層可以俯瞰巴黎市政府，就好像一幅巴黎全景畫裡的一間屋塔房一樣，雖然簡陋，但是卻很有格調。

因為身上所有的錢都花在住宿費和美術館的門票上，所以在巴黎我幾乎沒有好好地吃上什麼東西。不是在超市裡買起司吃，就是用巧克力可麗餅或法國麵包頂一餐。因為寒冷和緊張而全身發抖的我，最後回到的地方總是龐畢度藝術中心（Pompidou Center）。最後深深留在我心裡的只有巴黎漂亮的建築樣式和值得一看的美術館而已，在這裡留下了遺憾。

身上重要的東西被偷光之後，一直到旅行的途中，才又拿出了我的素描本。因為第一次自己一個人旅行，所以也沒什麼事可做，於是我把這趟旅行當作一個可以定點素描的機會。一開始雖然有點難為情，但是因為是冬天，路上的人也不多，反而讓我一畫就馬上畫出興趣來了。雖然因為寒冷的天氣無法常常在外面畫，但是我的歸巢本能很出色，所以只要一到六點太陽下山，我就會回到住的地方，寫當天的日記，在白天畫的圖上為它們上色，也順便計畫以後的事。這趟旅行我有一個想獲得什麼的野心，這段期間因為Final Project的關係，一直沒有什麼閒工夫想其他的事，但是在回韓國前，總覺得應該帶點什麼東西回去。然而這個構想也是在某一天的早上突然咚～～地，在我腦海裡浮現。

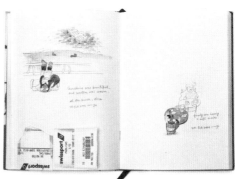

VIE? OU THEATRE? CHARLOTTE SALOMON

Be brave!
even though you've got nothing now
you can always start over

2006 France
Sanghee Park

al Cathédrale Notre-Dame
with Mr. & Mrs. ...

SALLE DE PROJECTION

Video dance
at Centre Pompidou

al Jardin du Luxembourg

place des Vosges

Claude Monet 1840-1926

Last day at Richard Hotel

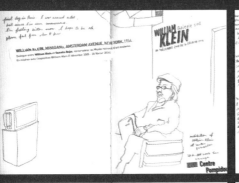

TABLE
A LANGER →

always a corner seat,
sinch rubery...
and a bag on my legs,
never take-off a coat...

at Medonald's, Nice

雖然我還摸不著頭緒該怎麼計畫，但是我大概想得出來想做什麼樣的故事、可以做什麼樣的故事等幾個有趣的靈感。

我的計畫就是把這些靈感整理、組合之後，一回韓國就出一本書。我想如果從那時候起就很認真地準備，那六個月應該就很足夠了。以一解我先前出的那本《憂鬱》的失敗之恨，之後從秋天起我便一心一意地把我的心思放在動畫上。沒錯，人生就是要過得這麼精采！

我是不是空有野心，但是事實上卻搞不清楚現實呢？回到韓國之後，我先領回了用船寄回來的行李，然後把行李拿出來，光把它們完全整整齊齊地擺回我的空間，就花了我三～四個月的時間了。然後在這個感覺有些不真實，還沒適應的新生活裡，光是收心就又花了我六個月。之前想出來的靈感也不是那麼容易具體化，在英國我抓不到那些在韓國想做的東西的感覺；在韓國想要以國外的經驗為基礎寫書，資料、經驗卻出乎意料地少。已經構思好的靈感，不管到哪裡都只是停留在靈感的等級而已，我自己到底想說什麼連我都不知道了。

就在這個時候，我在英國完成的《壽司初學者》在韓國出版了，我的手上也有了第一本畫有我的插畫的書。後來因為朋友的請託，我也畫了專輯的封面，報酬用五十張CD來取代。看了Color Project之後，某個出版社聯絡我，委託我幫他們畫書裡面標題內頁的插畫。這是一本以名人的名言為基礎，告訴大家成功之道的勵志類書籍，我把焦點放在那些名言上，挑出說這些名言的人物，然後用筆畫出線條畫，在上面用補色對比的方式上色，畫出了印象強烈的插畫。意外地出版社的反應也很好，一次就通過了。然而他們換了兩次設計廠商，封面樣品前前後後看了超過一百個，一下這個人好一下那個人好，光是標題就換了數十次，

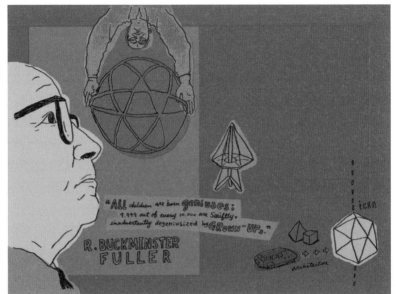

"ALL children are born geniuses;
9.999 out of every 10.000 are Swiftly,
inadvertently degeniusized by GROWN-UPs."

R.BUCKMINSTER
FULLER

architecture

《青春成功白
書》（三星出
版社）的標題
內頁插畫

最後出了一本和一開始的計畫非常不一樣的書。但是就在我做這
件事的同時，一直關注我的另外一組編輯向我提議要不要出旅行
散文的書。

　　這是我想要抓住的機會，也是我不得不抓住的機會。不管
是和誰一起合作，或是在哪一家出版社出版都沒關係，我就是
想出書。我做了很多Research，也很認真地研究。雖然內容看起
來有又難又晦澀的傾向，但是我自己覺得我正在計畫一個還不錯
的架構。然而那個編輯太高姿態了，一張嘴說得好像幫我一樣，
在連概念都還沒整理好的情況下，就一個勁地要求我給她看樣
本，這樣的態度實在是讓人感到很不滿，最後我還是放棄了這個
Project。反正我們也沒有簽約，只是我自己一個人傷心而已，沒
有什麼大問題。但是也因為沒有簽約，反而讓我更傷心。

　　本來還想說是個機會，現在事情成了一團泡沫，也讓我覺得
未來更加茫然了。

munge's story. 33

受到**廣島國際動畫展**的邀請

　　有一天我收到從日本飛來的一張邀請函。Final Project結束之後，我寄了很多作品給各地的動畫展，大部分大的展覽我都沒有被選上，雖然我的作品有在東區影展（East End Film Festival）、Paradise Gardens Festival、紅樹枝國際動畫節（Red Stick Animation Festival）等地方上映，但是因爲無法參加活動，所以沒有什麼眞實的感覺，這時候廣島短篇動畫展寄來了邀請函。雖然是邀請，但是因爲沒有被選爲競爭作品，所以對我來說沒有什麼很大的意義，我只是想在「學生之星」（Star of Students）Program中上映《dESiRe》。雖然不是一個非常榮幸的場合，但是因爲主辦單位答應會給我ID Pass，所以讓我心裡有些動搖。除了我之外，先從金斯頓畢業的前輩和朋友Jo的作品也被選上了。雖然主辦單位並沒有提供機票或是解決住宿的問題，但是光是發ID Pass給我就讓人覺得值得一去。雖然廣島動畫展我之前也去過三次，但是也只是爲了參觀而已，然而這次是因爲受到官方的招待，收到貴賓的ID Card。

　　朋友們和我約好在那裡見面，於是我就獨自一人先出發了。雖然睽違了四年，但是這次是我第四次拜訪那裡了。因爲是個小都市，所以我很清楚廣島在哪裡，但是平常總是一群人一起行動的地方只有我一個人，總覺得有點尷尬。而且又不是被選爲競爭的作品，這樣掛著貴賓的ID Card也讓人覺得難爲情。以前是爲了要和朋友一起行動，所以對展覽所準備的活動沒什麼興趣，但是

沒想到為貴賓準備的活動竟然這麼多。第一天是簡單的野餐，第二天是去參觀廣島的名勝，世界三大絕景之一的宮島和廣島城。剛好這些地方都是之前來廣島唯獨沒去過的地方，但是因為我之前沒有先預約，所以當天早上我在約定的時間到了約定的場所，想說搞不好會讓我去，還好沒什麼問題，於是我就參加了。導演、製作人、記者、觀眾齊聚一堂，有三台觀光巴士載著我們到處移動，每台巴士都各有五、六位志工跟著。到了港口，我們搭渡輪抵達了宮島。大鳥居，有大海中立著的一道大門的意思，聽說漲潮的時候就會浮在石頭上面，退潮的時候還可以走路到門那裡去。究竟哪一個時候看起來比較壯觀呢？

　　我們回到陸地上看完廣島城之後便回到展場，到的時候朋友已經抵達了。如果仔細看活動的節目，會發現沒有什麼事可做。活動的會場和市區有段距離，只有7-11和幾間小小的小吃店，沒有什麼可以參觀的地方。不只如此，只要到了九點，所有的店家就關門了，如果上映的作品結束的時間是九點半～十點，走出來可以吃飯的地方就只剩下便利商店了。所以這一次我要了個小聰明，決定只看競爭作品。好久沒來日本了，早上就應該要大啖美食、shopping和觀光才行啊！

　　相對地上映學生作品的節目反而沒什麼人氣，因為在同一個時間，大家都會去看稍微比較有結構的節目，或是覺得在那個時間應該要去玩。和播放競爭作品時，聚集了數千名觀眾座無虛席的盛況不同，上映我們作品的時候，觀眾席大概也只坐了一半而已。雖然是用寬螢幕製作而成，在轉換成測試版的過程中，有輸出成TV格式的問題，但是看起來不會很不自然，和在史畢茲美術館（The Spitz Gallery）上映時的情況一樣。這次我們仍然沒有開工夫觀察觀眾的反應，只是帶著緊張的表情屏息地坐著看而已。

　　看完之後，我反而可以用平靜的心情，放鬆地享受剩下的活動。我下定決心下次不要只是為了拍手而來，雖然這次也是我自費來的，但是也算是走到中間階段了對吧？讓我不禁又想，希望總有一天我的作品也可以在播放競爭作品的時候出現。

和Damien的緣分

　　和他第一次見面是在二○○○年廣島短篇動畫展上。那時候學校同學的作品被選為這個導演的競爭作品，所以就順便和朋友們一起去參觀。這個導演的《存在》在播放的時候，台下的觀眾一直不斷地在騷動，觀眾的反應實在是太熱烈了。嘻嘻哈哈、科科科科、噗哈哈哈——在隔天下午的記者會上，記者也蜂擁而來採訪這個導演。最後這個導演獲得了出道獎，別說是媒體了，就連在閉幕儀式上他的人氣也是最高的。

　　廣島短篇動畫展活動的高潮絕對是屋頂派對。這個場合日本人只要繳三千圓日幣，外國人繳一千圓日幣的會費就可以參加。這是一個把參加這個展覽的所有藝術家和觀眾聚在一起，讓大家自由交流感情的場合。最重要的是現場有豐富的食物和飲料，而且還是無限供應。但是在這個自由的空間裡，和陌生人熟稔對我們來說並不是件簡單的事。尤其是導演，雖然他處在人群之中，時不時就會有人向他搭訕，但是卻無法和對方聊下去。最後我們決定解散，各自去帶一個人來。當然我心裡在想會有那種厚臉皮的人嗎？結果沒想到其中一個在國外生活過的朋友居然帶了一個外國人過來。

　　他對導演的作品抱持著高度的興趣。因為自己的作品和他的作品在同一天上映。相較於那些和我們擦身而過的人，我們聊得算是多的了。他說因為他不會說日文，所以就把想說的話畫成畫

帶著到處走，而且還給我們看了他畫有玉米片和牛奶的素描本。
我們一看到他的素描本，馬上就能清楚地想起他的動畫是個什麼
樣的作品。是一部以線條畫為主，最後和實物合成的作品，我還
滿喜歡那個作品的，我也把我畫有卡通的素描本給他看。他說他
難得有休假，幾天之後也會順便去首爾一趟。人總是這樣，在那
天高漲的氣氛下，還有禮貌上，我說如果來韓國的話打個電話，
於是就留下了我的聯絡方式。

　　可是幾天後，有一個外國人打電話給我。我在想該不會吧，
果然是那天在屋頂派對見到的英國人。他剛好要去看白南準的展
覽，問我要不要一起去。我一一打給其他的朋友，但是所有的人
都不想和他見面。該死的，最後只有我了。

　　這樣尷尬的相處隨著時間的流逝，透過mail的通信也變成了
友情。除了對畫有興趣，也對插畫很有興趣的我和他所有興趣
的事情類似，而且他也有那方面的經驗，所以也成了我最好的顧
問，他就是幫我和金斯頓牽線的人。日後他跟我聊了他記憶中的

我，他說他在廣島動畫展的記者會上第一次看到我，他看我不斷地拍照，還以為我是那裡的記者。

　　Damien雖然一個禮拜也會去一次金斯頓上課，但是他也是一個製作公司旗下的動畫導演。他的辦公室位於市區的蘇豪，主要是在製作CF，或是創作短篇動畫。像他那樣適度分配工作和作品活動，對我們這些在賺錢的工作和個人創作之間產生矛盾的人來說，算是一個很大的啟發。因為通常我們很容易只偏重一方，因為在現實社會中很難抓到這種平衡。職場人只熱衷於工作，而業餘的人只滿足於個人創作，這就是現實。在工作的同時，每一、兩年就製作一篇自己的短篇動畫，實在是再理想也不過的事了。

Solo vs. Group

　　雖然因為拜訪了廣島心情好多了，但是我還是因為旅行散文Project的落空而陷入羞愧之中，總覺得我應該要做些什麼，我的腦袋裡浮現了一兩個已經展開而且屯積已久的許多Project。做不出成果來的靈感，並不會比一開始就什麼東西都沒做還要來得好。

　　當我每次陷入自己的疑問中，最後得到的結論還是自己作業。可以不用看別人的眼光，也不用給別人檢驗，別人也不會發現我只做到的中間階段的個人Project。而那時候我最需要的東西是自信心，也是完成構思的靈感之後，自我檢視完成的成果會如何的考驗。

　　一開始我自己去旅行的時候，讓我深切感受到的事，是一個人的快樂和一個人的不方便共同存在這件事。和誰一起去旅行，或是為了見誰而計畫的旅行我都從來沒有感受到不方便的感覺。但是自己一個人，從另外一個角度來說，就跟不方便沒什麼兩樣。如果比較這兩者之間的優缺點，感覺應該會是一個滿有趣的故事。就這樣我補了挑出來的清單之後，便開始著手Solo vs. Group Project。這是一個關於一個人旅行和很多人一起旅行的故事。包含封面在內，我一共畫了二十五組Solo和Group的對比圖，左邊那一頁畫的是Solo的情況，右邊那一頁畫的是Group 的情況，

我以卡通的形式來呈現，畫成可以相互比較的畫。把這個當成樣品，一定會自然而然領悟到把靈感視覺化的過程，此外也可以在這裡添加一些素材編成一本旅遊散文。反正夢想總是要實際點。

　　我也只是練習畫畫，因為我還沒有以插畫的方式一個景一個景地組織過，所以我又重新把我的卡通角色給找了出來。因為這段期間可以先不管卡通，因此我可以更進一步地專注在畫畫上，雖然這是一件很幸運的事，但是拋棄四年來已經成為我的一部分的卡通，還是讓人覺得很可惜。只是角色和逐漸完成的過程在按照原樣活用的另一面，我想擺脫以前畫卡通的方式，加入這段時

間一直練習的定點繪畫的特徵。我把完成的目錄搭配素材的內容，把這段期間用數位相機拍下來的照片資源當作材料來創作場景。這次Project的重點是排版和顏色。在表現生動的場所和物品的場景裡，我確實有把這段期間斷斷續續練習定點繪畫時所產生的影響給表現出來。還有這次我不再以周邊色為主的灰色調來上色，而是以補色和原色自然搭配在一起的色調來上色，這一定是Color Project的效果發揮了作用。

　　我把完成的圖用數位列印成明信片的大小，比起輸出列印，我反而比較喜歡數位列印。因為4×6的大小大概一百圓韓幣左右（約台幣三元），除了便宜之外還可以用螢幕確認色相，也可以印出更強烈的色調。我把這些畫做成一本方便閱讀的書，同時也公開在我的個人網頁上，在朋友之中也得到了不錯的反應。但是僅只於此，最後還是沒有人勸我把這個作品出成一本書。

Schedule ends up before 6 pm...

COOPER'S SNUGGERY

Party starts at Night!!!

Cheers!

kinox

Photography is Ur theme of the journey!

NIGHT OF THE LIVING THIEVES

GIVE WAY

LOOK RIGHT

LOOK LEFT

TOWN CENTRE

PEDESTRIAN WAIT

HAND CAR WASH

hurry UP!!

年薪韓幣五百六十萬元（約台幣十四萬六千元），這就是現實

　　結束了一年五個月的英國生活，回來的第一年，幸運地可以在兩本勵志類書籍的標題內頁畫上插畫，第一次作業的專輯封面也獲得了不錯的評價。雖然最後沒有成功，但是一開始也計畫過要出書，為了想做點什麼而蠢蠢欲動。經過一個月認真地作業，個人Project的成果也讓自己覺得很滿意。但是我一年所賺的錢只有韓幣五百六十萬。只有兩本書的插畫作業，就賺到了年薪五百六十萬。最多那兩個作業實質上所花的時間，如果抓得寬鬆一點──三個禮拜。如果想成三個禮拜賺五百六十萬元的確是個優秀的成果，但是想成那是一年賺的所有的錢，那麼可以說是最糟的情形了。

　　還好在我領悟交朋友的方法前，我先學會了自己一個人玩的方法；在啟發賺錢的方法前，我先學會了沒有錢該怎麼活下去的方法。因此這一年我一直都在進行個人作業，像這樣遊手好閒的日子，五百六十萬其實也不算太差。不過另外一方面，為什麼我心裡會覺得有種苦澀的感覺呢？

　　靠父母維生的我幾乎沒花到什麼生活費，我大概只賺到我自己的零用錢，如果省一點的話，一年三百～四百萬元就足夠了，我在英國生活的時候也是這樣。去英國留學平均一年至少也要花五千萬元到一億元（台幣一百三十萬～二百六十萬左右），但是

專輯封面的
插畫作業

　我包含學費在內，用四千三百萬元（台幣一百一十萬）撐過了一年又五個月，而且很拮据地還包含了我去旅遊的錢。當然我大部分的費用都省在吃的上面，更別說是shopping了。但是我還是覺得這不是我要的。

　　如果說這就是插畫家的人生，那麼跟沒有名氣的漫畫家的生活也沒什麼兩樣了。我並不是因為花了錢去國外念書，就抱著很大的期待，而是我剛好念的也不是插畫，覺得好像可以用動畫賺錢，可是念的也不是動畫，我只是用錢買我的人生而已，並不是買什麼經歷，然而現實總是悲慘的。

　　以前我曾經在一個新聞報導上看過，有很多人投資多少錢，日後就能享受多少優惠，也就是說，雖然期待過得比別人好，但是真的從國外留學回來，在那裡所用的經費，自己卻難以回收，因為時間也就這樣流逝了。不過才四千～五千萬，如果工作還算順利，心想一、兩年之內應該就可以回收了，但是如果是一年一億，十年的留學呢？

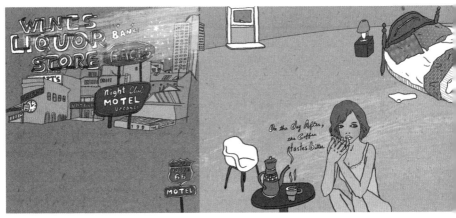

　　我把這段時間累積下來的韓國的基礎歸零,重新出發居然卻只有年薪五百六十萬。但是我到了好幾年之後才知道,我重新出發之後的成果居然也不算太差。因為我看我在國外念插畫的朋友回到韓國之後,要能夠以插畫家的身分接到一份不錯的Case,花上一年多的時間等待的情形也很多。也有朋友就算過了一年還是找不到一份像樣的工作,因為以插畫家的身分工作,是一個和生計有保障的職場生活距離頗遠的自由業者的人生。說的好聽一點

是自由業者，要是沒有辦法好好地上軌道，那麼實際上跟打工沒有什麼兩樣。而且去留學前沒有在韓國打下基礎的人更是如此。已經先以插畫家的身分活動了一段時間，然後再去留學回來的人，再怎麼說還是有以前的工作可以做，可以很輕易地繼續做著那些工作，但是如果是沒有工作經驗的人可就沒這麼輕鬆了。但是也不是說我執意要成為一位插畫家或是動畫師，而是就像機會造就了機會，讓我就這樣一聲不響地踩上了插畫家這條路。

sunni's class ⑤

準備第一本
繪本的時間

沃克出版社的Love call

　　想要《黑獅子》樣本書的編輯Maya先聯絡了我，因爲我才剛結束忙得昏天暗地的展覽季，所以她的聯絡眞讓人感到高興，同時，雖然很短暫，但是我的腦袋還是閃過了「我還眞的忘了呢」的想法。光是我去郵局寄樣本書的時候，心裡明明還很期待。她說因爲她正在和住在巴黎的藝術家一起進行出版作業，所以在前往那裡的路上和日本的編輯聯絡過了，希望我可以趕快打電話告訴她好消息，如果她從巴黎回來後，就可以馬上著手進行《黑獅子》的出版作業了，聽到這些消息我決定要把我因爲喜悅而怦怦亂跳的心情勉強壓抑到簽約的那一天。不過緣分眞是個難以捉摸的東西，也不是英國出版社，反而是離韓國很近的日本出版社；也不是在倫敦舉辦的展覽上看到，而是在義大利舉辦的展覽上看到之後而聯絡我。作業是英國編輯和韓國藝術家一起進行，但是書居然是在日本出版。要是我沒有來到倫敦，會有這樣的緣分嗎？這就無從得知了。

　　就在這段期間來了一封E-mail，是沃克出版社的首席編輯寄來的。內容是，「去學校看展覽的編輯向我推薦妳，我想看看妳的作品，請告訴我妳方便的時間」。我又確認了一次mail的地址，這的確是被選爲世界最好的出版社之一──Walker Books沒錯。沃克出版社從以前到現在都一直出版我喜歡的作家的書，

包括布魯斯·英格曼（Bruce Ingman）、卡爾·克涅特（Carll Cneut）、卡洛·柯洛迪（Carlo Collodi）、強尼·漢納（Jonny Hannah）在內，還有已經以世界級作家聲名遠播的安琪拉·芭雷特（Angela Barrett）、昆汀·布萊克（Quentin Blake）、安東尼·布朗（Anthony Browne）、約翰·伯寧罕（John Burningham）、《老鼠波波》（Maisy Mouse）系列的露西·卡森（Lucy Cousins）、莎拉·方納利、大衛·休斯、邁克·福曼（Michael Forman）等，這些像銀河的星星般閃耀的作家的書。我只不過是收到一封信而已，但是卻好像已經簽約了一樣，覺得心裡充滿了激動。我又再次平復了興奮的心情，雖然我告訴自己要冷靜，但是……但是這是沃克出版社啊！倫敦沃克出版社！

約好了之後，我抵達了位於沃克斯豪爾（Vauxhall）的沃克出版社，透過接待員呼叫編輯之後，當我一邊在等待，一邊翻閱著大廳上陳列的新刊的時候，有好幾種想法在我的腦海裡翻騰。「會成功嗎？他們會喜歡我的作品嗎？我展示的作品中，他們喜歡的是哪一件作品呢？」就在我漫無目的展開想像的期間，寄信給我的首席編輯，她留著短短的一頭白髮，打開了和階梯相連的門走出來，以歡迎的臉親自迎接我。之後我才知道她是出版界的老佛爺，擔任各種領域的審查委員，同時也負責諮詢，是地位非常重要的一位編輯。

雖然我沒有很準確地數過，但是出版社建築大概用了整整五層，每上一層樓，寬敞的辦公室就像迷宮一樣地連在一起，陳列著滿滿的書和角色造型，書桌和書桌之間的空間也有很大的空隙，看起來很舒適，讓我覺得很夢幻。之後幾次每當我來拜訪的時候，編輯總是會下來迎接我，還好有她和我一起上去，不然我一定會迷路，這就是一個這樣複雜的地方。連接的階梯多少有些狹窄，所以我們簡單地寒暄了幾句，我就非常辛苦地跟在編輯的後面。她說一開始自己也一直迷路，評審委員也常常搞不清楚方向。到了四樓打開門一看，又分成了左右兩個通道，看著她的手

勢說「這邊」，於是我便跟了上去，前面出現了一個寬敞的空間。露西‧卡森的「老鼠波波」展示版貼在天花板上晃動著，不知道是不是因為這本書是突破世界銷售百萬的暢銷書角色，所以才會占了這麼大的一個空間。真的確實有種來到了華麗的英國出版社的感覺。

和一兩位走進來的編輯打過招呼之後，我把我的作品集和作品攤在大桌子上，大概總共有六位的編輯和設計師一頁一頁地翻開來看。氣氛比我想像中的還自由，和以前在上班的出版社開會一樣，對我來說是一個很熟悉的景象，但是這股心情卻因為緊張感而一點一滴地消失。藝術總監像個少女般輕聲細語地問我問題，而印象冷漠的編輯連聲音都讓人感覺冷冰冰的。他們就這樣仔細地看了一陣子之後，她便單刀直入地拉出《黑獅子》的樣本書對我說。

「我們想要出版這本書。」

如果是其他樣本就好了，這讓我想起在巴黎出差，打電話給我的日本公司編輯。

「嗯……其實那本書的樣本有一間日本的出版社很感興趣……」

我的腦袋裡想著「這種情況該怎麼辦？」最後只好含糊不清地回答了她，編輯大概是以為我一口答應的樣子。

「如果在這裡出版的話，書就會外銷到全世界，妳有一定要跟日本出版社合作的理由嗎？」

她一臉毫無顧忌的表情，好像在說「我說合作就合作啊，妳還煩惱些什麼」的樣子，不知道這是不是高傲的英國編輯典型的態度，還是我看起來就像什麼都不知道的菜鳥，腦袋不清楚……大概兩者都是吧。我就好像得到全世界一樣，應該要帶著飄飄然的表情馬上在這裡抓住這個機會，但是我卻還在為了遵守對還沒簽約的另外一個編輯的義氣而猶豫。

把黑獅子換成黃獅子？！

　　沃克出版社的會議眞的就這樣草草結束了，一直到我走出出版社那瞬間，我想起了日本公司的英國編輯Maya，這些想法應該都是因爲我消極的反應才會出現的。沃克出版社的總編輯說要把資料寄給我，於是便問了我地址，影印了我其中的幾件作品。

　　幾天之後，沃克出版社寄給我的一張信封到了，是一張上面蓋有沃克出版社提著油燈的熊娃娃logo。雖然只要開始著手就一定會支付「開發費（development fee）」，但是上面特別強調，正在進行中的作品樣本書絕對不可以公開給其他的地方。等到事情進行到百分之七十的時候，才會正式寫合約書，但是我問了以在沃克出版社出版《Hot Jazz Special》聞名的強尼・漢納，他說一開始收了開發費，要一直到開始進入印刷才會正式簽約。開發費換算成韓幣大概是六十幾萬，上面還寫著另一條規定，要是中途告吹這種情形的話，可以不用退回開發費。

　　要是排除一開始猶豫不決的時間，從和沃克出版社開始合作之後，事情的進度就像螞蟻每次只走半步那般地慢。負責人常常因爲書展和紐約出差而不在，幾次會議之後，也開始要求修改原圖。那時候已經過了六個月的時間了，只要一次會議結束，回應的時間就會無限拉長。雖然我知道他們同時有很多書要進行，但是對我來說我不得不對時間這麼敏感。從金斯頓畢業之後，我在布萊頓唸MA課程已經半年了，可是書的作業進行只能用慢一個字

來形容，有一個曾經和沃克出版社合作過的日本學生告訴我一個悲慘的消息，他說他的書過了整整三年之後才出版，因此我心中對本來就回應很慢的這件事所感到的不滿就更深了，尤其是連藝術總監居然辭職這些事情，讓我覺得真的愈來愈不對勁了。

　　就這樣過了兩個月之後，我們又開了一次會。這次的會議內容又攪亂了我這段期間一忍再忍的心情，已經疲憊到不能再疲憊的我決定打起精神參加會議。不過就算把所有的問題都擺在一邊也好，但是怎麼能問我如果把獅子的顏色換成平凡的黃色如何呢？一聽到這個意見我的腦袋就像被閃電打到一樣，心裡除了挫折還是挫折。編輯說因為獅子如果是黑色的，很有可能會帶給別人可怕的印象，所以也很有可能會為銷售帶來不好的影響，同時還說因為這本書本來就已經不是迎合大眾口味的商業化作品，所以在銷售量方面很有壓力。

　　但是不行，獅子一定要是黑色的。黑獅子是一個不存在這個世界的概念化角色，牠沉睡在每一個人的體內。如果獅子變成黃色的，那就不是我所創作的故事了。我真的很認真地苦惱這件事，我覺得不管我再怎麼煩惱都已經為時太晚了，我也不知道我到底擺不擺脫得了那個束縛。這件事和一開始煩惱要選擇沃克出版社還是日本出版社出版，到底要和哪一邊簽約的時候比起來，反而有一顆更沉重的石頭壓在我的內心深處。這讓我想起我在提起英國出版社的時候，日本出版社那邊的編輯Maya已經看穿了我的心思，對我說就算有所失去也去挑戰看看，而且也願意為我加油。那天晚上我實在是無法入眠。

sunni's story. 29

來不及準備的東西

　　正逢屋漏偏逢連夜雨之時，我犯下的錯誤還不只如此。正當我還在煩惱的時候，Geoff寄來了一封mail。他說展場的學生轉達了一個消息給他，內容是M&C Saatchi那位「有名的」創意總監看了我在D&AD展出的作品之後，希望我能夠聯絡他們，叫我聯絡他的秘書，並且留下了電話。

寄件人：geoff grandfield

收信人：Jisun Lee

哈囉，Jisun

我是Geoff，星期二下午我從管理D&AD展場的Level 2學生那裡收到一張紙條。內容是M&C Saatchi那位「有名的」創意總監──葛瑞姆‧芬克（Graham Fink）喜歡妳的作品，希望妳能透過Victoria（我覺得Victoria應該是她的個人秘書兼採購負責人）聯絡他。所以妳就打電話給他們吧。我想電話應該是○○○○ ○○○○，應該在Google上面搜尋就可以了。祝妳好運。我下星期都不會走遠，所以如果妳想跟我談談作品集之類的事都可以來找我。

Geoff

　　但是要見到他真的很難。那時候我正深陷煩惱的爛泥中不可

312

自拔，對我來說，要聯絡個好幾次，但是每次還是聽到他透過他的秘書轉告我「因爲他太忙了請妳下次再聯絡」這些話，都讓我覺得很煩躁。是他叫我聯絡他所以我才聯絡的，到底他是在忙些什麼？不知道是不是出自於好奇，Geoff一直問我消息如何，又說不能這樣就放棄了，Geoff說這一連串繁複的約定過程是理所當然的事情。

　　超過十次以上的聯絡最後終於約好見面的日子了。雖然平常就沒什麼耐心的我在這段期間已經想過要放棄好幾十次了，但是最後帶著一半傲氣、一半好奇心成功地和藝術總監見到了面。雖然那位有名的總監工作的辦公室現在已經變成townhouse，聚集了許多頂尖的公司，但是以前是位於聚集了很多上流貴族房子的黃金廣場（Golden Square）上。公司職員用對講機告知他我已經抵達，於是我便暫時站在大廳等候，接著有一位長得很像薇薇安‧魏斯伍德（Vivienne Westwood）的模特兒般的秘書走了下來。辦公室裡的每個房間牆壁都是用大型的玻璃砌成，並且很有格調地擺滿了充滿設計感的家具。所有的東西都很現代，就好像走進了廣告裡的一個場景般。

　　藝術總監看起來就像照片裡的模特兒般帥氣且散發著魅力，之後我才知道他的經歷比我想像中的還要華麗。一九九六年他擔任D&AD有史以來最年輕的主席，至今每年都被選爲最具代表性的藝術總監。他獲頒好幾次各式各樣的獎項，連他親自拍的一張照片，也經常被當成包含Sony Playstation海報宣傳在內的許多廣告照片。他所創作的短篇電影也在全世界最頂尖的影視學院電影金像獎——頒發英國電影及電視藝術獎的頒獎典禮（BAFTA British Academy of Film and Television Arts）——被提名爲最終候選人。

　　我只是爲了要在這個人面前高談闊論關於他可能一點興趣也沒有的我的繪本作品的成果和意圖而來，但是我好像掉入了天眞的錯覺當中好一陣子，以爲滿意我的人是他們，感覺只要意思意思地給他們看我的作業就好了，更何況當時的我根本沒有多餘的

閒時間能投注在繪本以外的其他作業上，而且也沒什麼興趣。

接下來我和倫敦的週刊誌《Time Out》的總監見到面的事我也不多說了。因為對於我只準備了以繪本為主的作品集這種讓人無言的準備態度，自然而然會被別人罵。即使在D&AD展覽過後，我受到主辦單位的藝術總監推薦，獲得了可以上傳我自己的作品到人才庫（Talent Pool）上的大好機會。

人才庫就像在D&AD的官網上可以看到的一樣，是一個受到相關人士的推薦之後就可登錄上網，功能主要是利用網路的方式介紹新銳藝術家獲獎的作品，只要讓相關企業連結之後就可以看得到，而且在換作家的同時也會同步更新。我登錄了之後，一發現我的名字到現在仍然還留在網站上。

親愛的Lee Jisun小姐

恭喜您入選D&AD和AOI Image 32公開展。
我想邀請您加入D&AD的人才庫，人才庫是為了在設計、廣告、創意藝術領域獲獎，擁有才能的新人所設立的國際性展示空間。有很多主要的創意專家都會利用我們的網站招募新人，所以我們想要給您一個機會把您的作品展示給他們看。
如果想知道我們的網站是個什麼樣的地方，您可以上http://talentpool.dandad.co.uk這個網址看看。
（為了看這個網站需要經過一個非常簡單的登錄程序。）
因為您包含在AOI的發行刊物中，我們會把您當作獲獎人，因此您理所當然擁有展示作品的資格。登錄的程序非常簡單，最多上傳六張畫（或是影片），然後再回答幾個關於您所受到的影響這類簡單的問題，留下您的聯絡方式就差不多了。這項服務是D&AD免費提供的，您所需要做的事情就只是回信告訴我們您想要參加這件事即可，那麼我們將會為您登錄。
希望能盡快得到您的消息！

Rhiannon

教育‧專職開發經理，D&AD

　　最後我可以說是踢開了在那位聽說很有名的藝術總監面前，精采地自我推薦的機會，搞不好那是我這輩子遇不到幾次的機會也說不定。

　　M&C Saatchi的總監說，除了現在正在進行的繪本之外，如果我還有其他可以用在報章雜誌的畫，可以用CD或是作品集的方式，總之不管哪種形式都好，叫我寄給他，並且介紹了其他的藝術總監給我。但是那時候的我手上有研究所的作業和沃克出版社的繪本，還有和Maya說好的新作業要進行，簡直是心有餘而力不足。就算想一展野心，但是無法馬上把手上正在進行的東西好好完成所產生的不安感確實還要大更多。

　　當然我也很想挑戰所有的機會，但是為什麼我就不能再看得遠一點呢？從那時候算起，過了整整一年的時間，我漸漸開始想做繪本領域以外的東西了。那時候我的腦袋裡一個接著一個浮現了這些想法，為什麼我會摀住耳朵只看一個東西，為什麼我要等到時間過了視野才會變得寬廣，還是我的領域太過狹窄了呢？我不該只是挖掘我的深度，而是應該盡情地享受在新領域裡所累積的經驗……

　　但是我學到的東西比起後悔，反而是在失誤和失敗之中的不足。是什麼東西決定未來的我？比起「否認」自己愚蠢的行為，應該要「承認」失誤而選擇重新挑戰，還有用來熬過困難時刻的幽默和才智。要是我快點承認我無法更具有計畫性，無法再看得更遠的愚蠢行為，那麼我沉重的心情就會變得輕鬆一點，為了朝下一個作業前進，我的腳步就會更輕鬆一點。我還是想要像玩遊戲那樣地創作，就算太晚了，就算回不去了，我還是想在創作的那瞬間，盡情地享受那幸福的感覺。一直到我閉上眼睛，我都想要以幸福的巴巴奶奶的作家之姿活下去。（編注：巴巴奶奶，日本作家佐藤和貴子的繪本《好忙的一夜》主角。）

簽合約

　　因為沃克出版社提出的修正案好幾天睡不著的我找了Maya出來，她還為我帶了幾本公司新出版的書和文具用品，在她的這份好意之下，我便向她吐露了我心中的煩惱。因為Maya看起來還是一直很關注《黑獅子》，也很想知道現在是如何進行。

　　「其實沃克出版社回應太慢這件事讓我覺得很困擾，我的課程結束之後還要顧慮簽證的問題，像這樣長時間的進行真的讓我覺得備感壓力。」

　　「那妳就強硬地跟他們說，妳想要進行得快一點啊。」

　　「有一次我有這樣默默地暗示過一次，但是他們說我的書因為不是大眾取向的商業用作品，所以沒辦法加快腳步，說得就好像還有其他需要快一點出版的書一樣。」

　　「我不是說過了嗎？大型出版社只要妳不是明星作家，就不會按照妳的schedule來走。」

　　沒錯。Maya一聽到我說我的第一本書想要在英國出版社出版，就把所有的缺點都跟我說一遍了。她為了讓我和她合作而這樣說服我。

　　「第一，和大型出版社一起工作的時候，尤其是新人作家，妳個人的風格很有可能會被埋沒。第二，如果能不失去妳個人的

風格，先在其他的地方出版妳的書，之後再和大型出版社一起合作會更容易。第三，妳必須要考慮到第一個作業很有可能要花超過三年的時間。」

這些事都被她給預料到了，因為是她身邊的人親身經歷過的事，所以我不得不承認，與其說這是她所預想的，不如說根本就是擺在眼前的事實。但是即使如此，她還是說，在英國出版社，而且還是在沃克出版社，連她自己都想要挑戰看看，而且激勵我的人也是她。

我覺得我應該承認那時候我什麼都很害怕，我已經在英國生活了三年，在歷經這麼長一段的過程中，為了一本書，總不能一再地拖時間了。就算我說可以再忍受花更久的時間，但是我無法再忍受的是他們連故事的本質都想要改變。這不是說現在也無法修正的意思，如果修圖的理由妥當，而且我可以理解的話，那麼我當然會修正，但是只是因為為了要多吸引一些讀者，就說要把主角這個角色換成男孩，或是要把黑獅子換成黃獅子，我絕對無法就此安協。當找謹慎地提起關於「修止案」的事，Maya一聽反而比我還氣憤。她甚至還生氣地說，如果他們這樣說的話，那就代表他們根本就沒有徹底地讀懂這個故事，根本就是乾脆想寫另外一個故事。

那天，她突然邀請我去她位在天使區（Angel）的家，她說她的妹妹和朋友要來，說好要做義式燉飯給他們吃，希望我可以一起去。因為突如其來的邀請，也沒準備什麼東西，所以我便拖著死命阻止我的她到位於托特納姆（Tottenham）的一間亞洲超市去，買了覆盆子酒和按照種類裝得很漂亮的年糕禮盒。她把雞和蘆筍一起燉，直到肉汁流出來，這樣子做出來的義式燉飯在口中入口即化，沙拉也讓人讚不絕口。身為舞台劇演員，長得很漂亮的妹妹因為完全不會做菜，所以常常拜託Maya做飯給她吃，而Maya也以愉快的心情說會做給她吃，就像淘氣鬼的她看起來很不

一樣。在度過了讓人意想不到的快樂時光之後，Maya趕在末班車離開之前送我到等公車的車站。我們走在還算是長的小巷子裡，她對我說：

「sunni，今天我們談的事妳再好好想想吧。雖然不管妳選擇哪一邊我都會尊重妳，但是我是真心地喜歡《黑獅子》，也希望那本書能夠成為和妳一起合作的第一個作品。還有，我到現在還是沒有改變心意。」

我告訴她說，現在還無法馬上回答她，再讓我思考一個禮拜就好。雖然從一個禮拜延到了一個月，但是最後我還是在Maya帶來的那份合約上簽名了。其實我的煩惱一個禮拜就結束了，剩下來的三個禮拜，我向沃克出版社說明了我的意見和情形，取消了和他們的口頭約定。雖然在改變方向的過程中我也對我的優柔寡斷所造成的錯誤感到自責，但是也讓我重新省思了「日新又新」的精神，也就是賢人「每天修正自己的錯誤，並且在每天改正的過程中更新自己」的精神。

參加**倫敦藝術書展**（London Art Book Fair）

　　英國是藝術節的國家。規模大大小小的書展除了在倫敦之外，也會在愛丁堡、約克（York）、利物浦（Livepool）等各個地區多采多姿地展開。其中一九九三年首次舉辦的倫敦藝術書展雖然歷史不長，但是卻和歐洲規模最大的法蘭克福書展一起被譽為內容和形式多元豐富的書展。書展由馬庫斯‧坎貝爾（Marcus Campbell）集團贊助，它的旗下經營了一間叫作Book Art Books的藝術書書店；如果要買攤子，只要從三種攤子裡選出一種，然後交出參加申請書和經過預約程序就可以了。

　　我和朋友決定一起參加倫敦藝術書展真的是一個有很多好處的決定。書展在白金漢宮（Buckingham Palace）附近一間用當代藝術裝飾而成的文化中心——ICA（Institute of Contemporary Arts）舉行，展覽的時間為三天。來參觀的人多的時候，會場會擁擠到自己一個人招待會太過吃力的程度，加上為了要守著攤子，但是想看的作品又太多了，所以我和朋友只好輪流去吃飯，在另一個人守著攤子的期間去看看別的攤子。不但可以尋找關於作業的故事靈感，也可以仔細地看看其他藝術家們的作品，光是這兩點就可以充分說明參加這個書展的價值了。

　　攤子分成兩層的三個空間，偶爾也會看到韓國的藝術家。在韓國以Antic-ham這個暱稱聞名的韓國作家每年都會和她的男朋友一起參加書展，我也被她新鮮的靈感和源源不絕的熱情給震懾

倫敦藝術書展的
海報和傳單

住。包含在V&A博物館館藏的崔英主作家的作品在韓國就已經很有名了，從報紙頭條新聞中發展出靈感的她，出眾的感性讓人覺得既充滿了感情也充滿了樂趣。在藝術書書展自有一片天空，正在進行雄厚計畫的朴泳律出版社也展示了好幾位藝術家的作品，在書展的最後一天也沒忘記細心地發送印有作品的目錄給現場的人，每一件作品都散發著獨特的美感。

因為我們是第一次參加書展的菜鳥，除了參觀幾次之外並沒有什麼經驗。第一天湧入的參觀者就像這個書展的名氣般人潮洶湧，因為連續參加好幾年的作家很多，所以專業性顯著的印刷品和裝訂作業做得很精巧的作品櫛比鱗次，多元且獨特的作品也吸引了眾人的目光。連主修藝術書的大學也打起學校的名字占了一個攤位，甚至在歐洲頗有名氣的作家也參加了。從五英鎊的印刷小冊子，到價格足足有三千英鎊，在書展一開始便開賣，連看上一眼都很難的藝術書都有。也有作家像這樣各自拿出充滿自己野心的作品在現場販售。有一位很熱情的日本藝術家在大學畢業之後，連續好幾年都延長簽證參加了這個書展，每年以精巧的剪紙藝術書作品展現出新的靈感，最後也成了位於金石街（Brick Lane）一間美術館旗下的作家，嘗到了許多豐碩的成果。

雖然我沒有抱著特別的期待參加書展，從參觀的人的眼中可以看出我的作品如何，這點也很有意義，但是我所獲得的不只如此。和我一起參加的朋友的作品量不多，甚至還必須從塵封在抽屜裡的作品東挑西揀才行，也因為這樣結束了Project之後，那些從未脫離抽屜的作品才有機會大放光芒，有趣的是這些從未見光的作品，反而比以野心之作推出的主要作品還要更受參觀的人的喜愛。意外地人氣爆發的作品中，其中一個就是我用當初為了動畫作業創作的故事——《Night Night》作成的小冊子。因為是在很急促的情況下完成，所以輪廓的部分還留有黏答答的PVA黏著劑，但即使如此，參觀的人還是一張張地撕開來看，一直開心地

翻閱到最後，偶爾還有人發出小小的嘆息聲闔上書。有一個老奶奶蓋上了最後一頁之後，便帶著她已是中年婦女的女兒來看，她女兒看了之後又帶著她的小小女兒來看，我沉浸在看著這三代人一起享受閱讀繪本的光景，幸福得不知道該怎麼辦。有一個客人說想要買書送給媽媽當生日禮物，也有某個客人說想要訂送給奶奶的生日禮物。

因為我是第一次參加，所以只準備了販賣用的小卡種類，對於沒有辦法滿足特別喜歡我的作品給想要購買的人的需求，又讓我再一次自責在準備上的不足。如果硬要狡辯的話，我參加書展是為了展示，並且親自看看大眾的反應，也是因為要製作好幾本頁數這麼多的繪本樣本書，時間太短，不夠同時完成這麼多的工作。總之我不得不承認我知道參加的目的，但是徹底準備的專業精神不足。還有一個想買我的作品，提著007專用手提箱的紳士跟我說：「不是應該至少準備兩本展示用以外販賣用的冊子嗎？」雖然不是抗議，但是也算是一種抗議了。

最後第二天我把畢展的時候製作的娃娃、版畫作業、影印本等當作販賣用的商品擺在攤子上。不知道是不是因為無法買書，所以有很多人就算是一張圖也想買。沒想到影印本和娃娃很快就賣出去了，讓我覺得很驚訝。甚至有個娃娃因為我在做的時候不小心把一隻手弄斷了，可是還是有人說要買。我告訴客人這是我做錯的成品，所以我決定把價錢壓低，那個客人一聽便說：「這個娃娃是世界上獨一無二沒了一隻手的娃娃不是嗎？妳賦予這個娃娃的意義不同，它也很有可能是因為妳的失誤而誕生，也有可能是因為它是一個有個性的角色而活下來。我是因為喜歡這個娃娃才買的，我想要付和這個娃娃價值相等的價錢。雖然它少了一隻手，但是因為它本身就是個美麗的存在。」

他的話比任何錦言佳句或是忠告都還要讓人有很深的感觸，耐人尋味。他是真心的，也很真摯。聽了他的話也讓我重新思考，如果是失誤的話，那麼一開始乾脆就不要擺出來。帶著愉快

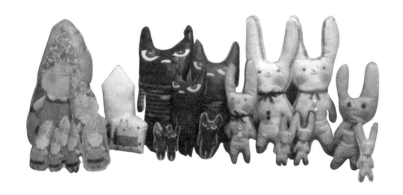

的心情想要買我的作品的人明明沒有這個意思，我卻說要把價錢
壓低，這樣不就等於對我的娃娃和這個人想要擁有的人的心意打
折扣嗎？所有的作品不管是大是小都一定有它珍貴的意義。總之
因為這個小小的事件，讓我獲得了能夠成為我靈魂養分的教訓。
賣出了所有當作販賣用的作品，甚至還賺了一筆展覽場地費和一
頓不錯的晚餐。那天晚上我和朋友帶著自我慶祝和自責的意義，
享受了一頓久違且華麗的晚餐。

有**經紀公司**？沒有**經紀公司**？

　　英國也和美國沒什麼兩樣，經紀公司的門檻很高。如果想要透過專業的代理人接插畫的case，必須要支付報酬的百分之十～十五作為佣金。以CIA經紀公司的情形來說，旗下有彼得‧布萊克（Peter Blake）、哈瑞特‧羅素（Harriet Russell）、清水侑子（Yoko Shimizu）、保羅‧斯萊特（Paul Slater）到大衛‧休斯這些光聽名字就能確定他們是值得認識的有名藝術家，光是每天在等面試的新人作家就有數十名左右。已經占據了許多明星級的作家，加上經紀公司的風格分明，對新人作家來說，要成為那個地方旗下的作家，形容為「比摘星星還難」也不為過。門檻高自然管理也很確實，CIA並不像其他的經紀公司那樣，只是在網站上更新作家的宣傳，對於旗下的作家還會定期製作高級的紙面宣傳品，並且發送到相關的企業，對美國的顧客也會有戰略性的接洽方式等，不愧是個名副其實的高門檻經紀公司。但是並非所有的經紀公司都像這個地方一樣有特別的經驗和戰略，因為要以明星經紀公司聞名，一定有它明確的理由在。

　　就算只看四周的情況，過了一年還是一事無成，以懶惰的態度為一貫作風的經紀公司也算比比皆是。因為有很多地方最終也只是確保有很多元的藝術家而已，事實上並沒有實力，只是虛張聲勢罷了，所以如果要考慮到和經紀公司一起工作，在簽約前一定要深思熟慮，當然一定要先對經紀公司有詳細的市場調查才

行。

我曾經從一家叫作PDF的經紀公司那裡收到一起工作的提議。一直以來透過秘書聯絡的那個地方的經紀人是個有名的人，曾被邀請到波隆納致詞，但是那時候因為我只致力於繪本作業，所以沒有特別感覺到經紀人的必要性。對我來說，繪本讓我有所獲得也有所失去，所以有一失必有一得，難道不是當然的事嗎？就連大部分的作家和出版社都說完全沒有必要在繪本中間夾一個經紀公司，而且沒有多少的版稅還要抽一半當作佣金，當新人作家在收到已經扣除佣金的版稅的瞬間，全都失去了鬥志。但是報章雜誌或是廣告部門和繪本不同，日程和規模也都不一樣，作業的費用更是天差地遠。因為工作的性質本身是一次性的，所以要是簽下了不錯的工作，因為不需要長時間配合，所以經紀公司的角色可能會給予很大的幫助。雖然對新人作家來說，這就像是夢一般的工作，但是也有像某個負責在Nokia的手機廣告上進行電腦繪圖作業的作家，用一張圖就賺了兩萬英鎊。

就算沒有經紀公司也有其他管道可以獲得有用的資訊。舉例來說，偶爾仔細留意AOI掌管的研討會，雖然需要支付十～三十英鎊的費用，但是也提供了相當不錯的資訊。一般來說，看正在進行的研討會內容，滿常會請到人氣作家來對談和最近有關的話題。像是「插畫家的生存之道」或是「作品集的準備」，或是「出版市場的現況」和「包含個人出版在內，關於出版的所有事」之類的主題，題目多少有些廣泛，但是講課的進行中也充滿了實用的資訊。

例如，在「插畫家的生存之道」這類的專題研討會中，可以親自和出版社的編輯見面，聽到關於該如何準備作品集和方向的建議；藝術家也會親自出席，為大家說明從如何進行第一次作業到他們進行過程中的經驗談。經紀公司也會派專家來說明，從佣金會收百分之幾，通常是和什麼樣的顧客合作，以及公司一貫的

戰略和經驗，還有關於喜歡什麼樣的作家也都會一一說明。

　　一般來說，雜誌或是書的封面、報紙等這類編輯作業的情況，從接單一欄位到每週或是每月進行的case，然後再扣掉佣金。一般來說，一欄經紀公司會扣掉百分之十～十三的佣金之後，再把剩下的金額支付給作家。也有些經紀公司除了經紀公司受委託而得到的case之外，連作家自己個人爭取到的case都要抽佣金。

　　以繪本的情形來說，經紀公司也會把佣金定在百分之二十～五十。繪本作業基本上是個要花一年以上，多少有些長的作業，所以出版社的編輯親自跟我說，可以的話，通常作家都不會透過經紀公司，而是直接對出版社作業；要不然就是自己可以順利地解決意見協調或是佣金的問題。聽了這些話之後，我才會沒有想要透過經紀公司來接案的念頭。就算文和圖都是自己創作的，藝術家所收到的版稅不過是書價格的百分之五～九，如果還要扣掉一半的佣金，不就代表連一個月的生活費也賺不到嗎？當然跟韓國比起來，這裡書的價格比較貴，所以版稅也會拿得比較多，但是就算這樣對插畫家來說，英國同樣也是惡劣的環境。從布萊頓畢業之後出了五、六本繪本，褪去新人作家的頭銜，現在也為人所知的蜜妮·葛瑞（Mini Grey）的情形，聽說也是「一定」要繪本作業和同時在學校裡面教書，兩者並行才能勉強餬口。如果不是暢銷作家，是絕對需要兩份工作的。

　　很開心收到經紀公司的聯絡，開始步入正軌的幾個認識的人或是英國的朋友之後的發展情況也並不是那麼地順利，必須一再地度過無聊的等待歲月。一年都沒事做就這樣過去了的情形是家常便飯，此後只要有工作進來，就算是幸運的了。至少需要忍耐三年，這就是基本的市場生態。

　　讓我們來看看和經紀公司一起工作的優缺點吧！優點的話，在宣傳的時間可以更專注於作業，做更多的事，畢竟這和收入有

直接的關係；也可以節省和顧客開會之類作業以外的時間；還有彼此有矛盾或是意見差異的時候可以透過代理人解決，所以壓力會比較少，這些是優點。缺點的話，很有可能會失去和好顧客見面的機會，收入可能會因為佣金而減少，無法直接溝通，這些都是有經紀公司的缺點。

　　所以對來這裡念書，只會短暫停留的異邦人來說，現實的狀況更是不利。但是如果有經紀公司聯絡的話，一定要仔細地了解關於公司的所有細節之後再決定要不要一起合作會比較好。和經紀公司維持良好的關係，對插畫家來說非常有用也很方便，但是要找到合得來，而且非常符合自己需求的經紀公司，絕對不是一件簡單的事。所以一直到出版為止，一邊經歷和經紀公司的意見衝突，一邊反覆摸索累積經驗也是件不錯的事。反正也沒有什麼特別的損失，只要不要過度期待，也可能會發展出意外的成果。

和經紀公司簽約時要考慮的事

為什麼需要經紀公司？

這家公司的評價好嗎？

會持續地讓我工作嗎？

能夠充分了解藝術家的作業，使其有所連結嗎？

關於簽約所支付的費用穩定嗎？

關於個人所接到的案子可以不用支付佣金嗎？

宣傳具有戰略性、積極性嗎？

溝通順利嗎？

工作的種類主要為何？

旗下的藝術家有誰？

工作的規模和量適當嗎？

佣金是多少？

會為了作家持續宣傳嗎？

需要適度地負擔宣傳的費用嗎？

皇家藝術學院入學考試

　　RCA是讓我周圍幾個認識的人踢鐵板的學校。只對插畫系本身有興趣的我，事實上對傳達設計系（Communication Design）沒什麼興趣，也沒有相關的資訊。只是每年我都會一邊聽到像是「沒上」「又踢到鐵板了」這類的牢騷，一邊好奇這所學校到底是個什麼樣的地方？小時候我喜歡的彼得‧席斯（Peter Sis）、A-list插畫家昆汀‧布萊克、躍升為明星的莎拉‧方納利出身的學校。RCA沒有學士課程，只有碩士和博士課程，而且很難進去，就算進去了，也必須歷經一段艱辛的訓練過程。

　　通常英國的學士課程是在六月結束，而RCA通常在一月的時候招生，比其他學校開始接受碩‧博士課程申請的四～六月還要提前了好幾個月開始進行，所以想要申請RCA的話，因為這段時間既是畢業考，也是畢業展的時候，在這最忙的時機甚至還要同時準備入學考試，或是在畢展之後還要再等上七個月。不管是選擇哪一種方式，總之都不是普通地傷腦筋。

　　有一天我正在逛布萊頓一間我常去的vintage shop接到了朋友打來的電話，她跟我說她想要再挑戰一次RCA。那時候她已經進了別間大學念研究所，但是即使如此她說她還是想要再挑戰一次看看。

　　「什麼？妳不喜歡現在這間學校的課程嗎？都已經半年了，

RCA的畢
業展一景

不覺得可惜嗎？」

「要是通過了，現在正在念的這所學校應該會退還一半的學費給我不是嗎？」

「如果妳真的這麼想考的話，那妳就照妳想做的去試試看吧！要不然妳真的會悶出病來。」

因為學校的名聲，我自然不會放過RCA的畢業展，想去一探究竟。學校的位置在皇家阿爾伯特音樂廳的旁邊，在這裡舉辦的展覽是畢業季最大的活動。他們標榜自己的設計絕對不輸給每次要花很多錢進去的美術館，每一件作品都要求跟專業人士一樣，

盡量做到完成度夠高，從這點也可以很明顯地看出他們挑選作品的意圖。以商品設計的情況來說，他們也明目張膽地對外喊話，如果作品夠好，只要向歐洲有名的設計公司提議，就可以獲得展示作品費用的全額贊助。受到許多企業和團體雄厚的贊助，也是學校展覽中最多人參觀的展覽。

我曾經問過沃克出版社的總編輯他們主要都會去看哪一所學校的展覽。她說通常時間允許的話，他們會去看三、四所學校的展覽，還說RCA、金斯頓、布萊頓這三所學校一定會去看。這裡的金斯頓和布賴頓指的是BA課程的畢業展，因為MA課程的人不多，所以不會特別去看。

「sunni！妳也申請看看嘛！還剩下三天，我們一起去交報名表吧！」

「我現在上課上得好好的，幹嘛要去考試啊？」

「不過妳不好奇嗎？反正試一次看看也很有趣啊！沒上就算了，上了的話也是件好事啊！哈哈，妳就當作是來陪我的，我們一起申請看看嘛！」

正如她所說的，我真的很好奇RCA到底評分的標準是什麼、需要具備什麼資格、為什麼這麼難考等等。因為有好幾個重要的條件不符，所以沒辦法考試也讓我覺得非常可惜。最後我把寫得密密麻麻的好幾張申請書，還有為了畢展拍的作品幻燈片和說明書等一起交了出去。又不是跟著朋友外出shopping，在回來的路上我還是覺得我好像是在做白工一樣，但是在和朋友聊天的過程中又讓我更好奇了。接著也還需要交作品集，不光只是交最終完成的作品而已，而是連素描本、繪圖冊都要一起交出去，因為不只是完成的作品，就連這些東西也能確實地傳達作家的意圖和感覺，所以讓我覺得這也是一種很好的評審方式。

過了一陣子，我收到了從RCA寄來的mail。在我點進去的那一瞬間，我看到的開頭第一個字是「Congratulations」。如果開頭看到的是「Sorry」或是「Regret」，通常就會被認為是拒絕或是壞消息的意思。信裡的內容是我通過了第一階段的書面審查，按照安排好的面試日期，會寄給我一張通知書，幾天之後我就收到了內容相同的資料。我的朋友在資料審查的時候就被刷下來了，她自己給自己下的評價是作品量和藝術性不足，從今以後不會再抱任何的迷戀了，將會繼續投入現在手上正在進行的作業，已經完完全全地放棄了。

面試的那天，我一走進指定的地方，我眼前就看到了一張非常大的桌子上面擺滿了我的作品。別說是各種樣本書，就連放在資料夾裡的小張的素描也擺在上面，不知道是不是被一張張地拿出來看，連零散的畫也露出了一小角來。之後我聽說在面試前，教授們會仔細地分析學生的作品，並且交換意見。我帶著微笑和每一位教授握手之後坐下，教授們看起來就像大企業面試的主考官一樣坐成一排，又犀利又兇狠，一副想把我看穿似的眼神全都向我投射了過來，唯獨只有一位教授的臉上掛著笑容，並且對我的作品問了好幾個問題，像是關於作品的意圖和特定場面為什麼要那樣表現，還提起了我以首席畢業的事，也問了我畢展之後要做什麼。

奇怪的是，像這樣緊張的情況下，我發現偶爾我反而會變得非常冷靜，並且享受當下的情況，像這次的面試也是這樣。就在快要面試的時候，見到教授們的臉之前稍微緊張了一下，但是當我看到他們，笑著和他們對到眼的那一瞬間，不知不覺我也忘了我自己正身處於面試的當下。我也沒忘了提起我對繪本所抱持的特別的喜好之情，還問了如果在必要的情況下是否有所謂的Join Program可以使用其他系的器材。看著教授們為了面試認真地分析每一件作品的樣子，讓我覺得或許RCA的名聲不是浪得虛名。

面試一結束，我被助教拉去的地方是電腦室，有一場專門給

國際學生考的英文作文考試在等著我，在毫無準備的情況下，我被帶到這裡，配合出好的題目，在有限的時間內完成一篇短文並且交出去。交出去的作文會送到IELTS出題委員會，等到分數出來之後，才會通知是否合格。

　　合格的資料一直到了面試之後的兩個月才抵達。那時候正值四月，我正在忙布萊頓最後階段的作業，這次我又看到了「Congratulations」。收到了合格通知書一看，突然腦海中閃過了一個想法，「要是我還沒開始布萊頓的MA課程，我還真的想去看看」，這個本來沒有的欲望，是因為看了貼有RCA的標誌貼紙的資料所以才甦醒過來的嗎？即使如此，我還是無法把布萊頓一年的課程視為無物，如果我在布萊頓支付的學費可以全數退費的話，或許我會改變心意？或是如果正在漸漸掏空的存款夠充足的話，搞不好我會再次以RCA的學生身分勇敢地挑戰看看也說不定。

　　收到合格通知書好一陣子之後的那年九月，正好是我準備布萊頓的展覽忙得暈頭轉向的時候。那時候幫我交麥美倫展作品的Rose傳了一封久違的簡訊給我。

> 嘿，sunni！哦哦哦！妳也上了RCA嗎？

> 想到要和妳一起上課真開心！

　　是她看到學校工作室上貼的「新生名單」就馬上傳來的簡訊。我跟她說我不會註冊，她聽到我的回答似乎難掩失望之情。她間或傳來的簡訊說她因為每隔幾天就要做一百張畫的Project，每天都過著很緊繃的學校生活，顯露出她疲憊的神情。她最後休學了一年之後，又平安地畢業了，現在正活躍於她的個人活動中。

munge's class ❻

新的計畫
一個接著一個

去澳洲旅行

　　一迎接我回到韓國的第二年，我就準備去旅行了，大家都說就算長期留在國外回來之後，那個藥效也過不了一年，可以說是有種心癢難耐的感覺嗎？總之不管怎麼樣被我逮到出國的機會了。朋友拿著Working Holiday的簽證在澳洲居留，在她的甜言蜜語哄騙之下，我便什麼都沒想就打包了行李，因為反正我「這麼閒」。

　　雖然我在冬天出發，但是澳洲因為是夏天所以很溫暖。雖然在大冬天我自己一個人到歐洲旅行，冷得我難以忘懷那種感覺，但是澳洲的天氣卻溫暖又和煦。要是平常的話，我應該不怎麼喜歡這種充滿慵懶、無聊、沒事幹的氣氛的國家。但是多虧了這種安逸的感覺，我可以放心地坐下來看書或是畫畫，不管做什麼都很剛好。該怎麼形容澳洲好呢？澳洲就像是在英國和美國那種像炒碼麵一樣混雜的氣氛中，再加上一點鄉村味的國家。街上混雜著歷史悠久的洋式建築和充滿現代感的建築物，而定點素描的基本就是建築物。我在草地上鋪上一張beach towel，躺著看書要是看累了就畫畫，如果沒了畫畫的題材還可以寫寫日記。沒什麼事做，一直以來活得這麼寒酸的我竟然會有這種閒時間，還真不錯。

　　澳洲所謂的Working Holiday簽證，是指只要是三十歲以下的年輕人就可以有一年的時間在這裡一邊工作一邊生活。所以別說

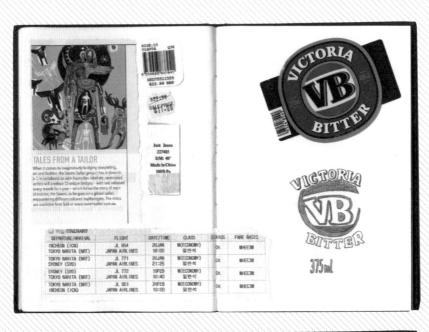

是果園了，就連澳洲式的青年背包旅社都擠滿了年輕的臨時工觀光客。他們在每個都市裡各停留幾週到幾個月的時間到處遊歷，如果半途經費不足，他們經常會幫忙整理床或是幫忙打掃來換得免費的住宿。他們的生活通常就是兩腳一伸睡得很晚，要一直睡到下午才會慢慢起床去吃飯，然後稍微做個幾小時的工作，回來之後聊天聊了一陣子就等待夜晚的來臨。然後到了晚上，經過精心的打扮之後便前往夜店，跳一整夜的舞和喝一整晚的酒，一直到凌晨才爬回下榻的地方睡覺睡到隔天早上，這就是在澳洲很常見的外國年輕人的樣子。雖然和關在農場從凌晨工作到深夜的韓國年輕人的風格不一樣，但是不管是哪一種生活我都不羨慕。

如果我二十出頭，而且我也有這種機會的話，我當然不會放過這個機會。不需要自費，在國外一邊生活一邊學英文，還可以交朋友，累積各種經驗，沒有比這個更好的事了。但是當然這種「好事」是有陷阱的。一邊悠哉悠哉地玩，一邊只是單純地交朋友，這樣是絕對無法學好英文的。如果沒有在學校接受有體系的

教育，也只能學到路上低檔的用語而已。看著對未來一點想法也沒有的孩子，我和我朋友都覺得絕對不能這樣子活著，但是我們會這麼想也是因爲我們年紀都已經很大了。

　　當我正在旅行的某一天我收到了一封mail，是我在英國的時候，爲了想和我一起合作，一年半的時間都在請我吃飯喝酒，在我身上下了不少功夫的編輯。即使我在旅行中，編輯還是把才翻了一半還沒翻完的原稿寄給我，要求我幫他看。我還想說我一個月之後就回去了，會不會太離譜，沒想到我看了幾張寄來的小說，發現我實在是太喜歡了，所以就花了高額的錢，在A4紙上把密密麻麻的內容給印了下來。這本小說實在是太好看了，後面還沒翻完的部分實在是讓我好奇到快發瘋的境界。於是我決定一回到韓國就馬上開會。當旅行快結束的時候，朋友打電話給我，跟我說就在我去旅行前，之前做的廣告通過了，決定每個月都要和我合作這個case，於是我一到機場就馬上出席會議。我就好像被什麼給迷惑似的，當我開始連續著手進行作業，又馬上接到了其他的邀約。

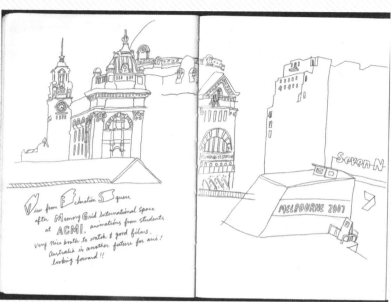

View from **F**ederation **S**quare
after **M**emory **G**rid **I**nternational Space
at **ACMI**, animations from students.
Very nice booth to watch & good films.
Australia is another future for ani!
looking forward !!

Seven-N

MELBOURNE 2007

Things I didn't need here at all.

Use-less

water color $

brush

I never colored my drawing... hmm.

98 color pencils
I bought here
but didn't use.

make - ups
never wear
them

oil pastel.
I even brought
pastels which I hardly
use back there.

30 B&W, color films
& cony camera

my digit camera
worked so well !!

too many pouches
I didn't need them all

too many clothes
(not actually,
but because I
bought some here)

extra pens.

scarf
but the other one
was SO useful !!

regular towel
sports towel worked
great, plus I bought beach towel.

short pants
the weather was
mostly like I
need long pants
which I don't have!

cap
just one was
enough

watch
my most annoying,
but my sewing mobil
replaced the million

UK
orange phone
Sim card didn't work
out on my mobil,
Sim locked.

means,
connector too.

Needed

$ soap
soap

proper shampoo
body gel makes my hair
stuck to each other.
and mostly it's running
OUT!

body lotion or face
lotion, hand
whatever I need one.
too dried out!

long pants
cold !

1G memory
but not
necessarily

That's all I need?

I'm pretty well prepared,
then !!
⑤ 5th Feb 2007 Mirage

Boarding calls are not made in this area.

Still 4 and half hours left before board to Christchurch.
@ Wellington Airport.

↑ Gate 13
AIR NEW ZEALAND
NZ5055 21.46
Fly to Christchurch

CHC
NZ5055

STOP

5th Feb 2005
it was the worst spaghetti I've ever had!!
Yea. Of course, cause there's nothing in it.
the sauce was nearly there too.
at least some bubbles been in stew!
that was I need!

Spaghetti with thinned and extras
What if I had a can of tuna couldn't be better

What I need is a just can of
TUNA

Desert heart in 35°f
5th Feb 2005 manga
in lounge

playing pool in the...

I went to Robert Mitchell Art Gallery which I arrived to see the other day - but it was temporarily closed - so I spent some time in Botanic Garden & a cup of coffee at Starbucks...

Worcester St

Oxford Tce, Christchurch
Cathedral Square

AKAROA
french connection
via Bank Peninsula

Akaroa, such a small town, but beautiful...

5th Feb 2005 manga

Tokyo
I slept from 10.45 to 6.45. I woke up early but I slept well...

Tokyo Tower → Christmas
@ the Black Rabbit...

Anyway - the hotel - Nikko Narita was great...

and watched Ray X 3 and SMAP SMAP...

19FEB
VIA
20FEB
TO
ICN

JL 436432

JL 436393

ICN via NRT

lots of people are lying down to tan & surf...
But for me, it was a bit cold.

125 THE CHARLESTER

the 18th Feb 2001

18th Feb 2001

PHILADELPHIA CANDY STORE

● VICTORIA
State Library

The Rocks
18th Feb 2001
very Peaceful Sunday

LIFE JACKETS
ARE UNDER THE SEATS

MANLY FERRY

Australia's day JAN 25th

need to have more
private time to DRAW

Racine bar & café

need Sunshine !!

Australia's
Best Lager

No.1

Boardriders
Headquarters

Room 110

工作一個接著一個

　　委託我畫《壽司初學者》插畫的編輯在隔了一年之後打電話給我，她說她又跳槽到別家出版社了，她在我的個人網頁上看到Solo vs. Group，想要馬上叫我用同樣的風格幫她畫小說的封面，所以才急急忙忙地聯絡我。因為我沒有畫過封面所以有些猶豫，但是因為她要求我以個人Project的風格來畫，所以感覺不難便答應她試試看。我連讀原稿的時間也沒有，就必須在五天之內要畫出兩本小說封面。結束了關於內容所需的非洲Research之後，我馬上就定好了概念。於是《非洲酒店沒有賒帳這回事》（Broken glass台譯《打碎的玻璃杯》）和《豪豬回憶錄》（Mémoires de porc-épic）的封面就誕生了。

　　巧的是第一次向我委託書裡插畫的人也是她，第一次向我委託封面插畫的人也是她。雖然不是刻意的，但是無意間她也算是讓我以插畫家身分出道的人。人的緣分真的是難以預料。沒有什麼特別意義的相遇居然賦予我全新的機會，怎麼看都好像是小說裡會出現的情節。所謂的機會就是在這樣並非刻意的相遇，並非刻意安排的時間下出現。雖然我也期待真正的機會總有一天會來，而且還下定決心等待，但是最後因為實在是太渺茫了，於是等著等著就累了。

　　雖然我也在想，就算她給過我一次值不了多少錢的封面插畫機會，有什麼了不起的？但是不對，因為那的確是一件很了不

讓我開始展開插畫工作的作品〈Solo vs. Group〉（右）和《非洲酒店沒有賒帳這回事》封面的插畫原稿（下）

起的事。大部分想要成爲插畫家的人都抓不到可以出道的機會，所以不是浪費了好幾年的時間，要不然就是最後根本當不了插畫家的情形也很多，加上這絕對不是說一次機會就可以一勞永逸的事。不知道是不是因爲很滿意這個封面的作品，所以這個Project一結束，馬上同一個出版社的另外一組又來委託我了。

　　書出版了之後遍布了書店，但是不知道是不是因爲非洲出身的法國人寫的小說的緣故，並不是那麼地受大眾歡迎，宣傳新書的期間一結束，這本書馬上就從書店的貨架上消失了。然而不知道編輯們是在哪裡看到那本書的封面，竟一位兩位地陸陸續續聯絡我。出版插畫的特徵正是如此。直到書出來了開始占領貨架才會開啓下一件工作的門路，就這樣一個接著一個，封面插畫作業的case開始多了起來。所以第一年我所做的封面插畫就高達十五件，以出道來說算是不錯的成績了。

　　每個月連載的廣告作業也隨著歷練不斷增加，實力也一直在變好。一開始我完全抓不到該如何詮釋咖啡，一張圖的結構該怎麼設計，每次要以新的風格呈現出什麼東西，加上每二、三天就必須要消化二～三張的畫，這樣的廣告特性也不是那麼容易就可以適應。因爲我本來就不是很喜歡花時間一邊慢慢提高完成度一邊作業的人，我總是喜歡速戰速決，盡可能地提升最高的專注力，一口氣把作業完成。但是在開始進行作業前，我的風格就是在充分的時間內構想，然後再用腦袋把我的構想全都轉過一遍。

為了廣告專門企劃公司Creative Air所畫的雜誌廣告插畫集合。

從這方面來看，總是進行得很急迫的廣告作業，我並不是很容易就能夠適應。但是廣告也是一個對培養實力最有效果的媒體，因為為了獲得每次分析其他咖啡，和每次開發其他新風格的機會並不多，我也不懷疑我愈做實力就愈好。當然這並不代表我每次最後完成的作品就是最好的，在某個瞬間發揮自己的實力之後，自然就會在某個瞬間再次找回自己的穩定期。

告吹的計畫，還有新希望

　　以前一起工作的PD聯絡了我。他每二、三年，只要時間一到，他就會突然開始巡迴公演，然後我就會以其中一個認識的人的身分去蹭一餐，即使我從英國回來了也會去找他。正當《神之雫》在韓國掀起一股熱潮，紅酒的人氣也漸漸地愈來愈高漲。藉著這個成功的例子，和紅酒相關的漫畫也如雨後春筍般地冒出來。當然除了李元馥老師的《紅酒的世界，世界的紅酒》等寥寥可數的作品之外，其餘作品都失敗了。繼《你是我的彩虹》（台灣大田出版）的成功之後，非小說的卡通散文人氣高到連教保文庫展示用的貨架也另外準備，不得了到在網路上活動的所有卡通作家都出書了，但是最後除了幾本以外，剩下來的就跟完蛋了沒什麼兩樣。我的第一本書《憂鬱》也是在這種背景之下才得以出版。

　　PD之所以說要和我見面，是因為要叫我和他一起選一個像紅酒一樣的資訊，而且帶有趣味性的題材，然後以卡通的形式出一本書。剛好那時候我對無業遊民生存之道、不花錢旅行、地下樂團的故事、摩卡壺（Moka Pot）和手沖濾泡式咖啡（had drip Coffee）等主題很有興趣。雖然我並沒有以任何一個主題累積足以出版成書的故事，但是似乎只要有一個足以作為開頭的故事，就能充分想出之後的內容了。在那之中尤其以咖啡在種類和萃取的方法最為多元，可以寫故事的題材似乎還滿多的。我從英國回來的時候在拍賣期間買了摩卡壺，從那個時候起，我才知道，從我

之前就在使用的濾杯（dripper）和法式濾壓壺（French press），到我從網路上知道的冰滴咖啡（dutch coffee），意外地，我的生命中還滿多各式各樣泡咖啡的方式呢！加上剛好和我很好的朋友都愛上了咖啡，彼此就好像是在競爭一樣，常常炫耀彼此泡咖啡的技巧。我在想單純畫咖啡的道具一定很有趣，加上以和道具有關的故事為出發點來詮釋咖啡，感覺好像也很有趣。大部分寫咖啡的書基本上都是以生豆的原產地、咖啡的menu等這類基本理論為主，加上專家們說的話和像我這樣的一般人的距離太遠了，所以無法反應已經以網路為中心產生的咖啡迷的喜好，於是我便開始投入關於咖啡的Research。

　　我所知道的東西真的只是冰山一角而已。網路上真的有很多種的道具、很多元的方法，和各式各樣的技巧。尤其是海外關於咖啡的網站上所提供的情報既有體系又多元，在查資料的過程中，我也聽說那時正在製作一部關於咖啡的電視劇，隨著《太王四神記》的播出無限延期，取而代之的是一部叫做《咖啡王子1號店》的電視劇。如果咖啡書能夠趕在這齣電視劇完結篇之前出版，感覺應該會有不少的影響力。當然，不管怎麼樣這都只是心願清單而已。電視劇預計會在一個月之後播出，而我也才剛開始進入Research的階段而已。大概很多出版社也為了要配合這部電視劇而忙著準備出版相關的書籍吧！當然那時候沒有人會知道這部電視劇竟然會這麼紅。

　　就在企劃也要結束之前，這個Project發生了危機，就是找不到負責寫卡通文的作家。雖然PD有想好要由哪個作家來寫，但是那位作家以交通事故為由拒絕PD的邀請，那時正好是大家都對咖啡沒什麼興趣的時候。尤其除了自動販賣機以外的咖啡都不怎麼喝的男人更是如此，最後我們決定在沒有作家的情況下進行，但是這樣一來不就代表圖文都要由我來負責嗎？

　　透過資料調查後完成的企劃，目前還沒有任何人試過，只有專屬於我的概念而已。但是我想要詮釋的方式不是卡通，我也還

沒有像小說家那樣可以編出一篇故事來的實力，我想做的只是一本以插畫來詮釋的散文書。用找不到韓文字的品牌和咖啡道具填滿的目錄，包含生硬資訊的幾行文字，還有其中幾張最值得一看的插畫樣圖，於是我就帶著這些東西，和PD、出版社的人見了面，但是還是毫無進展。PD想要卡通，我想要散文，就這樣我們彼此帶著不同意見，而咖啡Project也在第三次見面的尾聲不了了之。

　　從我開始畫卡通的時候開始，我就常常聽到人家說我的畫散發著奶油的味道，不知道是不是因為這樣，所以主要委託我畫插畫的都是西方的翻譯書籍。但是那時候還是日本小說盛行的時候，所以有個出版社委託我畫一本日本小說的封面。雖然我個人對日本文化還滿有興趣的，但是問題是散發奶油味的我真的畫得出東洋味的畫嗎？還好出版社說並非一定要以東洋的方式來詮釋，因為這句話於是我便接下了這個case。一開始我因為抓不到方向而感到徬徨，即使出版社說不一定要是日本風，但是我還是擺脫不了我對日本的成見，找不到屬於我自己的風格。於是我拋棄了以日本娃娃為主將版面填滿的這種無知的方式，把重心擺在

書的內容，把概念改成躲在壁櫥裡的小女孩，於是我也漸漸地抓到插畫的重心。相反地我以和小說內容無關的一九六〇～七〇年代的日本小物來裝飾房間和壁櫥，我利用日本的圖樣，默默地展現我的獨創性，但是總覺得還是有什麼地方不自然。但是因為找不出小千代動作不自然的地方，於是我便直接帶著她去工作室找負責的編輯。我們兩個怎麼找就是找不出那一點點的差異在哪裡，只能和螢幕對看。最後我們小千代左右旋轉，Bingo！那一點點不自然的差異就這樣莫名其妙地被解決了。

在編輯抵達前的十分鐘內就把問題給解決的我開始對她說了兩個小時的「話」。我跟她說最近我有一個個人正在進行中的Project，於是我便把咖啡Project的事告訴了她，而且也把插畫的樣圖拿給她看。編輯說這個Project的概念獨特，看起來編輯似乎很感興趣，尤其是編輯很滿意插畫樣圖的眼神！她說下星期開企劃會議的時候會提提看，於是便帶著樣圖離開了。

而且就在下個星期，編輯打了通電話來，說企劃案通過了。

《壁櫥裡的千代》
（Yedam）封面插畫原稿

裝訂是我的興趣

　　《壁櫥裡的千代》在設計師經手過後以更漂亮的封面誕生了。因爲到目前爲止，通常我的插畫沒有在經過設計師的調整之後變好的經驗，所以偶爾我會反應過度，不過在放標題的時候難以排版的小千代插畫卻很漂亮地完成了。《壁櫥裡的千代》眞的大受好評，不僅出版社裡外都一致好評，意外地也有人說不像是我們國家畫的封面，就像是日本的一樣。在網路書店也可以常常看到書評裡有人寫到是因爲封面才買這本書的，我所遇到的每一個編輯也常常說，「雖然我還沒開始看，但是我也因爲封面買了。」以這本書爲始，日本小說的case也接踵而來。

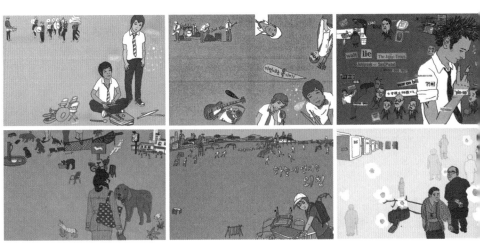

為日本小說畫的插畫

用作業完成的插畫當封
面做成的迷你筆記本

　　雖然我本人並不喝咖啡，但是比誰都還要更理解我、讓我
能夠發揮自己的優點的編輯；雖然每天因為熬夜作業很難見上一
面，但是幫我彌補我插畫上的不足，很有sense的設計師，在繼
《壁櫥裡的千代》之後，我們還合作了《來自神的一句話》《咖
啡狂's筆記》等Project，每當這些Project一一結束的時候，編輯、
設計師，還有我，我們也漸漸地形成了一個夢幻的組合。

　　我不管是畫封面插畫還是內頁插畫，只要作業結束，我就會
把插畫用數位沖洗出來放在迷你相簿帶在身上。那也可以當成一
個迷你的作品集之外，每當我看到別人的時候也會拿出來給他們
看，一方面也是用來當作炫耀用的。我在和老師見面的時候也是
這樣，和sunni姑娘見面的時候也是這樣，只是比起單純的寒暄，
像這樣把我的作品拿給他們看，讓別人對我產生好感，這也是從
我的經驗所得知的事。所以當我想要得到別人的關注，就常常把
東西拿出來炫耀！但是還不只如此，我發揮了我的興趣，在每次

Project結束的時候，我都會把做好的插畫當作封面做成迷你筆記本，有時候當作禮物，有時候也是我唯一的撒嬌方式。

　　裝訂是我長久以來的興趣。從一九九○年代中期，我在念SVA（School of Visual Arts）插畫系的朋友旁邊跟著她做樣本書，就一直培養這個興趣直到現在。常常會做硬殼的素描本自己用，或是做成手冊當作日記來用，這些都是我沒工作的時候熬夜親手大量製作，不管到哪裡我都會賣以手工為原則，「大量」生產的筆記本，也賺進了不少零用錢。

　　我主要使用的裝訂方式是非最近以半成品推出的產品，或是像書裡面介紹的那些裝訂書一樣華麗，或是需要耗很多工的方式。我並不是很喜歡誠心誠意做出來的「這世界獨一無二專屬於我的東西」。我反而比較喜歡大量生產，廉價的產品。這樣的話就算是當成收藏的一部分也可以充分地使用。雖然是手工裝訂書，但是那些東西我用我自己的方式簡化，更強調了實用的一面，反正是因為我想用所以才開始做的。不只是裝訂的方式，在設計這方面我也盡可能用最簡單的方式，從我開始畫插畫起，我就把插畫當成封面做成迷你筆記本。這和出版的書不同，我把這個叫做「插畫家's Cut」，用我喜歡的版本的背景色或是排版做成

　筆記本。這樣一來也可以模擬要是這個版本做成了書之後會有什麼效果，加上大小不大，就算是同一個版本也會散發出和書截然不同的感覺。

　　我把這樣做出來的迷你筆記本送給負責該Project的編輯，他們都非常地喜歡，這也算是我另一種奉承的方式吧。但是並非所有的編輯就可以享有這種優惠，因為是封面插畫，所以本來進行工作的期間就很短，所以大部分的編輯從一開始就只是用E-mail或是電話開會，或是在Project開始的時候只開過一次會，等到作業結束之後，別說是還有第二次見面的機會了，就連打電話的機會也沒有，最後能夠享有這項優惠的就只有擔任Coffee Project的編輯和設計師了。正式地說起來，《壁櫥裡的千代》帶來了我畫封面插畫的巔峰時期，也是從那個時候起我才開始製作迷你筆記本，加上送禮物給唯一到現在還和我保持聯絡和見面的人也是理所當然的。剩下的「大量」生產的筆記本該怎麼辦呢？最後都成了我其他朋友的了。

YOGIGA美術館辦的
「MINIMINI展」

　　有一個前輩聯絡我，他目前正在經營一間叫作YOGIGA的替代美術館，他說，這個空間對想表演不插電演唱，也想舉辦展覽的藝術家們來說，就像是基地般的空間，往後每個月都會辦一次，只要有作家想參加都可以參加的展覽。要把素描本撕下來展示也好，想要展示塗鴉也好，這是一場不管想展示什麼，不管是什麼人都可以參加的展覽。按照老闆所想的展覽概念，就叫作「MINIMINI展」。

　　因爲是第一次，所以他動員了所有認識的作家。老闆教的學生中也有幾個人參加，總共聚集了三十個人。在擺設的那一天，位置分配等所有擺設方式都由大家自行決定，一開始大家都畏畏縮縮的，但是不知不覺也找到了自己理想的位置，開始在不大不小的空間裡貼上大小不一的塗鴉。YOGIGA的牆壁是灰色的水泥，隨意在上面貼貼紙，沒想到竟意外地很合適。因爲我不是畫塗鴉的風格，加上我用的是精裝的素描本。所以我就展示了這段期間以來做的迷你書來取代塗鴉，總之，我的東西是符合「MINIMINI展」的東西。

　　我一說我需要桌子，主人就把兩個大型的壓克力板拿過來，用繩子懸掛在天花板上，在美術館的中間幫我做了兩張漂亮的透

明桌子。剛好這兩個壓克力板是表演作家們離開時留在現場的道
具，託他們的福我才能這麼輕易地就set好這麼漂亮的展覽擺設。
不知道是不是因爲這個道具，以整體來看，我的空間就好像成了
主角似的，吸引了所有人的視線，總覺得好像很值得一看。

　　我在那上面擺了我小小的迷你書。有Color Project時做的摺
疊書，我把它打開一半，還有動畫迷你書是一定的，也放上了手
翻書，和這一年來連載的廣告系列做成的明信片書。另外還有像
零散的書中的插畫，我就把畫都集合起來編成一本迷你書，也把
Drawing Project給放了上去。一張桌子擺得滿滿的，抬頭一看才發

現這兩張大桌子全都被我擺滿了。最後我還放了二十五張在畢展那時候因為一時好玩做的Chap Book名片，還有四本手工做的迷你筆記本。在那之中我放了一個小小的木箱，上面貼著寫有「名片一百元，筆記本一千元」的紙。跟其他必須要把紙排列貼在牆壁上的人比起來，我的setting可說是輕而易舉地就結束了。

其他還在設置中的作家也不斷地向我的桌子這邊探過頭來，來玩的老闆的朋友也探頭探腦的。為了不放過這大好機會，我便走向他們賣我的名片。「幫個忙買這個吧」，一個認識的前輩的朋友很阿莎力地就付了一百元買了我的Chap Book名片。在旁邊準備展覽的另一個人，說要買給女朋友，買了兩本筆記本。就這樣，我擺在現場的迷你筆記本全都賣光了。雖然我心想早知道就多做一點帶過來了，尤其是用小千代做的筆記本，她的人氣一定很高，但是重新做並不代表我就沒有充分地做好展覽準備。我只是把那天家裡有的東西都打包帶過來展示，所以這樣就夠了。

在撤展的那一天，我買了一瓶紅酒，又跑到了美術館去。因為我無法參加開幕派對，於是便提議要開閉幕派對，不過和擺設的那天不同，這一天反而沒什麼人。這一天的氣氛大家都是各自衡量情況來把自己的畫收回去，並沒有另外安排時間，所以我就只和一起去的朋友簡單地喝了個酒。

當我要去整理迷你書的時候發現Chap Book名片一個也不剩，木箱子裡面有六千五百元加上二百八十元。所有的東西都賣光了，後來我才知道是開幕派對時邀請來的其他藝術家買走的。

可是二百八十元是什麼啊？
小費嗎？

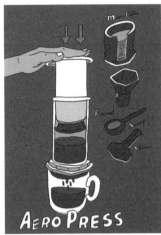

AeroPress

bodum kone Coffee Maker
bodum bistro
Chemex
Hario Set

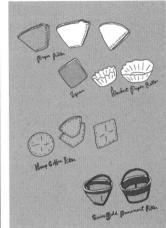

Paper Filter
Square
Basket Paper Filter
Mesh Coffee Filter
Swissgold Permanent Filter

Individually prepared drip coffee

Filter Top Device lined with Filter Paper
Punctured Brass Pot
Melitta Bentz
invented in 1908
One Hole Chipper
Melitta Vintage Coffee Pot

Stovyou Coffee maker
Melitta Vintage Coffee Pot
Melitta Porcelain Color Series
Melitta Heavy Set Jar Coffee Filter Holder

Gift from Giovanna & Veronica
DUNDUNKIN' DONUTS'

Chemex

classic coffee maker since 1941

Cupping

Turkish **Coffee**

Antico Caffè Greco | A.D. 1760
Via Condotti 86, Rome, Italy

Vietnam
Café
Phin

french
drip Coffee pot

BIALETTI
CASA · ITALIA.

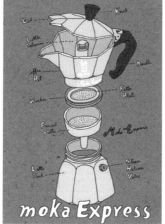

moka **Express**

hand drip Coffee

Kalita
drip set

另一個計畫的開始

　　當咖啡Project快要完成的時候，我的心情開始著急了起來，簡單來說就是開始感到焦慮。理由是，咖啡Project的書出版之後，在得到大眾和出版社的評價前，必須要趕快簽成其他的Project才行。在出版的前夕之所以會這麼急，是因為如果咖啡Project獲得的評價不佳，那麼就很難繼續下一個Project了，而這個結果我比任何人都還要清楚。

　　我第一本出版的書《憂鬱》的誕生和失敗，背後有一個這樣的故事。我接受了某個小出版社說要和我一起合作卡通散文書的提議，就在那本書進入修正階段的時候，有另外一家大型出版社也向我提出了這個要求。雖然第一間出版社和第二間出版社所提議的書不太一樣，但是一個作家的書同時經由不同的出版社出版，總覺得好像有點奇怪。而且事實上第一間出版社的情形，也只是口頭上建議，之後就再也沒有提起任何事了，這讓我覺得很不安；另外第二間出版社非常積極地推動這件事，而且我也被它的名聲給吸引了。這是第一次出書的人很常犯下的錯，因為真的很少有人會懂得衡量名聲，做出正確的判斷。

　　最後我的兩本書全都和第二間出版社簽約了。但是後來我才知道，第二間出版社在卡通散文領域的經驗也不多，而且那時候也沒有什麼時間可以考慮這種事情，那時候我只是需要一間確定會幫我出這兩本書的出版社而已。不知道是不是太過貪心了，

　《憂鬱》在六個月的銷售期間銷售量達兩千九百本之後就再也沒有上升了，最後出版社便放棄販賣宣布絕版。因爲第一本銷售的一蹶不振，緊接著計畫出版的第二本書即使已經進入了第三次的設計修正作業，最後出版社還是決定放棄出版。

　　還有人會像我一樣經歷已經簽完約的書，最後還是出版失敗了的經驗嗎？沒錯，我就是那個有這種慘痛經驗的人。而且爲了抓住這下一次的經驗花了我五年的時間，要是連這次也失敗了，搞不好就再也沒有機會了也說不定。所以我必須得加快腳步，因爲等到咖啡Project結束考驗之後，對我來說就沒有所謂的第二次了。

　　緊接著在咖啡Project之後，我把我喜歡的其他東西又告訴了編輯。是一本關於LOMO的書。雖然和咖啡沒有任何的關聯，但

是對我來說咖啡和照片在某些方面帶有相似的意義。兩者都不是被動而是主動，而且還可以親自享受，也就是說兩者都是可以自己一個人玩的「遊戲」，加上價格便宜，或是幾乎不需要花錢，就可以享受得到。果然照片Project也和編輯一拍即合，在咖啡Project結束後，在等待出版社後半作業的期間，我便趕緊進行照片Project的計畫。藉由Research我把我想用的東西列出來，定下了故事的方向。因為以前我在網路雜誌上有連載過關於LOMO的文章，所以不需要再另外準備樣本。加上在咖啡Project出版前夕的最後一次會議中，大家都徹底地接納了我拿出來的實體樣本。

　　文筆不好的我如果只拿文章和目錄，是很難說服別人的，所以我覺得實體樣本很重要，因為這是我擅長的東西。我把在歐洲旅行時照的黑白照片用數位沖洗的方式印出來做成迷你書。這時又輪到我發揮裝訂興趣的時候了，我用我開發的摺疊方式把照片編成了一本迷你相簿。配合以前在韓幣一千元店裡買的鐵

盒，確定了紙張的大小和頁數之後，把摺疊起來的迷你相簿放進那個鐵盒裡。以這種程度的水準來說，就算當成展示品來用也算是相當優秀的了。如果是藝術書展的話，就算我賣兩、三萬也一定可以賣得出去。當我把這樣完成的樣品拿出來，馬上就有回應了，這次的企劃案也是一次就通過了。

另外同一時刻，其他的出版社也提出了另外一個企劃案。

就在咖啡Project正在進行的那年春天，有一個編輯找來了我的工作室，想要找我一起合作旅行散文。雖然第一次開會的時候，她只說了「西班牙怎麼樣？」就離開了，但是我的腦袋裡就一直轉著西班牙、西班牙、西班牙，不過她第二次開會的時候又提起了倫敦。倫敦的生活雖然沒有什麼可以讓我想得起來的東西，反正不管在哪個地方，只要願意送我去有什麼不能寫的。

但是旅行散文好像真的不是個簡單的東西，雖然我把想做的野心擺在前面，但是這段期間向我提出的提議之所以會泡湯的理由，是因為我自己找不出我值得做的，我真的想做的，只有我能做的那種東西。如果硬要說是哪一個理由的話，我想因為我不是個喜歡旅行的人。大部分的人都是為了擺脫過膩了的日常生活，想要享受自由而選擇旅行；而我則是為了在無聊的日常生活中尋找刺激而去旅行，總之就是為了受苦才去的意思。對不熟悉的事物所產生的感到不便和全新的緊張感，讓我既害怕又渴求，這些才是我旅行時所期待的東西。雖然可以代為滿足讀者和累積其他經驗，但是這些故事也可能無法喚起讀者的共鳴，那麼這就不是我所能完成的事了，最後我還是向旅行散文說掰掰了。不過多虧了那位可以和我聊很多的編輯又介紹了其他的編輯給我，因此完成的東西正是這本倫敦Project。因為可以不用把倫敦當成「旅行地」，所以我也想到我想說什麼話了。

緊接著我便開始了這個企劃，而且還拉了我的partner——sunni姑娘。因為不是旅行散文，所以也算是得來不易的機會。因此反而需要某個更確實的東西。於是有好一陣子我一天兩趟、三趟地東奔西走，製造開會的機會，就好像我成了業務似的，到處去拜訪別人。果然機會是人自己創造出來的，別說是經營了，就連宣傳自己也做不好的人，沒想到會為了賣自己的東西而奔波，這該不會是我的天性吧？

還有，和照片Project進行的同一時間，我也簽下了倫敦Project，這下子我死定了！

Indian Coffee House

sunni's class ⑥

用一天一張圖
得到力量

五英鎊Project

　　放假作業、放假作業、放假作業，每學期都要交放假作業並非金斯頓的專利。就算到了研究所還是要求要交放假作業。第一天發表各自完成帶來的放假作業，然後簡單地做個自我介紹。Margaret教授用燦爛微笑遮掩她日後吹毛求疵和嚴肅的性格，主要導師George則因為到中國開工作營所以無法參加。以設計平克佛洛伊德（Pink Floyd）專輯封面等平面設計聞名的他雖然是個剩沒幾年就要退休的老教授，但是他卻擁有一雙銳利的眼睛，可以一眼就看出學生們交出來的作品的缺點。

　　他給我們的第一份作業是Batch Project。一開始我不知道「Batch」是什麼意思，因為抓不到感覺而苦戰，但是簡單地來說就是用五英鎊做出五個版本的東西。那麼也就是說一個Project只要用一英鎊的費用來做就好了吧？概要就跟下面一樣簡單。

Group	MA
Project Title	Batch Project
Tutors	George, Margaret
Brief	在五英鎊的預算內做出五個版本的作品來（還有必須要準備所花的費用的收據）。

〈作業時需考慮到的點〉

要花多少錢？

要花多少時間？

價格要估多少？

要在哪裡，要怎麼賣？

有準確計算所需的總費用嗎？

有盈利嗎？

一小時賺了多少？

有可能賺到生活費嗎？

〈作業結束時需考慮到的事〉

要如何宣傳你的作品？

要把它歸在哪一個範疇裡？

要如何防止作業時的損失？

郵寄宅配的包裝該如何？

要在美術館、店裡，或是展覽上賣的商品要怎麼寄送？

　　Project所附帶的條件與其說這是一種限制，我反而覺得這個作業更像是引起我創作欲望的角色。雖然自由創作可以享受隨心所欲的那種快樂和自由，但是在定好的規範內所做出來的作品也另有其他的樂趣。大部份的同學都做了像是傳單的小冊子，這樣一來絕對會因為誰做得更有設計而產生差異。用五英鎊的費用來配合做出五個版本的作品，一定要經過精密的計畫和計算。彩色或是黑白，大概也要選黑白才行。彩色影印一張A4的紙要花一點二英鎊，這樣的話光是影印也印不了五張，而且就算把大小縮小印出了五張來，封面大概也無法用免費買來的紙，或是只能用其他的材料做了。就像概要裡明確的指示一樣，所有的材料都必須要交出收據。

　　如果說大學部作業的優點是以畫畫實力為基礎，找出我們隱

藏的潛力，讓我們大膽發揮想像力的話，那麼研究所的課程比較接近深化課程，希望我們能在規定的限制條件內，花更多心思建立計畫，盡可能地使其現實化。雖然以有趣的靈感一決勝負，做小冊子的確是最符合經濟效益的，但是我想要擺脫這種最簡單的方式。雖然這是一個必須用最少的費用完成的系列作品，但是不管怎麼樣我都想避開那種抓住靈光一現的靈感來完成，看起來很廉價的東西，這是我一開始的概念。因為不管是誰都要用一樣少的費用完成作業，所以大家可能心裡都帶著「用這筆錢我也只能做到這種品質了」的想法，因為大家只急於要完成，往往卻會忽視了最重要的東西。即使指定的金額再怎麼有限，但是我心裡最先想到的是絕對不能忘了形式和內容，兩者都要充實才行。

　　我買了要做五樣東西的厚紙板和要貼在那上面的薄薄的紙，我的作業概念是「peeping room（偷窺室）」。為了可以從門上的洞看進小箱子裡面，我在那上面挖了一個像鑰匙洞形狀的洞。因為箱子裡面我用隔板分成了三個空間，如果一個一個地把隔板拿起來就會看見不同的風景，等到拿起了最後一道隔板，這個空間裡，最後看到的就是自己往裡面偷窺的背影。我畫好了要貼在隔板上的畫然後印了出來。

厚紙板	二英鎊五十便士
影印	五十便士
色紙	一英鎊
再生紙小信封5張	一英鎊（二十便士乘以五）
	共五英鎊

　　我用的費用不多不少剛好是五英鎊，除了要做五個版本一模一樣的東西所產生的無聊感，訂定計畫、配合預算這些都是我第一次嘗試，所以我覺得我還滿樂在其中的。看著其他學生的五英鎊作業來做比較感覺也一定很有趣，也就是說作業的材料費是怎

麼分配的，是否擁有適當的構想和形態，是否用最少的費用發揮了最大的效果，在各方面一一做比較。

　　把在布萊頓超市賣的食物畫下來，摺紙後按照摺紙分門別類，利用描圖紙當作封面的同學的靈感也很聰明；也有同學的作品是把在海邊滾來滾去，圓圓扁扁的貝殼撿起來用繩子捆起來之後，在壓克力板上寫字，畫上已經分手的男朋友的臉也很精采。我作品的評價也不錯，把一邊的眼睛閉起來往做成門的樣子的箱子裡面看，發出「beautiful」感嘆聲的教授還問了我好幾次真的是用五英鎊的預算做出來的嗎。我把這個疑問解釋成我的作品所獲得的好評價。五英鎊Project對我來說是個創新的課題，對於總是在計算和計畫這方面很遲鈍的我來說，很感謝這一份作業，讓我的心態稍微有了改變。

再**創新一點**，再有**深度**一點

　　第一次抵達布萊頓的時候覺得最陌生的就是海鷗了，牠們扯著喉嚨鳴叫的聲音有時候聽起來像是小孩在哭，有時候聽起來又像是在哀號，聲音又不知道為什麼會這麼大，大到讓人都覺得鴿子很可愛了。還有那可怕尖銳的喙又是怎麼回事……走在路上雖然是很偶爾的事，但是當聽到海鷗從腦袋旁邊飛過去時所發出的聲音，讓人覺得希區考克（Alfred Hitchcock）在製作《鳥》（The Bird）這部傑作前一定沒有來過這個地方。

　　就在我漸漸熟悉像這樣那麼多隻海鷗成群結隊，早上被海鷗鳴叫的聲音給吵醒的某一天，前一天我為了做作業一直到凌晨才小睡了一下，睡到一半的時候突然因為感覺到某個人的視線而睜開眼睛，但是我的眼前居然有一隻黑色的大鳥！

　　牠正瞪大著眼睛俯看著我。大約過了差不多二十秒左右嗎？這短短的時間就像永遠都不會結束一樣讓我感到恐懼，我就好像被鬼壓床一樣，完全動彈不得。

　　為了使用寬敞的空間，我把床推向了窗的那一邊，所以只要躺下來就可以馬上看到天空。窗戶算大，加上因為不是往上推打開的那一種，而是把窗戶的把手往下拉，像翹翹板那樣，把下面的部分往外推上去，像畫「ㄱ」字形那樣才能打開。剛好有一隻海鷗坐在往外打開的玻璃上面，為了把窗戶關上把手把往上拉的話，坐在上面的海鷗反而有可能跑進房間裡來。就在那短短的一瞬間我想盡了所有的辦法，雖然如果我馬上走出房間的話，或許

　　會覺得心裡舒服一點，但是如果在那段期間，那個傢伙跑進房間裡的話會發生什麼事呢？光是用想的都覺得可怕。

　　我的腦袋裡突然浮現了曾經有一個朋友告訴我類似的經驗，最後我還笑了出來，但是這絕對不是一件好笑的事。不小心誤闖朋友房間的海鷗因為找不到出去的路，就在房間裡到處排滿了排泄物，當到了她差不多回家的時候，那隻海鷗已經奄奄一息地坐在窗戶旁的角落，然後又繼續不斷地亂拍著翅膀。最後等到叫了管理員才好不容易地把牠給送走，但是在那之後總是要能夠承受房間裡面難以消除的味道和受到驚嚇的心情。但是就在我想這傢伙到底什麼時候會飛走，還是牠是不小心跑進來的，我不能移動視線，必須死盯著牠，就在這痛苦的瞬間，這隻海鷗似乎讀懂了我的心情，馬上就飛走了，而我也因此能鬆了一口氣。呼——

　　況且和我同一班的K正在做一個和布萊頓有關的作業的時候，因為海鷗的叫聲實在是太吵了，所以就在這個作業裡畫著一隻海鷗頭戴著襪子的場景。雖然熟悉了那些聲音之後，偶爾遇到安靜的日子還真是讓人覺得驚訝，但是在還未熟悉之前，K所畫的場景還頗讓人感覺心有戚戚焉的！我MA課程的第一個作業就是以這個小事件開始的，就像海鷗飛進這小小的房間裡來找入睡的我一樣，我的故事也以相同的面貌開始。

　　不管是在任何事物，還是任何情況，還是這兩方面都不知道的時候，不管是誰，尤其在無意識的情況下，都會帶有大大小小的偏見或是觀點。就像在一個存在自己心裡的光和影子一樣，所

有的東西的兩面都有我們不知道的故事存在。就像長相兇狠的哈士奇犬有著溫馴的性格，另外一方面模樣非常華麗的小香菇裡卻藏著劇毒。單只是因為巨大的體型，因為恐懼而產生的防禦心，依照長相自動下判斷的認知上的偏見，一定也存在我的體內。執著於顯露在外的東西、看得見的東西，而判斷的思考到底是從何而來的，就算只有一點點線索我也想知道。所以我便帶著「如果我知道當我對陌生的東西有偏見，與其發生關係的時候，我心裡所產生的變化會是如何」的心態而開始了這個Project。因為我相信這個作業能讓我更加成熟，所以我一點也不懷疑。

　　某一天出現了一隻大鳥，因為牠實在是太巨大了，被嚇到的小孩緊緊地關著窗戶，躲到了床裡面去。雖然下著雨，天色也已經暗了，但是鳥仍然還是在那個地方。雖然小孩也很擔心，但是心中的恐懼卻愈來愈大。整整熬了一整夜，回頭一看，窗邊的大

鳥不知不覺消失了，窗框只留下了一隻手指般大的**小鳥**。小孩把小鳥帶了進來，把牠當成孩子般地照顧。小鳥眞的是太可愛了，又小又可愛，可愛到讓人想爲牠做任何事。小孩不管是什麼事情都跟小鳥一起做，小孩把自己喜歡的東西都給了小鳥。就這樣這段期間非常小的小鳥一下子便順利地長大了，變成了一隻**大鳥**。哪怕多停留在房間裡一下子，房子就會炸開一樣，長成這麼大的鳥會如何呢？離開了溫暖的家牠要去哪裡呢？長大了的大鳥對小孩來說還是小鳥嗎？

　　鳥的故事是一個關於關係的故事，也可以是一個關於觀點的故事。只會因爲看的人不同而產生不同的解釋罷了，這個故事進行了好長一段時間，現在已經進入最後的作業階段，預計很快就會在韓國出版了。

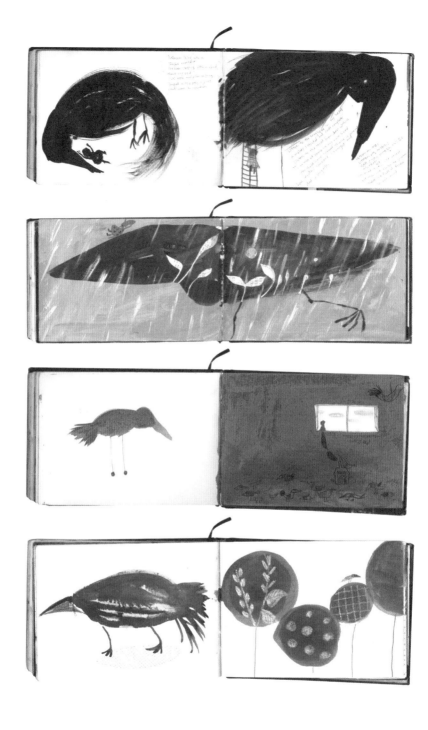

布賴頓兒童書展和
艾蜜莉・葛拉菲特

　　布萊頓對英國的藝術家來說是一個夢幻的都市，不管是誰都會想要在這裡生活一次。除了在愛丁堡展開的藝穗節（Fringe Festival）之外，英國規模最大的布萊頓書展是連政府也毫不手軟大力支援的書展。布萊頓大學因爲本身有經營美術館和劇場，所以也可以說是許多書展和活動的中心。學生可以很容易地獲得多元的經驗和新鮮的刺激，算是好處多多。

　　爲期三週的布萊頓藝術節和布萊頓藝穗節有個本來就很有名的Artist Open House Program，大概有一千多位住在布萊頓的藝術家參加，公開自己的工作室展示自己的畫。從把用途變更爲平房，超過一百年歷史的建築物當成工作室的藝術家，到把停車場改建成工作室來使用的人等，工作室也根據不同作家而有各種多采多姿的形式。對總是好奇其他藝術家的工作空間的我來說，沒有比這個還要更好的參觀機會了。

　　每年舉辦的布萊頓兒童書展比規模巨大的藝術節還要更讓人期待。因爲獲得大獎之後，便以極快的速度成爲出版界明星的麥美倫旗下作家艾蜜莉・葛拉菲特名列Illustrator Talk Program的名單上。她出生於布萊頓，畢業於布萊頓大學，她算是晚入學，在她

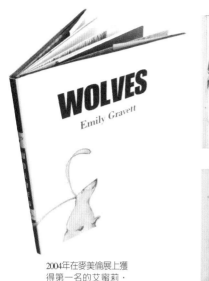

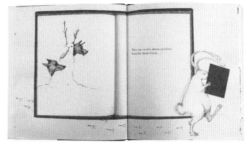

2004年在麥美倫展上獲
得第一名的艾蜜莉‧
葛拉菲特的《大野
狼》

　　入學前，幾乎有八年的時間都和家人一起住在露營車上，過著像
是波希米亞人般的生活。

　　她在二○○四年麥美倫展上以學校的Project《大野狼》獲得
了第一名，出版了她的第一本書。《大野狼》在獲得英國頒發給
最傑出繪本畫家的凱特格林威獎的同時，版權也外銷全世界，她
也抬頭挺胸地一躍成為明星。凱特格林威獎是為了讚揚十九世紀
的畫家兼繪本作家的凱特格林威的業績而成立，具代表性的英國
三大作家布萊恩‧懷德史密斯（Brian Wildsmith）和查爾斯‧奇賓
（Charles Keeping），還有約翰‧伯寧罕也得過這個獎。以《大野
狼》的情況來說，粗糙的畫法反而看起來更能吸引大眾，奇特的
是，結局居然還分成了兩種，創意十分出色。

　　她就好像是個精力充沛的工作狂，《大野狼》在出版沒幾
個月後她的新書又出版了，在那之後她的新作品就從未間斷。看

著書店裡又有她的新書，我和朋友都瞠目結舌，驚訝地講不出話來。因為她的新作品總是占據書店最好的位置，所以總是會吸引來逛書店的我們。二〇〇五年出版第一本書到現在，她所出的書足足有八本。聽說她的新作品《藍色的變色龍》預計也快要出版了，幾乎可以說是以每半年一本書的速度爆發她的作品。從她個人做的網站現在也改成出版社為她做的網站來看，也可以實際感受到她身價的改變。葛拉菲特就像「睜開眼的明星」一般，以第一本書就獲得了成功的門票，現在她仍繼續踩著她獨一無二的步伐。

Mitch，地下藝術家

　　Mitch傳了一封簡訊給我，她是我插畫系的晚輩，也曾經是我的室友。

　　「嘿，sunni，週末要一起去看Frieze Art Fair嗎？Zoo Art Fair也開幕了，感覺還不錯對吧？」

　　Mitch和我一起抵達了在攝政公園（Regent Park）舉辦的畫展。Frieze是二○○三年十月最早設立的國際藝術展，雖然歷史不算長，但是卻標榜比起擁有數十年歷史的其他畫展，對現代美術界更有強大的影響力。藝術總監就好像是從名牌廣告裡走出來的模特兒，和門檻極高的美術館所屬的評審委員陣容更是華麗到不行。尤其展覽把焦點擺在新穎又前衛、創新的新進作家作品上，讓人覺得很有趣。

　　轉角的地方可以看見好幾幅眼熟的畫，正是大衛‧施雷格利的作品。雖然我懷疑我的眼睛，但是一定是他的作品沒錯。現代插畫一定會根據不同的作家和作品而產生差異，雖然也會受到價格上升的限制，但是也有人會像施雷格利這樣越過現代美術領域的界線。也就是說，藝術的競爭就像成為街頭藝術界神話般的班克斯（Banksy），他的一幅版畫，在藝術品拍賣公司新成立的都會藝術Urban Art類中喊價超過一億的紀錄。

　　比起看插畫，我算是比較常看美術展的人。雖然接觸容易也是理由的其中之一，但是因為充滿倫敦獨特風格的展示企劃和設

MY SOUP'S IN A SHOE.

EATING SUGARCANES WITH KEROUAC IN CUBA

RICO

LET THERE BE LIGHT

刊登Mitch訪問的雜誌的其中一頁

計，除了作品之外，其戰略和設計都讓人想要一窺究竟。Mitch除了這些主要的展示之外，還常常提供我許多金石街的美術館和蘇豪的印刷店等實用的資訊。雖然才二十幾歲，但是在金斯頓念到Level 2的時候就已經在德國等歐洲都市參加過好幾次團體展覽，也算是前途一片光明的年輕人。

　　加上主修時尚的室友May，我們三個人一起共同創造了不少回憶。我們喜歡吃他煮的食物，他說蜂蜜餅乾是世界上最好吃的餅乾了。連做韓式大醬湯都絲毫不馬虎的他也只會拒絕吃過一次的泡菜，大喊不會再吃第二次了。我和Mitch也很常聊關於作業上的事情，現在我不怎麼使用的Myspace也是他自願幫我做的。他對用部落格連結到的無數位作家們充滿了好奇心，我也透過他因此對地下藝術（Underground Art），或是非主流藝術（Outsider Art）產生了許多好奇心。

　　Mitch對在美國活動的藝術家也特別地有興趣，曾經也像典型的英國年輕人一樣，嚮往住在紐約。像是正活躍於紐約，經

常在Giant Robot展示作品的邵德‧沙拉薩（Souther Salazar），或是雖然三十四歲就在她短短的人生中劃下句點，畫了一個房間大的字型設計（Typo），和出版了一系列的作品記錄一般人的故事等，以繪畫和壁畫進行繪畫旅行的瑪格麗特‧基爾加倫（Margaret Kilgallen），還有以八十一歲的年紀淒涼地死去之後，才被世人發現了他的作品，獲得遲來的名聲的亨利‧達格（Henry Darger），這些人也都是我透過Mitch才知道的。

　　其實Mitch告訴我的所有事全都寫在他的部落格（http://mitchblunt.blogspot.com）上。Mitch早上睜開眼睛最先做的事情就是打開部落格，他總是透過部落格知道許多事情，還可以接到case。像是企劃招待展覽或是線上雜誌Zine的作業販賣等的case都是他透過網路部落格找到的，就像蜘蛛網一樣，以點和點連接好幾個數也數不清的作家。Mitch為了學校的作業，在做書的過程中，常常跑來敲我的房門問我意見。對喜歡畫人臉的他來說，把作品編成一本書或是編成一個連續性的故事，好像讓他很困惑。對我來說我只能給他主觀的意見，可是即使是這樣小小的意見，也感覺得出來他特別地開心，而且往往很快就會反映在他的作品上。隨著時間的流逝，也可以很明顯地看出他的創作正在急速地發展。

　　他參加了美國的某間服飾公司的藝術家合作Project，主要是把自己的畫印在T-shirt上，他也受邀到德國的柏林，和歐洲的藝術家一起舉行企劃展覽。我回韓國前在倫敦的Acctic Gallery舉辦了一場我小小的個人展，他也帶著小小的花束來找我，我也和好久不見的他聊了很多關於學校、導師和作家的事。他也提到了關於新作品的事，還說他現在正在進行一個合作案，創辦了一本線上雜誌，金石街美術館也收了佣金，讓他的雜誌可以在那裡販售的好消息。

　　和他聊完天，在回家的路上還是能夠感受到他充滿活力和

熱情的樣子。每天每大的作業，讓他在那之中成長更多，改變更多，可以看得出來他和別人的不同。

　　如果說作家每天都在作業，那麼就會在每天感覺和思考的時候成長，就像每天都在接受訓練的選手一樣。當不能這樣的時候，作家就會陷入困境之中，也會陷入一種孤僻的嗜好之中。回到韓國的幾個月之後，他寄了一本雜誌和他在美術館裡販售的線上雜誌。他沒有忘記那時候他用iPhone進入線上雜誌讓我看他的作品的時，我說我也想要買一本，於是便寄給我當作禮物。上面有他的照片和訪問，幾個月之後他也告訴了我一個令人興奮的消息，他說《New York Times》刊載了他畫的歐巴馬總統的畫像。那麼他賺了多少錢？這是秘密。

遇見約翰・伯寧罕和雷蒙・布里斯
(Raymond Briggs)

　　約翰・弗農・羅德五十週年紀念展〈Drawing upon Drawing〉在布萊頓校內的布萊頓美術館舉行。這位作家長得好像從哈利波特魔法學校中跳出來的長鬍子學者，也曾經在布萊頓特別開過一門課。因為我沒聽過他的名字，也沒想到他居然會是個有名的作家，不過導師說，搞不好他的朋友雷蒙・布里斯或許會出席，所以大力推薦我們一定要去看看。他曾以《雪人》（The Snowman）和《聖誕老爸》（Father Christmas）拿下兩次凱特格林威獎，作品不像鵝媽媽那種童謠般老套，常以現代的手法、勞動階層的形象來表現，獲得不少好評，他的作品不用多說，在韓國也有許多讀者。

　　約翰・弗農・羅德的作品大部分是針筆畫，他的作品是由線條密密麻麻地匯集在一起所完成的巨作，讓人情不自禁地發出感嘆。我稍微早到了一點，為了趕在人變多之前出去，當我在展示場裡參觀的時候，突然有很多人開始湧了進來。可是我馬上就開始懷疑我眼前所看到的，因為約翰・伯寧罕和他的夫人海倫・奧克森伯瑞（Helen Oxenbury）、雷蒙・布里斯等在媒體上發光發熱的明星作家，正在我面前大步大步地走了進來。反而和我同班的朋友完全認不出他們來，只有韓國朋友和我藏不住我們心中的

興奮，就像跟蹤狂一樣踩著貓一般的腳步，靜靜地跟在他們的後面。美術館裡面已經擠滿了人，也不會在意旁邊有誰，於是我便安心地拿出相機來認真地拍照。而且還和伯寧罕打了招呼，我也跟他說，省谷美術館舉辦過他的展覽，而他就像隔壁家親切的老爺爺一樣溫和地用親切的態度回答我們，更高興的是，他還叫我們跟他一起拍照呢！

　　而且我想說搞不好有機會，所以就帶著雷蒙・布里斯的書過去，沒想到這麼幸運。他看起來身體好像很不好，要在妻子小心地攙扶下才能行走，而我還一直抓著他拜託他幫我簽名，讓我也覺得很過意不去。他的眼珠子看起來既清楚又透明，從他的眼睛裡可以感受到特有的重量和深度，讓人有種好像能夠了解到底他是如何完成一部作品，而他的角色又是從何而來的感覺。他的身上某種特有的氣質就好像可以傳達到我的內心深處，深深地吸引著我。而我也幾乎涉獵了他所有的書，可以說是他的粉絲。他的書總是有脾氣差又孤單的角色登場，我在韓國的時候因為不怎麼喜歡漫畫的形式，所以就只看了《雪人》《熊》（The Bear）等他的代表作而已。但是到了英國之後，剛開始沒什麼事的時候常常到圖書館借各種書來看，那裡他的書真的讓我很感動。雖然也不知道是不是因為看了他的書讓我感受到，身處異國的我是一個人

的那種孤單感，不過當我蓋上《小人》（The Man）的時候，我留下了眼淚。

　　我記憶裡《小人》的內容大概是這樣。在某個星期一的時候，有一個拇指般大小的老人跑來找一個男孩，並且開始跟他說話。這個小人的臉雖然是個老人，但是因為他的身體太小了，所以必須要幫助他。可是一開始覺得新奇，讓人覺得好奇的事情，之後卻漸漸變得麻煩了起來。老人和少年一起生活的同時，少年也累積了特別的經驗。老人渴了就會叫男孩買酒來給他喝，茶的話他只喝PIGI牌的，如果拿了其他的牌子來給他，他還會狠狠地發一頓脾氣。每次吵完之後，又答應要幫小人，就在這樣反反覆覆的期間，男孩慢慢地感到疲憊，有時候也會覺得像小孩一樣的老人很可憐。這本書想要告訴讀者的就是，兩個不完全的東西相遇會引起矛盾，而在這個過程中要怎麼去尋找能夠共存的連結。過了幾天，男孩已經對反覆的爭吵感到厭煩，發了一個很大的脾氣之後便睡了。隔天，老人只留下一張寫著歪歪斜斜的字體的紙條便消失了。紙條上面寫著，「我住的星球有個規定，就是不管我們到什麼地方都只能待四天就必須離開，但是因為你對我太好了，所以我就多留了兩天。」蓋上了書本以後，我真的很好奇究竟那個老人去了哪裡。雖然是想像出來的存在，但是表現得太真實了，那個小小的老人（The Man）好像真的就存在這個世界的某個地方一樣。雖然很好笑，但也很真心、很感人，這樣一篇的繪本究竟是怎麼想出來的，就跟老人的行蹤一樣讓我著實好奇。之後我才知道，這本書也被翻譯成《小人》在韓國出版了。

依賴著日記走出井裡

　　回頭想想，本來應該要大放光芒的時機，卻讓我感到無限的孤單。雖然布萊頓是一個那麼有生氣，那麼美麗，擁有那麼多樂趣的地方，但是我在那裡卻只感到寂寞和委靡不振，把自己的心關進了一道牆裡過日子。

　　在金斯頓生活了三年多，我把我的腳步移往了有藝術家之都之稱的布萊頓。我一直聽說只要是藝術家都會想來這裡一次，它位於倫敦的南方，搭火車只要一個小時就能抵達，最重要的是那裡有海。

　　大概就在我為了進修研究所的課程南下布萊頓的時候，還好我也已經是以畢業作品和出版社簽約的狀態。包含AOI頒發給新人作家的新秀獎在內，之後我也獲得了大大小小的獎，我的畫更被知名的手機公司Orange採用，雖然金額不多，但是也讓我賺進了英鎊。在這種情況下，一想到要到一個新的地方，雖然可惜，但是相較之下，我心中的激動和期待還是占了比較大的部分。但是我突然覺得所有的事情都讓我很不開心，就像還在亂舞的火苗一瞬間被風給吹熄了一般，不管看到什麼都覺得了無新意，也提不起勁來。十月像梅雨般淅瀝嘩啦地下著的雨，和倫敦的宿舍比起來，出乎意料地小的宿舍房間、概念獨特的課程、新的作業方向、總是讓人感到害怕的老教授George的稱讚，也讓我開心不起來。我就像全身無力一般，一下子消失的動力，怎麼填也填不滿。

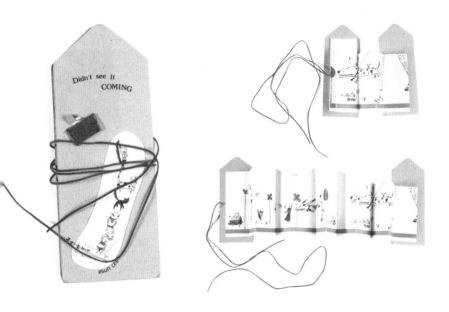

這個小作品（上）上面的圖被手機公司Orange所採用（左）

因爲《黑獅子》的作業，每兩個星期就要往返一次倫敦，會議結束後，偶爾我會和Mini見面，她念金斯頓動畫系，和我在差不多的時間來到英國，也跟我一樣都是超齡學生，見面之後總會認眞地用韓文聊天。一直認眞地聊到末班車的時間爲止，才稍微恢復元氣。和她分手之後回到家裡，我才發現原來我對她也會產生思念這個黑洞啊！這是單以熱情硬著頭皮挑戰的過程中，暫時劃下句點，回頭看自己的時候，一定會像傳染病一樣出現的東西。

　　就算陷入這樣無力的狀態，每週二的「客座藝術家」特別講座，我都會努力不蹺課地去上每一堂課。雖然金斯頓也一樣，但是布萊頓的客座藝術家課程就跟芝麻般一樣排得滿滿的。光是我還在的時候就請過了艾蜜莉‧葛拉菲特，還有以滑稽可愛的兔子角色Bunny獲得年輕人喜愛的漫畫家Luigi，金斯頓的講師兼單行本插畫界數一數二的作家強尼‧漢納等，光聽名字就讓人眼睛爲之一亮的講師陣容，在我們的面前將他們成爲藝術家的同時所親身經歷的事情生動地傳達給我們。

　　某個星期二因爲開會而上倫敦的我在會議結束後，婉拒了Maya一起吃晚餐的邀約，爲了上晚上的特別講座，我急急忙忙地趕回布萊頓。那天的講師不是有名的繪本作家也不是設計師。講座的講師是Margaret，我的指導導師。我對她的了解僅只於她從很久以前就在學校授課，主要的作業方式是電腦繪圖。因爲我覺得在我結束研究所課程前，絕對不能錯過這個可以一窺身爲我的指導教授的作品，所以便慌慌張張地朝著四樓的教室爬上去。爲了上課等了很久的火車，下了車之後走了好一陣子，空腹的肚子咕嚕咕嚕地叫，腳也不斷發抖，讓我暫時湧上了後悔的念頭，「早知道我就跟Maya一起去吃好吃的晚餐了」。但是在聽到Margaret講課的那一瞬間，這種想法就跟雪融化了一般消失了。

　　雖然Margaret平常很溫和，但是當她提出意見或是給建議的時候總是很果斷。一開始她都會仔細地聽，和我們一起煩惱，但是如果學生的決定一直反反覆覆的時候，或是展現出懶惰的一

面，她就會變得非常地果決。她的這種態度也隱藏在她的畫裡，她給我們看的那些作品的色彩和感性非常地獨特，讓我心生如果我有機會再做藝術總監的工作，我一定要和她合作一次看看。

她還讓我們看了她的車票系列作品，每天從倫敦到布萊頓通勤的她，利用火車票在上面畫畫的作品。看到那些作品的瞬間，我的腦海裡掠過了一道冷風。英國的車票不論是地鐵票還是火車票，大小和模樣幾乎都差不多。我也想過試著利用車票來作業，所以累積了超過一百張左右的火車票。但是也只有想而已，我根本沒有利用那個東西做任何的嘗試，只是讓它擺在那裡占空間而已。可是Margaret卻在上班的路上，在那一張一張的車票上面畫畫，完成了數百張的作品，讓我突然跳出了「原來創作就是要那樣啊」的想法。如果把下定決心坐在書桌前集中注意力所做出來的作品，和日常生活中輕鬆且愉快，但又不會輕易放棄，能夠繼續做下去的作品並行，那麼作品就會變得更有深度，想像力也會更爲豐富。

從那天晚上起我便開始了Visual Diary，也就是圖文日記。一開始我也想過要畫什麼才會看起來讓人覺得精采，但是一直煩惱下去，只會讓我想起畫沒幾張就放入書櫃裡的素描本，於是我決定只把焦點擺在「不管怎麼樣一定要每天畫一張，把一整本給填滿」。不知道是不是因爲反正也沒什麼人看，所以畫什麼一點也不重要的心態，還是多虧了擺脫做作業的壓力，總之我也不知道到底是哪一個原因，但是一開始生疏的感覺和態度，隨著我一張一張地畫下去，這種感覺也漸漸地消失了，日記和我好像成爲了一體，在進行Visual Diary的時候，我完全可以忘了我自己。現在完全沒有時間感覺空虛和寂寞，像井一般地在我心中砸下的黑洞，也已經消失地無影無蹤了。有時候我會突然想起了日記，便花了五分鐘像是要把它給畫完似的畫畫；有時候我也會花一個小時的時間反覆地剪剪貼貼過一整天。有時候我也會畫了一張畫之後，突然覺得情感源源不絕地湧上來，甚至還想把隔天的份給一次做完；但有的時候也只是照張相片貼上去就這樣算了。

我以爲日記作業很簡單，從什麼時候開始都可以，但是眞的要開始卻不容易。雖然可以很輕鬆地想畫什麼就畫什麼，但是也因爲這個原因，所以也會有不知道該畫什麼才好的難處。但是這是個一定要試試看的「我的創作」，對我來說也是一個堅固的橋梁，可以讓我走向我想說的眞正的主題。可以讓我忘記孤單，也可以讓我稍微壓抑我的怠惰感，也能確保我可以快速地集中注意力。

　　這個Visual Diary的創作雖然不是那麼滿意，也不是那麼地中看，但是我自己認爲這是我最好的Project，也幫我打開了一扇讓我更了解自己的門。透過這個小小的窗戶，有一隻雖然小也巨大的鳥在洞裡找到了徬徨不定的我。

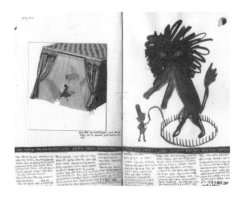

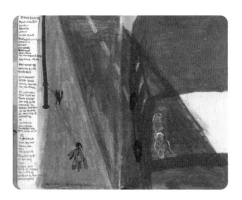

在**巴黎**發生的事

　　和日方編輯第一次開會的日子靠近了。三個禮拜前Maya問我可不可以在巴黎開會，當然交通和飯店的費用全都是由出版社支出，我當然說「Yes」囉！她說因為日本出版社編輯要來參觀在巴黎舉行的蒙特勒伊兒童書節（Montreuil Children's Book Fair），所以便決定到時候在那裡開會。

　　因為聽到「在巴黎開會」，總覺得很有看頭，也讓我感到興奮了起來，但是到了真的面臨第一次開會，我連我自己身處於巴黎都忘了。在和社長、編輯見面的同時，我也產生了早知道就學點日文的想法。在飯店大廳和第一次見面的編輯打招呼，他看起來很高，給人的印象很清新。他們看了我帶過去的影本和草圖，不忘帶著日本人特有的親切感稱讚我。

　　巴黎會議除了業務上的目的之外，還帶給我兩個樂趣。一是雖然短暫，但是可以當做一場我自己的旅行，二是可以參觀蒙特勒伊兒童書節。在巴黎舉行的蒙特勒伊兒童書節可以說是波隆納兒童書展的縮小版，可以一眼看盡在歐洲出版的新童書，分成三層建築的展覽規模大到如果想要仔細地看，連兩天都看不完的地步。而且繪本作家會依照出版社的不同，在特定的時間大舉進行簽名會，在很多地方都可以看到出版社就像在競爭一樣，把主要的新繪本作家叫來辦簽名會。可以很頻繁地看到只有透過書的

 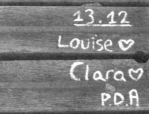 

MIME. HUMOUR, TOUTPUBLIC ET DES 6 ANS

PETITES HISTOIRES

Teatro Hugo et Inés, Inés Pasic et Hugo Suárez, Pérou
Mardi 14 novembre. 19h
Durée 1h
Lire aussi page 62

Des personnages attendrissants qui, pendant leurs brefs moments d'existence sur scène, nous révèlent les petits moments poétiques de la vie quotidienne. Ces personnages, avec leurs rêves et leurs frustrations, avec leurs succès et leurs échecs, nous racontent l'éternel drame de la tragi-comédie humaine.
Avec rien dans les poches ou presque, une main, 5 doigts, un ou deux pieds, un genou et un nombril, Inés Pasic et Hugo Suárez, deux extraordinaires marionnettistes péruviens, prêtent vie à des personnages quasi humains.

Ces artistes promènent dans le monde entier leur spectacle qui a marqué les arts de la marionnette. Le public de tous âges craque à chaque fois !

SPECTACLE ARTS MELES DES 2 ANS

1/2 + 1/2 (MOITIE MOITIE)

Compagnie Skappa, Marseille
Mercredi 30 mai. 17h30

Une recherche autour de l'asymétrie à l'intérieur de nous, sur nous, autour de nous.
Sommes-nous parfaits ?

" J'ai deux yeux, deux. Un nez en deux parties, deux.
Quand je souris, la lèvre supérieure remonte un peu plus du côté droit.
Une épaule, deux. J'ai une épaule plus haute que l'autre.
Je dors souvent du même côté. Deux genoux, deux.
Mon œil arrive jusqu'à des choses que je n'arrive pas à toucher parce que j'ai les bras trop courts. Il faut que je m'approche.
Plus j'avance, plus je perds de vue ce que je voyais avant. Les choses vues de près ne sont pas ce qu'elles semblent être lorsqu'on les observe de loin".

Mise en scène Isabelle Hervouët
Jeu Paolo Cardona, Jacques Templeraud
Musique et régie Fabrizio Cenci
Photos Christophe Loiseau
Lumières Nicolas Lebodic
Stéphane Delaunay
Costumes Thérèsa Angebault
Scénographie Patrick Vindimian

Theater Villeneuve les
Maguelone的目錄插
畫作品

封面摺口上的照片才能見到的明星作家們，像是《誰嗯嗯在我頭上》的沃爾夫·埃爾布魯赫，還有《孩子是什麼》（Che cos'è un bambino）《透明姑娘——吉賽兒》（Gisèle de verre）等翻譯成韓文，在韓國也開始有人氣的碧翠絲·阿雷馬娜，最近她也有書要在幫我出版《黑獅子》的出版社出版。

接著我跑到巴黎編輯推薦我去的書店，不但可以看到還不錯的新繪本，也可以看到利用各種角色做成的商品。法國的繪本市場看起來好像任何種類的畫都是可以被允許的，站在畫畫的人的立場來看，法國就像是世外桃源一樣，這裡有在倫敦一般書店的繪本區就算把眼睛揉了一遍也很難找到的，古怪又複雜的，既寫實又嫻雅、美麗的畫，華麗地向我伸手靠近。如果在這種地方克制自己的購物慾，只會讓人覺得是個愚蠢的行為。

我也接過法國的Theatre Villeneuve les Maguelone的目錄case，這是我做過最開心也最愉快的排版作業了。劇場的藝術總監先寄給我曾經和歐洲藝術家們合作過的目錄，又寄給了我一封內容表示想和我一起合作的E-mail。工作的內容是看完把劇的內容濃縮成詩的形態的文章之後，每個作家把腦海中獲得的圖像畫下來。而且還省略草圖直接作業，依他所說，他已經心裡滿意作家的作品才會提出邀約，而我即興的感覺也和目錄的概念一致，所以他說不用草稿直接寄原圖給他也無妨。所以我便把讀完文章時腦海裡浮現的第一個畫面，不打草稿地便直接畫原畫。在進行學校Project的時候，只要不是繪本，我也幾乎是以原畫作業進行，所以這次案子對我來說具有最佳的條件。

結束作業之後，我馬上就把畫寄給法國的導演，劇場的藝術總監看了收到的畫之後表示很滿意，雖然行程緊迫，但是又委託了我第二份案子。就連平常習慣拖拖拉拉的我也很順利地結束了劇場的作業，因為打從心裡想做，所以便毫不拖泥帶水地以興奮的心情完成了第二份案子。

忙昏頭的**畢業展**

　　布萊頓的畢業展準備過程非常嚴格，打從學期初我就和完成一年課程的兼讀制學生一起準備畢業展，而且一個月要開一次會。從廣告到印刷作業，到為了展覽訂做作業台和展示櫃的地方，這些瑣碎的資料調查都必須要由我們一個一個親自完成。

　　為了展覽作業，只要事先獲得許可就可以使用版畫工作室，或是凸版（Letterpress）、製本工作室。布萊頓的優點就是它的製本工作室以英國首屈一指的規模和有體系的系統自詡，並且擁有許多設備。因為沒有一個像樣的機器，所以為了壓書也有很多地方可以把書或是木板放上去，可是布萊頓卻設置了好幾台壓書機，而且連可以在書的封面上印出許多顏色的圖和凹版印刷等各式各樣的機器也有，可以進行各種實驗。

　　可以展示書的展示板或是展示台在各自設計完之後，再委託指定的木作坊製作，必須要連每一個尺寸都準確地設計之後交出去才能做得出一個像樣的產品來。在金斯頓念BA課程的時候，展示櫃之類的都是委託給校內的3D Workshop Studio製作，但是這一次看來是真的要花不少錢了。就算沒有什麼特別的設計，只是做一個方方正正的木頭箱子也要花上一百～二百英鎊的錢。

　　在經過和指導導師好幾次的討論之後才確定了展覽設計案，就算在釘釘子、掛畫框、設置電腦的時候，教授們也會過來問有沒有問題，偶爾給我們一些意見。一直到了美術館關門的時間，

我們才好不容易完成所有的東西。到了六月，為了在隔年入學的學生，必須要把宿舍的房間清空，所以我一邊從倫敦通勤，一邊還要準備展覽，最後設置一結束我也已經到了筋疲力盡的地步。

　　展覽準備結束的隔天，導師檢查了展覽準備的成果，並且替Final Project打分數。一直到結束的時候，我們都坐在美術館前面的咖啡廳，帶著半喜半憂的心情發著牢騷。可是幾乎有達百分之七十的學生被要求重新設置展覽的陳列方式，雖然只要再做一次就好，但是就連我也不例外，被指責的學生更是氣得直跺腳，到處充滿了嘆氣聲和不耐煩的抱怨聲。更何況那些東西是我們花了好幾天努力裝飾，就連一個釘錯的洞，也都補到看不出痕跡來，而現在居然要全盤推翻叫我們在一天之內重新製作，不只是因為擔心時間配合不上，反而也會有破壞設計的可能性。不管怎麼樣讓人感到最疲憊的是，因為包括我在內，大部分的學生都已經累得人仰馬翻了。但是所有人還是打起精神來，加緊腳步投入重新作業之中。

　　以我的情形來說，一開始教授就說我的展覽設計稿和概念很搭，也獲得了教授的同意，除了把人物造型版掛在天花板這件事之外，我的展示方式和一開始的想法並沒有什麼不一樣，所以當

我聽到要修正的指示時，讓我感到非常困惑。一律聽從導師意見的兼讀制學生說，導師的意見是問我要不要親自把非常大的角色造型畫在牆壁上如何，事實上一開始交各種想法的試行方案時，我也不是沒有想過這個方式，但是現在想想，如果這樣做的話，好像會和我的小型作品氣氛不合，尤其是我的Final Project的題目是「小房間」（The Tiny Room），最後我的判斷是角色造型壁畫並不能和我其餘的作品相輔相成，反而是一種妨礙的要素，於是我便把我的意見整理好之後直接傳達給導師。雖然我也會擔心萬一行不通怎麼辦，但是意外地教授竟欣然地接受了我的意見。

「也是，聽完妳說的之後，妳的意見沒錯。妳的概念是『小東西』，如果把大型的角色造型畫在牆壁上的話，的確也可能造成一些不和諧。既然妳的想法這麼鮮明，那麼就這樣做吧！辛苦了，沒必要重做了。」

我真的很感謝教授能夠尊重我的意見，我想可能是因為比起重做的擔心和不安，或是從單純的「不耐煩」中產生的情緒，我是真心傳達了我對作品概念的煩惱和責任感，所以教授才會接受我的意見吧！

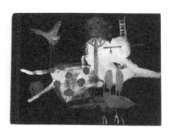

　　就這樣，我不用重做就可以回倫敦了。隔天是展覽招待性預展的日子，也要完成每個人都需要拿出來賣的卡片製作，我不想在開幕那天熬夜以一張水腫的臉出現，可是還是有未完成的作業。聽說我們系上的傳統是除了展覽的作品之外，每個人都要做出幾個簡單可以拿來推銷用的作品來販售，展示明信片、書籤、卡片或是和手掌大小差不多的傳單等各式各樣的作品，然後以二英鎊到十英鎊之間低廉的價格販售。我把素描本裡的圖和角色連接在一起做成手風琴式的摺疊卡片。封面是用質地粗糙的版畫紙，在上面親自剪出紋樣和鳥的樣子印在上面。即使只有手掌般的大小，但是這麼一弄，要完成也需要花不少的時間。我把各種

角色蒐集起來做了十張卡片，也以房子形狀連接起來的卡片也做了十張，總共完成了二十張的卡片，同時我的腦袋也出現了這樣的想法，「這種東西真的賣得出去嗎？」「我該不會是在做白工吧？」就在我想著倒不如乾脆多睡一點，對各方面都好這種藉口的期間，最後我還是全都完成了。

開幕秀一開始，我做的卡片不到一個小時就全都賣光了。一開始我賣五英鎊，但是因為實在是賣得太快了，負責買賣的朋友便強力地建議我，「無條件把價錢拉到至少八英鎊吧！」但是就連拉到這個價錢，還是馬上就賣光了。賺到的金額並不是那麼了不起，大概一百二十四英鎊，在現場能夠用我的畫來賺錢這件事讓我覺得既新奇又興奮。被拿出來展覽的作品也被賣掉了，被賣掉的是作為主要作品的畫，一幅畫是充滿鳥的房間，一幅是鳥的角色造型。第一個來買我的作品的人是一位法國女人，之後我聽到有好幾個人說想要買我的書，也有一位說自己是做設計的人，委託我幫她畫要送給男朋友當生日卡片的畫。她在展覽那天和她的男朋友一起來，像是在分析似的盯著我的作品看，我們彼此也聊了好一陣子。但是因為我現在正在進行《黑獅子》的作業，時間上無法配合，所以不管是要買書還是買卡片，我都只能拒絕，後來想想總覺得有些抱歉。我一推辭說卡片設計可能很困難，她便拜託我說，就算是我原本已經做好的她也想買，於是我便把當作個人收藏用，一直收起來的東西寄給了她。

展覽的第一天還發生了「我的日記」作品失蹤事件。不是因為不小心放在其他地方，也不是因為展場太混亂而不小心弄丟。因為所有書的作品都是用非常細的鋼琴線綁起來展示的，所以只要不是有人故意用刀子或是剪刀剪斷的話，根本就不可能不見。那份作品在展覽當天就不見了，真的是一件讓人很無奈的事，而且最重要的是，一想到要重做便湧上來的壓力，讓人不自覺地害

怕了起來。但重點是我連我的日記不見了都不知道。日記本在第一天消失之後就一直是失蹤狀態，當時因為我從倫敦通勤，可以免除當展場管理人的義務，除了開幕那天，我都沒去展場，所以連不見了也不知道。

可是有一天失蹤的日記本卻從導師那裡寄回來給我。展覽的第一天，除了有三、四個人問可不可以買日記本之外，就沒有什麼特別的事情了，而且幾乎沒有展覽的作品遺失的事情發生，加上美術館大家都忙著東奔西走，所以不會有人知道有東西不見了，我是後來才知道這件讓人無言的事。寄回來的日記本還附著一封信，不知道是故意的還是本來筆跡就這麼地潦草，上面寫著「因為不能買所以就帶走了，可是因為我良心不安，所以又寄回來了。真對不起。」

主人連東西不見了都不知道，但是日記本卻自己回來了的事在學校同學之間傳開。朋友一個個地跑來問我到底是什麼東西不見了，事情是怎麼發生的。聽完事情原委的朋友，從要還也不早點還，至少還可以展示，等到展覽都結束了才寄回來的這種指責型，到不過再怎麼樣對方還是寄回來了這種安慰型等各種反應都有。「我的日記本」可以說是連展示都沒展示到，著實吃盡了苦頭。

總之所有研究所的課程都以這個畢業展劃下句點，現在也到了該和布萊頓道別的時候了。雖然時間不長，有時候又會覺得這段時間長到看不見盡頭，但是在這個地方我面對了自己的兩難，所以讓我更覺得悲傷而模糊。再見，布萊頓。再見，海鷗。

《黑獅子》，在這個世界誕生了

　　除了和日本編輯一起在巴黎和倫敦開的兩次會之外，《黑獅子》的所有作業都是和國際編輯Maya一起進行的。我們一起進行的所有作業過程翻成了日文之後，傳達給在日本的編輯。

　　以已經進行過的樣本書為基礎，開始進行原畫作業，我原本是想用單色調來畫小孩和獅子第一次見面的場景的背景，但是開會過後決定用彩色。Maya算是完全尊重我的色感和風格，日本編輯雖然語調溫柔是溫柔，但是愈到故事的高潮就愈是常常要求我變得「再明亮一點，或是再鮮豔一點。」他說我的那種色彩看起來雖然有深度，但是這話聽起來就跟那種色彩又黑又暗沒什麼兩樣。

　　有些場面可以很順利地就畫完，也有些場面卻花了我好幾天才解決。書的創作是一場和自己的挑戰，如果集中注意力執著於現在所做的事情，那麼最後絕對不會出現讓自己滿意的結果。一個作品必須要獲得最好的成果，成為下一部作品的種子才行。就在繪本作業的樣本書完成之際，其他Project的靈感也隨之而來，所以一開始就以先做好的樣本書為基礎，實際上進行作業的時間，如果運氣好也會在半年到一年之後才會真正開始進行作業，當然也有很多作品被荒廢了好幾年。不論是被荒廢的作業，還是新的作業，如果想要好好地發展一開始的想法，就必須要有高度的專注力。

在原畫作業幾乎快結束的時候，商品設計的試行方案從日本寄了過來。問我喜歡什麼樣的設計，有沒有什麼其他的意見，如果有要修正的地方就修正，如果沒有的話就按照方案進行下去。商品確定為小包包、筆筒、書套、兩款信紙組、兩款便利貼等五種。關於商品的版稅，在合約書的條款裡明確地寫著隨著販賣的數量，以後付版稅的方式來支付。

封面設計決定用我的想法，因為故事本身是透過畫所展開的，所以我說，那麼就以此為主題，讓封面看起來像是一個畫框一樣，挖一個方形的洞，而編輯也同意這是個不錯的想法。通過試行方案的草案後，過了兩個禮拜出版社寄來了一本呈現白紙狀態的樣本，目的是要檢查書的大小和厚度、紙張等外部的形態。硬殼封面就照試行方案那樣挖了一個洞，大小也像我預想的那樣，是適合拿在手上的那種大小，讓我覺得很滿意。

在迂迴曲折之後，我結束了原畫作業，把所有的畫都用GPS（相當於英國的DHL公司）寄到日本去。封面和扉頁的畫一完成，Maya就宣告緊急狀態，飛往日本去了。這個所謂的「緊急狀態」，就是說為了應對萬一發生的意外，必須要「隨時待命」的意思。我猜應該是印刷後，確認色感如何，有沒有漏掉的地方，不知道什麼時候需要修正或確認的一種無語的暗示吧。

抵達日本的Maya掃完了設計草案便用E-mail寄給我，不過果然是要我「緊急修正」。要修改的地方總共有四頁，主要都跟獅子有關。他們要求我把吃掉小孩的部分獅子的毛畫得再兇狠一點，腳爪再尖銳一點，對我來說反而是一個值得高興的要求。還說因為顏色太暗了，看不太清楚瘦小的小孩，希望我能夠解決這個問題。還有夕陽西下的場景希望我能夠用更有晚霞氛圍的顏色來強調，還有下一個場景也希望我能夠修改到讓人更能感受到晚霞的氣氛。本來獅子把花拿給小孩的場景，為了表現獅子的心情，我用了接近灰色的顏色，但是他們卻要求我做修改。這裡我

不得不煩惱，但是我很快地就找到了合而爲一的方法，但這並不代表我妥協了。編輯的話相當地有說服力，也給了我一個機會能夠重新思考我的畫和故事。我心想獅子的心情沒有任何的台詞，只能用圖來表現，這樣一來顏色就變得非常重要。本來我爲了表現獅子沉重而痛苦的心情，用了接近藍色但是仍然帶有明亮感的藍灰色，但是我想訣別和分離的過程並非只有傷痛不是嗎？這是每個人的必經之路，而且回頭一看，雖然辛苦卻也是一個美麗且必經的決定性瞬間。最後我便聽從編輯的意見，決定修改成晚霞的顏色，結果也讓我感到很滿意，把離別的瞬間和哀傷的瞬間全都表現出來了。編輯也因爲沒能提前提出這些要求對我感到抱歉，對這個修改的結果也表示很滿意。

原本還以爲只要結束原畫作業心情就會跟羽毛一樣輕鬆，可是卻不知怎麼地覺得全身無力。經過一、二階段的印刷校本，區

分成兩種不同的紙，在前後相差三週的時間我又飛來了日本。我也有點感動出版社細心的努力，還有把所有的過程都呈現給作家看等慎重進行的樣子。連英國的出版社都會因為昂貴的印刷費，所以大部分都會選擇在香港進行印刷，但是以我的情況來看，所有的印刷過程都是在東京完成的。日本出色的印刷品質是全世界有目共睹的，所以價格也頗為昂貴。看到書的印刷或是製作過程在這樣的品質下完成，我的心情不只感到愉快，也覺得非常地滿

Skyfish Graphicss, 「The Black Lion」

足。

　　我把原畫交出去之後，幾乎過了快四個月，印刷的樣品才終於完成，就和即將要出版的書長得一模一樣，外面也包著紅色宣傳用的書帶，若是所有的事情都OK，就會按照原訂計畫印刷第一版，配合發行的日子在一個月內出版。我收到樣品書之後，過了整整一個月我收到了來自日本出版社寄來的沉重的包裹，裡面裝的是很多本書和很多個商品，我就好像看著剛分娩完出生的小孩

一樣感到自豪。

　　對於訂好回韓國的日子的我來說，出版社寄來的書，價值可說是高於幸福的禮物。我一邊整理在英國的剩下的生活，一邊又要開始重新計畫另一個開始，我想那些書就像是告一個段落的結，但也象徵著另一個開始不是嗎？在回韓國之前，我也在英國和韓國出版社簽了一個Project的約。《黑獅子》也幸運地獲得了V&A博物館主辦的插畫獎和AOI協會所頒發的獎，也在韓國CJ 圖畫書特展上獲選爲「TOP 100最佳繪本」，回到韓國之後也參加了省谷美術館舉辦的展覽，此外在韓國也翻成了韓文出版。

　　現在所有的事情都要重新開始了，就像在白色的素描本上畫下另一道線一樣。

《黑獅子》的原插畫

藉口還有變化

雖然突然出發去英國，但是這卻不是個簡單的決定。事實上我並沒有擁有
任何東西，也沒有失去任何東西，即使如此，「放下」卻不是件簡單的
事。沒有擁有任何東西，卻要放下擁有的東西所產生的壓力和惋惜，雖然
我不知道正確地來說那是什麼，但是如果放不下，就無法離開了。不過我
好像是在害怕這段期間累積下來的一些事業，不，事實上是我在害怕這
段正在腐爛的經歷會因為離開韓國而崩塌。因為我比任何人還要了解要走
到那個地位有多麼地辛苦，那一個個的機會有多麼地難得，所以即使我很
清楚那真的算不上什麼，我現在所處的這種地位也沒什麼，但是我還是害
怕再次回到什麼都不是的起點。不知道是不是因為我自己很了解這次的出
走，這次的換水，這次的玩樂回來之後毫無用武之地，所以這種感覺才會
這麼深刻。

從倫敦回來之後，一開始我就沒有想要在動畫界工作，或是覺得應該要靠
這個餬口飯吃。我是因為想學動畫才學，也沒有想過要做劇場用的長篇動
漫電影或是電視的漫畫卡通，那並非無法適應和別人一起分工合作的我所
能做的事。我想做的事是自己一個人打滾，的確和正常的經濟活動有一段
很遠的距離。

結果就是一個沒有任何獲得的旅行，搞不好這就是我害怕離開的理由也說
不定。所以我並不稱倫敦行為留學而是「換水」，搞不好是我自己在找藉
口說，這是個非常適合玩樂的時間。換個角度想，旅行什麼時候是用物質

來獲得某個東西的了？所謂的旅行本來就是為了獲得看不見的心情、意志、野心而投資時間跟金錢的行為不是嗎？沒錯，我只是去買我的人生而已！

這樣一來，為了獲得全新的東西，究竟我最後應該要放下什麼呢？

雖然在前往英國前因為放不下，無法掏空而掙扎，但是實際上能夠拋開過去、迷戀的時機是我在去了英國之後。並不是去英國留學這件事的本身，而是Robin的一句改變了我的人生。

「妳還要繼續畫妳的卡通嗎？」

四年來從不離手的A6插畫本裡，記錄了我不成熟的卡通人生，最後到了第十六本我便放下了。放下這個我才能擺脫囚禁我自己的個人風格，當然我不是完全不後悔那時候就那樣放棄了。我認為豎立狗狗的卡通角色是那四年來我的日記和人生。就算別人不知道，但是對我來說，卻意義重大。在那之後我便不再寫日記了，並不是不寫而是寫不出來。因為我不知道如何用其他方式來呈現故事的方法，也沒有受過訓練。看到我人生的記錄消失了，真的是一件難過的事。

那麼我究竟獲得了什麼呢？

如果說我以插畫家獲得了新人生好像講得也太偉大了，如果說必須要放下某些東西才能有所獲得的話更是如此。我所獲得的東西是為了填滿新東西，將過去的我掏空的方法。如果反問我究竟要放下什麼，才能獲得什麼，那時候好像是這樣。雖然不需要拋棄也可以獲得，但是不單只是放棄了才能獲得的問題，能夠增加另一個東西是再好也不過了，但是我不是不後悔當初的選擇，而是不後悔這段過程。

這本書並不是說如果想成為插畫家就到國外去留學吧，也不是在說沒有必要去留學。只是我想透過這本書說說關於人和Project的事，尤其是這本書介紹的Project，也就是在國外的學校所進行的課程，希望能夠滿足閱讀這本書的人的好奇心，也希望能夠在提升大家的實力這方面有所刺激。如果有什麼能引起自己興趣的Project，如果有某個能和自己說話的方式，那麼試試個人創作也不錯，就像我做過的「18 Project」一樣。但是即使如此仍有抒發不了的遺憾，沒錯，或許那時候就到了該離開的時候也說不定，屬於你自己的旅行。

sunni's epilogue.

我所在的「這裡」的珍貴之處

雖然時光匆匆，離開倫敦也已經一年了，但是走在首爾的小巷子，就好像走進學校附近鄰近霍格斯米爾河之後，我的家在亞地尼地街（Adelaide Street）上，而這條街突然在我眼前延伸一樣。倫敦對我來說是個昂貴又漫長的旅行，這趟旅行可以將「我的人生應該要做一次……」的話尾補上，也可以理出關於我自己定下的「價值與消費」這個沒完沒了的故事。

插畫只不過是設計界的一個小小的領域，現在卻吹起了一股熱潮。出現了許多培訓插畫家的學校課程，而且也很多元，補習班也如雨後春筍般的出現，而其他的媒體也開始廣泛地使用插畫。有的人因為有畫畫的天分，所以沒有任何煩惱地就開始了，但是卻在途中因為找不到出口而放棄；也有的人在偶然的機會下出道，順利地走著自己的路。有的人長久以來認真地往自己的創作邁進，到了後來才開花結果；也有很多人雖然像彗星一般的走上這條路，但是卻不知不覺地銷聲匿跡。雖然十年間都在做著同一件事，同時也成為了這個領域的專家，但是以這個工作來說，卻不一定是這樣。雖然技術會進步，但是沒頭沒腦地畫出一幅畫，也只會生產出「樣子好看」的畫而已。就算以作家的身分咻地過了十年，煩惱的人多得是。需要接近不斷自我開發的「辛苦」能量，而且收入絕對稱不上是富裕。要是遇到從事插畫作業的人，也絕對不會漏掉這個話題，所以就更是「真的不喜歡就難以做下去的事」。如果想好好做就不能放棄，不放棄最後就會有實現願望的那一天。

就像沒有偉大的目標，也沒有明確的計畫一樣，雖然我從這段漫長的旅行歸來，但是獲得的東西不多，失去的東西也不大。只是從按照計畫表排定的生活中逃出，悠閒地喘一口長長的氣，以悠然自得為伴，大概就像是希望就算光憑畫畫這一件事也能感受到全宇宙，成為一個非常樸素的幸福主義者這種程度。

倫敦故事也是我想把在倫敦看到的學到的過程，像寫日記一般地整理出來，以這種心情展開另外一個創作。我的旅行是徬徨，是休息，就像心朝著未知的東西，在還未走過又白雪皚皚的路上，印下最先踏上的腳印一樣。我希望就算那白色的雪原上又下起了雪，腳印不見了，想像力還是可以繼續無限地延伸，同時今天也夢想著一輩子將會持續地進行另外一段旅程。但是我不想忘記現在我畫畫、我寫文章，我所在的「這裡」，這裡才是真正的旅行地。

《我的甜蜜手繪：
　韓國最長銷的色鉛筆自學書》

林馨芃◎著　陳品芳◎譯

只需要色鉛筆、素描本、自動鉛筆、橡皮擦、白色果凍筆和配合當天心情的音樂！
來吧，讓我們畫出屬於自己的第一本甜蜜手繪！

因為想畫色鉛筆，沒想到進入一段幸福的甜蜜旅程──
第一次發現原來煎蛋的蛋黃這麼有魅力，畫著畫著，竟然得到平靜的療癒時光。
第一次畫草莓提拉米蘇、覆盆子馬卡龍夾心，就把手繪圖做成明信片送給朋友，
好像也把「可愛的心情」送給了對方。

★精選50款以上，包括水果、甜點、飲品等主題素材，甜蜜學習。
★專為初學者設計，步驟拆解，附上獨家重點Tips，上手容易，簡單易學。
★解說親切，讓第一次畫色鉛筆的讀者，充滿成就感。
★準備工具單純，人人都可輕鬆入門。

《每天只畫一點點：365個創意驚喜，成為你的解壓良方》

洛娜‧史可碧◎著　梁若瑜◎譯

隨心所欲，天天激發想像力！
沒有畫對、畫錯、畫醜，只有屬於自己的獨一無二的開心！

\ 替初學者打開繪畫的大門，替老手注入創意靈感的泉源！/

從天上的雲朵，到咖啡店的玻璃杯；
從路邊的枯樹枯枝，到彈吉他唱歌的姿勢。
這是屬於你的特色書，你愛怎麼畫就怎麼畫，你想畫什麼就畫什麼。
不知道畫什麼，沒關係，作者給你一點提示；
今天不想畫，沒關係，365個發想，永遠為你綻放。

★高興怎麼使用就怎麼使用，讓它充滿的你的個人特色！
★提供源源不絕的創意點子
★引導你對世界產生更多好奇
★一個人就能在家裡盡情的遊戲繪畫

討論區 048

去倫敦上插畫課（英倫經典版）

作者｜朴相姬（munge）／李智善（sunni）
譯者｜曾晏詩

出版者｜大田出版有限公司
台北市一〇四四五中山北路二段二十六巷二號二樓
E-mail｜titan@morningstar.com.tw　http://www.titan3.com.tw
編輯部專線：（02）2562-1383　傳真：（02）2581-8761

總編輯｜莊培園
副總編輯｜蔡鳳儀
行政編輯｜鄭鈺澐／楊雅涵
行銷編輯｜藍婉心
校對｜蘇淑惠／林素霞／金文蕙

網路書店｜http://www.morningstar.com.tw（晨星網路書店）
英倫經典版｜二〇二三年九月十二日　定價：五二九元
初版｜二〇二一年十二月三十日

TEL：（04）2359-5819　FAX：（04）2359-5493
購書E-mail｜service@morningstar.com.tw
郵政劃撥｜15060393（知己圖書股份有限公司）
印刷｜上好印刷股份有限公司
國際書碼｜978-986-179-756-4　CIP：862.6/111010146

① 立即送購書優惠券
② 抽獎小禮物
填回函雙重禮

國家圖書館出版品預行編目資料

去倫敦上插畫課（英倫經典版）／朴相姬
（munge）& 李智善（sunni）著；曾晏詩譯.
——初版——臺北市：大田，2022.09
面；公分 . ——（討論區；048）

ISBN 978-986-179-756-4（平裝）

862.6　　　　　　　　　111010146